BASTEI LÜBBE

Film- und FERNSEH-BÜCHER aus dem BASTEI-LÜBBE-Taschenbuchprogramm:

13 001	Feuerkind
13 035	Cujo
13 039	Zurück in die Zukunft I
13 043	Trucks
13 084	Top Gun
13 088	Katzenauge
13 121	Carrie
13 194	Angeklagt
13 219	Stirb langsam
13 246	Abyss
13 248	Zurück in die Zukunft II
13 285	Die totale Erinnerung – Total Recall
13 309	Zurück in die Zukunft III
13 310	Robocop II
13 312	Flatliners
13 346	Geschichten aus der Schattenwelt
13 348	Der mit dem Wolf tanzt
13 378	Backdraft – Männer, die durchs Feuer gehen
13 382	Terminator II – Tag der Abrechnung
13 412	Wer erschoß John F. Kennedy?
13 444	Basic Instinct
13 446	Universal Solidier
13 448	City of Joy
13 449	Dracula
13 450	Der Bergdoktor, Bd.1
13 452	Columbo – Drei Romane
13 483	Der Bergdoktor, Bd. 2
13 496	Columbo – Drei weitere Romane
13 535	Last Action Hero
13 544	Karen McCoy – Die Katze
13 547	Demolition Man
13 584	True Romance
13 585	Wild Palms
13 588	Blink
13 589	Geronimo
13 593	High Crusade –
13 634	Malice – eine Intrige
13 636	Flucht aus Absolom
13 638	True Lies
13 639	Shadow und der Fluch des Khan
13 640	Die Gerichts-Reporterin
13 641	Die Sieger
13 642	The Mask
13 643	Frankenstein – oder der moderne Prometheus
13 645	Tödliche Absichten
13 649	Nobody's Fool
13 685	Junior
13 686	Nightmare before Christmas
13 687	Dr. Stefan Frank Der Arzt, dem die Frauen vertrauen
13 688	Rob Roy
13 693	Legenden der Leidenschaft
13 694	Stargate
13 695	Die Schnellen und die Toten
13 696	Tank Girl
13 697	Der Bergdoktor, Bd. 3
13 700	Thunder in Paradise, Bd. 1 Auge um Auge
13 701	Thunder in Paradise, Bd. 2 Angst um Jessica
13 707	Kurklinik Rosenau
13 749	Waterworld
13 750	Judge Dredd
13 751	Stirb langsam – jetzt erst recht
13 754	Kommissar Rex Was kostet ein enschenleben?
13 755	Johnny Mnemonic
13 804	Mortal Kombat
13 805	Dr. Stefan Frank Mein Eid – mein Schicksal
13 806	Operation: Broken Arrow
13 808	Kommissar Rex Der maskierte Tod
13 822	City Hall
13 860	Barb Wire
13 861	Kurklinik Rosenau Noch einmal neu beginnen
13 931	Kommissar Rex Schöne Bescherng
13 932	OP ruft Dr. Bruckner

Randall Boyll

THE LONG KISS GOODNIGHT

Tödliche Weihnachten

Der Roman zum Film
nach dem Drehbuch von
Shane Black

Ins Deutsche übertragen
von Joachim Honnef

BASTEI LÜBBE

BASTEI-LÜBBE-TASCHENBUCH
Band 13 933

Erste Auflage: Januar 1997

Deutsche Lizenzausgabe 1997
by Bastei-Verlag Gustav H. Lübbe GmbH & Co.,
Bergisch Gladbach
Originaltitel : The Long Kiss Goodnight
Lektorat: Peter Thannisch/Dr. Edgar Bracht
Titelbild: Constantin Film
Umschlaggestaltung: Quadro Grafik, Bensberg
Satz: KCS GmbH, Buchholz/Hamburg
Druck und Verabeitung: Brodard & Taupin,
La Flèche, Frankreich
Printed in France
ISBN 3-404-13933-X

Der Preis dieses Bandes versteht sich einschließlich der gesetzlichen Mehrwertsteuer

ANMERKUNG DES AUTORS

Die MP 5-Maschinenpistole wird von einer deutschen Firma hergetellt, die ursprünglich Nähmaschinen produzierte. In den Trümmern des Zweiten Weltkriegs sagten sich die Unternehmer Heckler und Koch, daß das Land, das nach dem Ende der Nazis in Schutt und Asche lag, eine verläßliche Versorgung mit Kleidung für die Überlebenden brauchte. Es war eine gute Idee, das Geschäft florierte. 1955, zehn Jahre nach dem Krieg, entschlossen sich Heckler und Koch, ihre Unternehmungen auszudehnen. Nähmaschinen, Maschinenpistolen – es war ein natürliches Nebenprodukt.

Heute fertigt H & K einige der tödlichsten Waffen, die die Menschheit jemals gekannt hat. Ob auf den Schlachtfeldern Kambodschas oder in Bosnien – überall erfreuen sich die Waffen von H & K großer Beliebtheit bei den Killern und Mördern dieser Welt. Vielleicht liegt das an dem völlig neuen Verfahren, daß Heckler und Koch für ihre Waffen entwickelten: Der Waffenlauf bleibt so lange geschlossen, bis das Geschoß die Mündung verläßt. Die Patrone wird gezündet, die Pulvergase treiben das Geschoß zusätzlich voran, drücken auf die Patronenhülse. Die dabei auf die Stoßbodenfläche des Verschlußkopfes wirkenden Kräfte werden über die Verschlußrollen zum Teil auf das Gehäuse und zum Teil über das Steuerstück auf den Verschlußträger übertragen. Die abgestimmten Winkelverhältnisse von Steuer- und Verriegelungsstück bewirken eine verzögernde Rücklaufbewegung des Verschlußkopfes. Nach vollständigem Eintritt der Verschlußrollen in den Verschlußkopf gleitet dann der Verschluß weiter nach hinten. Dabei wird die Patronenhülse automatisch ausgeworfen und der Hahn wieder gespannt. Soweit das Theoretische, praktisch bedeutet das, daß die H & K-Maschinenpistole auch unter Wasser und vollgestopft mit dem Schlamm des Schlachtfelds oder mit Wüstensand feuern kann und völlig funktionsfähig ist, während etwa eine M16 schon in Hitze oder Kälte versagt.

Klasse Waffe, nicht wahr? Von Nähmaschinen zum Killer-Instrument – wieder triumphieren die Deutschen. Wir haben sie besiegt, aber sie sind wieder da.

Was noch nichts zu besagen hat.

Und was eigentlich nichts mit dem folgenden zu tun hat.

… abgesehen davon, daß diese Waffe – eine Heckler und Koch MP 5, Spitzenklasse und weltweit die Wahl von Profikillern – heute in anderen Händen ist … in den Händen von …

PROLOG

Das Mädchen hatte in der vergangenen Stunde kaum geschlafen, aber die Mutter war bei ihm, nahm ihm die Angst und versicherte ihm, daß die Geräusche draußen nur von Wind und Schnee rings um das Farmhaus verursacht wurden, daß nichts da draußen ihr etwas antun konnte, denn Mama war da, das Mädchen war sicher. Das stimmte. Nichts war da draußen, was dem Mädchen etwas anhaben konnte, da waren nur die dicken weißen Flocken, die von den Schneewehen geschluckt wurden, wenn sie auf den vom Mondschein erhellten Boden fielen.

Jetzt schlief das Mädchen. Die Mutter ging auf Zehenspitzen im Zimmer auf und ab, in Gedanken vertieft, bewegte sich leise, damit ihre Tochter schlafen konnte. Im Augenblick konnte sich die Mutter auf nichts anderes konzentrieren, die Nacht war zu lang gewesen. Die Atemzüge des Mädchens verstummten kurz. Die Mutter blickte aufs Bett und sah eine Strähne des schwarzen Haars, auf das ein Fleck Licht durch das einzige Fenster fiel, dessen Scheibe in der Kälte zu einem zugefrorenen Bullauge geworden war.

Dann öffnete das Mädchen plötzlich die Augen. Es stieß einen Schrei aus, der wie das Kreischen eines Vogels klang, ein Vogel, der in der Falle saß, dann murmelte es schläfrig vor sich hin.

Die Mutter kniete sich neben das Bett. »Pst«, sagte sie leise. »Mommy ist hier.«

Stille.

Die Mutter schloß die Augen. Bitte, Gott, laß sie schlafen. Aber das Mädchen schrie wieder: »Mommy! Die Brücke!«

»Pst. Es ist jetzt alles gut.« Sie streichelte ihrer Tochter übers Haar. »Ich bin bei dir, und niemand kann dir etwas tun. Verstehst du? Du bist jetzt sicher, sicher wie in Abrahams Schoß …«

Tränen rannen über die Wangen des Mädchens, doch es atmete nun ruhiger.

»Meinst du, du kannst jetzt weiterschlafen, wenn ich bei dir sitzen bleibe?« fragte die Mutter.

Das Mädchen nickte, und sein Haar strich dabei leise über das Kissen. »Vielleicht, wenn du das Nachtlicht anschaltest.«

»Klar.« Sie streichelte eine Wange ihrer Tochter. »Mach jetzt die Augen zu und schlaf. Ich liebe dich.«

»Ja, Mommy.«

Die Frau zögerte, dann richtete sie sich leise auf. Sie schwankte ein wenig – die Nacht war so lang gewesen –, als sie zur Wand und einer Kindernachtlampe ging, die neben dem Schalter zum Zimmerlicht angebracht war. Sie tastete danach, klickte sie an, und die Nachtlampe wurde von einem Kokon aus schwachem Licht umgeben.

Das Mädchen brach sein Versprechen, es öffnete die Augen, blinzelte, schloß sie aber schnell wieder. Das alles war kein Traum gewesen, kein Alptraum. Mommys Kleidung war zerfetzt, und ihre Arme und das Gesicht waren mit Blut befleckt wie von verspritztem heißem Lippenstift. Es war sogar ein blutroter Spritzer an der Seite der Maschinenpistole, in die über der Seriennummer die Firmenbezeichnung Heckler & Koch eingeprägt war. Eine H & K – MP 5, made in Germany.

Schnee fiel sanft gegen die Fensterscheibe. Der Wind heulte und ächzte um das Dachgesims, erzählte dem Farmhaus geheime Geschichten, drängte das Mädchen in einen Schlaf, der es trotz des Entsetzens ein paar Minuten später heimsuchte.

Und im Halbdunkel wartete die Mutter.

Sie wartete … und erinnerte sich an alles.

ERSTER TEIL

1

Für den Weihnachtsumzug, der in diesem Winter in Honesdale, Pennsylvania, stattfand, würde niemand irgendeinen Preis bekommen. Santa Claus lenkte seinen Schlitten, der von zwei trübselig wirkenden Pferden gezogen wurde, über die Hauptstraße, und einige ältere Weihnachtsfestwagen folgten, die von Autos und Traktoren gezogen wurden. In diesem Jahr war der Weihnachtsmann in Wirklichkeit ein Feuerwehrmann der Stadt, der trottelige und mißmutige Earl Jones, Earl the Pearl, in einem mottenzerfressenen Santa-Claus-Kostüm.

Neben Earl saß Mrs. Santa Claus, in diesem Jahr eine dunkelhaarige Schönheit namens Samantha Caine. Die Weihnachtslieder, die aus Lautsprechern längs der Straße plärrten, hatten ihr inzwischen Kopfschmerzen beschert, und sie war den ständigen Kampf leid, Earls geiles Befummeln abzuwehren. Sie war schön – selbst ein Kleinstadt-Mädchen weiß, wie es im Vergleich zu den Models wirkt, die weltweit Furore machen –, aber sie hatte festgestellt, daß Schönheit ein zweischneidiges Schwert ist. Sie konnte einen Mann ihrem Willen unterwerfen, doch das war selten der Fall, häufiger war sie das Opfer von lüsternen Blicken und Anmache und anzüglichen Pfiffen. Und das Opfer von Händen, die sie heimlich betatschten, so wie Earls rechte Hand, die er jetzt hoch oben auf ihren Oberschenkel unter das Weihnachtsfrau-Kostüm schob.

»Pfoten weg!« brüllte sie ihm ins Ohr.

»Pfoten?« Earl griff zwischen seine eigenen Beine und holte eine Flasche Seagrams hervor, deren Verschluß er abschraubte, während er versuchte, die Zügel zu halten. »Santa-Claus-Pfoten, wie?« Er grinste sie blöde an, und sein

Atem dampfte zwischen den Stummeln seiner fauligen Zähne. »Animalische Instinkte, Frau Weihnachtsmann. Laut den Bedingungen unserer Ehe kann ich meine Weihnachtsmann-Pfoten überall hinstecken, wo ich will.«

Samantha blickte auf die Flasche. »Würdest du die wegtun?« fragte sie grollend. »Zehn Millionen Kinder schauen zu, ganz zu schweigen von den Kameras des Lokalfernsehens. Stimm wieder dein schwachsinniges *Hohoho* an. Das alles ist ja bald vorüber.«

Sein Gesicht verriet Enttäuschung, aber er stellte die Flasche weg. »Ich frier' mir die Eier ab, und da soll ich lachen?« Samantha lächelte die Schaulustigen an, die die Straße säumten, und warf eine Handvoll Bonbons in eine Gruppe von Kindern. Ein großer Teenager beäugte sie lüstern von oben bis unten. Wie ein Agent, der Talente für den *Playboy* sucht. Sie warf ihm einige Bonbons ins Gesicht. »Perversling«, murmelte sie.

»Hohoho«, brüllte Earl müde. »Hohoho. Fröhliche Weihnachten.« Er schlug den Pferden die Zügel auf die Kruppen. »Bei Donner, allen Kometen und Blitzen, auf Amor, den Müllmann und Carter und Nixon.«

»Das sollte für die Nachrichten reichen«, stöhnte Samantha. Sie rutschte unruhig auf dem harten Holzsitz hin und her. Sie hatte die Musik und das Bimmeln der Glöckchen der Pferde gründlich satt. »In diesem blöden Kostüm fühl' ich mich wie eine Wurst in der Pelle«, grollte sie leise. »Das macht mich verrückt. Mist, daß so viele Kinder zuschauen.«

Earl nickte. »Ja, willst dich jetzt nicht in der alten Unterwäsche zeigen. Hohoho.«

»Ich muß aufs Klo.« Samantha grinste. »Der kleine Billy würde sagen: ›Mommy, wie kommt es, daß Frau Weihnachtsmann ihr Wasserwerk überprüft?‹«

Er musterte sie. »Ihr Wasserwerk überprüft? Redet so der kleine Billy?«

»Der Bengel ist erst vier Jahre, unglaublich.«

Earl verdrehte die trüben Augen. Samantha wühlte wieder in der Bonbonkiste unter dem Sitz und warf billige Süßigkeiten in die Menge, wobei sie lächelte und winkte und sich eine Toilette wünschte, und zwar so schnell wie möglich. Der Zug würde in der von der Polizei abgesperrten Forster Street enden, die Gott sei Dank nur noch ein paar Blocks entfernt war. »Ich werde zu alt für so was«, stöhnte sie und stemmte die Hände ins Kreuz. Voraus und zur Rechten bemerkte sie eine Kamera von Kanal 12, die auf sie gerichtet wurde, als die Pferde den Schlitten vorüberzogen. Sie strahlte in die Kamera, warf noch mehr Bonbons und fügte eine Kußhand hinzu. »Wenn es nicht bald vorbei ist, pinkel ich mir ins Höschen«, murmelte sie müde.

»Erspar mir Pinkelgeschichten«, sagte Earl. »Meine Prostata ist so groß wie 'ne verdammte Melone. Mein halbes Leben lang hat ein Arzt mir mit der Hand im Arsch rumgefummelt. Ich sollte den Scheißer heiraten.«

»Könntest du das etwas lauter sagen?« bat ihn Samantha. »Da ist ein kleiner Junge in der Mongolei, der es nicht ganz mitbekommen hat.«

Er schnaubte und stieß Dampf aus der Nase. »Doch nicht schon wieder dieser verdammte kleine Billy, oder?«

Sie mußte lachen. Entweder lachen oder irre werden, vielleicht beides. Die Pferde stanken wie eine Düngerfabrik, neben ihr saß ein griesgrämiger alter Säufer, dessen falscher Bart verrutscht war, so daß der Schnurrbart unter dem Kinn hing, sie mußte pinkeln wie ein Teenager nach dem ersten Bier, und die ganze eingeschneite Welt beglotzte sie mit Augen und Kameras. Nie wieder, dachte Samantha. Nie wieder würde sie sich zu einem Weihnachtsumzug überreden lassen.

Nun, vielleicht nie wieder bis zum nächsten Jahr, fügte sie in Gedanken hinzu. Mrs. Carbolde, die Frau des Bürgermeisters und Planerin aller Festlichkeiten von Honesdale, war eine äußerst energische Frau, die sich nicht leicht abwimmeln ließ. Nun muß man wissen, daß Samantha Caine eigentlich nicht der Typ Frau war, der sich schwer durchsetzte. Das war sie nie gewesen.

Aber manchmal ändern sich die Dinge.

2

Hal Stanton war ein großer Mann, der auf die Dreiundfünfzig zuging, ein gutmütiger Typ, der stets ein wenig zerknittert wirkte und anscheinend immer einen halben Takt hinter dem Rhythmus der Kapelle hergehinkt war. Anstatt dabei aber geistesabwesend zu wirken, gab er sich wie stets als nachdenklicher, zielbewußter Typ. Sogar als intelligent. Als Französischlehrer der High-School mochten ihn die Schüler, obwohl sie offenbar Französisch haßten; an einigen Abenden hörte man ihn in der Kneipe mit der Band ›Pour Boys‹ elektrische Gitarre hämmern.

Samantha Caine lebte mit Hal zwei Jahre und ein paar Monate zusammen. Sie war selbst Lehrerin – Grundschule, mein lieber Watson –, und sie hatte ihn zum ersten Mal bei einer Schulversammlung gesehen, als er ins Mikrofon gesprochen hatte und der Reißverschluß seiner Hose offen gestanden hatte. Während er sprach – und die Gesichter der Zuhörer erröteten –, rieb sich Samantha, die in der ersten Reihe saß, mit einem Finger so lange über den Schritt, daß sie fast einen Orgasmus bekam, aber schließlich bemerkte er ihre Geste und wandte sich ab, um das Scheunentor zu schließen. Nach der Versammlung kam er zu ihr, um sich zu bedanken, und sie teilten Cola und Plätzchen und Blabla und verabschiedeten sich mit Handschlag. Am nächsten Abend rief er sie an.

Jetzt, nach dem Ende des Weihnachtsumzugs, verließen sie Honesdales' Lebensmittelgeschäft, und jeder hielt eine Papiertüte voller Partyknabbereien im Arm. Trotz der strahlenden Sonne war es am Morgen noch kalt, und ihr Atem bildete vor ihren Mündern kleine Wölkchen, als sie miteinander sprachen.

»Hal«, sagte Samantha, »ich muß es dir einfach sagen. Von allen Weihnachtsumzügen, die ich jemals erlebt habe, war dieser der dilettantischste.«

Er lachte und zwinkerte ihr zu. Der Staudensellerie für die Bloody-Mary, der aus seiner Tüte ragte, kitzelte ihn an der Nase, und er mußte fast niesen. »Hab Nachsicht, es war die Veranstaltung einer Kleinstadt«, sagte er. »Hast du den Wagen der High School gesehen? Die Heiligen Drei Könige hab' ich von hübschen Teenie-Girls spielen lassen. Sie haben einer Plastikpuppe, die sogar Pipi machen kann, Geschenke gebracht.«

»Ist mir entgangen«, sagte Samantha und rückte die Tüten auf ihren Armen zurecht.

»Nun, ich fand, die Mädchen machten ihre Sache einfach prima.«

»Einfach prima?« Samantha lachte. »Das klingt wie bahnbrechend. Das erste Krippenspiel, bei dem Josef den ganzen Abend lang den Heiligen Drei Königen auf die Titten starrt.«

Hal verzog das Gesicht in übertriebener Empörung. Dann entspannte sich seine Miene. Er schob sich näher an Samantha, und sie bewunderten auf dem weiteren Weg den strahlend blauen Himmel und den glitzernden Zauber von Eis auf den Bäumen. Der hölzerne Gehsteig bog nach rechts ab, und sie mußten ihn verlassen; ihr Haus stand auf einer sanften Erhebung zur Linken. Zweigeschossig, erbaut Mitte der siebziger Jahre, weiße Vinyl-Seitenwandung, umgeben von Hecken mit Weihnachtslampen, die im Durchschnitt zweimal pro Abend nicht funktionierten, seit Hal vor sechs Tagen die verdammten Dinger in den Hecken aufgehängt hatte.

»Wir haben Caitlin vergessen«, sagte Hal. »Sollten wir sie in der Menge übersehen haben?«

Caitlin war Samanthas Tochter. »Sie ist vermutlich bereits

daheim«, entgegnete sie. »Entweder im Baumhaus, oder sie hockt wieder vor der Glotze.« Sie hob die Stimme: »Caitlin? Komm und hilf uns in der Küche!«

Keine Antwort. Der Baum, auf dessen Ästen seit zwei Sommern ein Baumhaus saß, ragte vor ihnen auf. Hal blickte hinauf, als sie nun direkt darunter standen. »Ich glaube, da hat sich was bewegt«, sagte er. »Sie hat vielleicht Freundinnen dabei.«

»Sie kann trotzdem bei der Vorbereitung der Party helfen.« Samantha stöhnte unter der Last der vollen Tüten. Das Lehren an einer Schule erforderte nicht viel körperliche Aktivität; Samantha schwor sich, sich bald wieder dem Hometrainer zu widmen, doch ihr wurde auch sofort klar, daß dies nie geschehen würde. Als ihr eigener Trainer war sie notorisch nachsichtig gegenüber sich selbst.

»Caitlin«, rief sie von neuem. »Wenn du dort oben bist, dann antworte!«

Caitlin war tatsächlich dort oben, aber nicht in der Stimmung, um zu antworten. Während des Weihnachtsumzugs hatte sie ein paar neue Freundinnen gefunden, Mädchen aus einer Siedlung, die vor ein paar Jahren im Westen der Stadt aus dem Boden geschossen war und von den Bürgern PreFab Alley genannt wurde, was immer das auch heißen sollte. Diese Mädchen, Brenda und Katy, kannten *keines* der Geheimnisse von Caitlins Mama. Dabei wußte die ganze *Welt* über Caitlins Mama Bescheid – das hatte Caitlin jedenfalls immer gedacht.

»Amnesie«, flüsterte sie erneut ihren neuen Freundinnen zu. Sie hockten wie Verschwörerinnen in der Mitte des Baumhauses, eine gefährlich schiefe Hütte aus verschiedenfarbigen Holzbrettern – einige waren rot, grau oder blau gestrichen, andere überhaupt nicht und bluteten Harz. »Wenn ihr nicht wißt, was das ist …, das ist Gedächtnisschwund. *Völliger* Gedächtnisschwund«, fügte Caitlin hinzu. »Ihr ganzes vergangenes Leben ist *weg*.«

Sie hielt ein vorweihnachtliches Geschenk von ihrer Mutter in der Hand, einen großen Teddybären. Caitlin ließ ihn zwischen ihren Händen tanzen, während Brenda und Katy über ihre Information nachdachten.

»Du sagst, sie ist an einem Strand in New York aufgewacht?« fragte Brenda, die Ältere der beiden.

»New Jersey«, erwiderte Caitlin.

»Und sie erinnert sich nicht an ihren Namen?«

»Genau.«

Brenda runzelte die Stirn. »Wie kommt es dann, daß sie jetzt Samantha heißt?«

Caitlin hätte gern geantwortet, doch die Bodentür des Baumhauses wurde hochgehoben, und ihre Mutter steckte den Kopf hindurch. Auf ihrem Gesicht, umrahmt von schwarzem Haar, lag ein Lächeln, doch die beiden Mädchen erschraken. Sie musterten Samantha Caine, als wäre sie der neueste Käfer in der Insektensammlung von Pennsylvania.

»Hallo, Mädchen«, sagte Samantha, »Caitlin, komm und hilf mir bitte in der Küche.«

»Okay«, murrte Caitlin, blickte jedoch zu Boden.

Die beiden Freundinnen starrten ihre Mutter nur an.

»Beeil dich«, mahnte Samantha. »Ich habe nämlich auch schon wieder vergessen, wo die Küche ist.«

Sie musterte die Gesichter der Mädchen. Achtjährige Kinder in Baumhäusern sind schwer mit einem Scherz zu erheitern, wenn man fünfunddreißig und unwillkommen ist. Oder fünfundvierzig.

Oder wenn man zehn Millionen Jahre alt, die Vergangenheit ein Geheimnis und der Name Samantha Caine nur eine Vermutung ist.

»War nur Spaß«, sagte sie und zog sich deprimiert zurück.

3

Derselbe Abend, derselbe Ort, und die Sonne war längst untergegangen. Das Haus im Stil der siebziger Jahre, die Hecken mit den bunten Lichtern, die Tür geöffnet, um zwanzig, dreißig Gäste einzulassen, fast alle Lehrer. Aber auch Earl the Pearl war da, Feuerwehrmann und jedermanns Lieblingssäufer, uneingeladen und betrunkener denn je. Die Garderobe in der Diele mit dicken Wintermänteln vollgestopft, und die blauen Keramikfliesen der Diele glitschig von geschmolzenem Schnee, von draußen hereingeschleppt. An solche Einzelheiten dieses Abends würde sich Samantha erinnern. Dieses Haus würde für sie immer das einzige Heim sein, das sie jemals gekannt hatte. Im Laufe der vergangenen acht Jahre hatte sie Detektive beauftragt, ihre Vergangenheit zu ermitteln, gute Detektive, die teuer gewesen waren, und schlechte, die billig gewesen waren. Gegenwärtig arbeitete ein Idiot namens Henessey an dem Fall und – o Mann, der *war* billig.

Aber acht Jahre sind lange genug, um ein Leben neu aufzubauen. Als sie damals an einem Strand in New Jersey aufgewacht war, war sie mit Caitlin im zweiten Monat schwanger gewesen, Vater natürlich unbekannt. Sie hatte schwarze Jeans getragen, in einer Gesäßtasche ein kleiner Schlüssel, von dem eine Nummer abgefeilt worden war, damit er nicht identifiziert werden konnte. Jetzt trug sie ihn an einem Armreif, sozusagen der einzige Schlüssel zu ihrer Vergangenheit.

Heute abend tat Hal sein Bestes, um sich bei den Gästen lächerlich zu machen. Er war ohnehin nicht mit Humor gesegnet, und drei Eierliköre hatten ihn zu einem Hanswurst werden lassen. Als Samantha wieder ins Wohnzimmer trat, um eine Schale mit Partyknabbereien auf den Kartentisch zu stellen, klopfte Hal gerade mit einem Löffel gegen sein Glas und bat um Ruhe, doch keiner hörte auf ihn. Samantha verdrehte die Augen. Am Rande des Sofas tauchte eine kleine menschliche Hand neben Ronny Huffman auf, dem dicklichen stellvertretenden Schuldirektor. Seine Sakkotasche war aufgeklafft, eine Packung Zigaretten lugte heraus, und die Hand griff danach, wollte eine Zigarette herausfischen.

Samantha ging hin und schlug die Hand fort. »Raymond«, sagte sie, »wenn ich dich jemals wieder beim Rauchen erwische, dann wird man niemals deine Leiche finden, verstanden? Geh jetzt mit Earl und den Jungen spielen.«

Raymond stand auf, ein schlaksiger Junge mit fast schwarzen, tückisch und unstet blickenden Augen, die auf eine Zukunft im organisierten Verbrechen schließen ließen – wenn er jemals die Grundschule schaffte. »Ja, Mrs. Caine«, murmelte er und machte sich davon. Huffman blinzelte stupide, ein Glas in seiner fleischigen Hand, dreiviertelvoll mit seiner geliebten Wodka- Cola.

»Ich bitte um Aufmerksamkeit«, brüllte Hal. »Aufmerksamkeit, *s'il vous plaît!* Könnten mal alle die Klappe halten?«

Ein paar der Köpfe wandten sich in seine Richtung, für Hal waren es genug, um ihn zu seiner Rede zu beflügeln. »Da das Jahr zu Ende geht«, begann er, »möchte ich euch ein paar Dinge über mich mitteilen. Dinge, auf die ich besonders stolz bin.«

Samantha wappnete sich. Im vergangenen Jahr hatte er dem Publikum geschworen, Samantha bis zu Silvester zu schwängern oder zu sterben.

»Erstens bin ich stolz darauf, daß ich nicht rauche, nicht trinke und nicht fluche.«

Eine Pause um der Wirkung willen.

Er grinste trunken. »O Scheiße, ich rauche und trinke.«

Pause für den erwarteten Applaus. Ronny Huffmans Rülpsen klang in der Stille wie Kanonendonner, weil niemand klatschte. Das führte zumindest zu einigem Gekicher, das Hal dann als Beifall wertete. Er bemerkte Samantha, schlang einen Arm um sie und hob sein Glas übertrieben hoch. »Möge das Beste unserer Vergangenheit«, sagte er zu dem zurückhaltenden Publikum, »das Schlimmste unserer Zukunft sein.«

Einige Gäste hoben die Gläser.

»Und genau hier«, fuhr er fort, während Samantha das Blut in die Wangen schoß, »stehe ich neben meiner Zukunft. Bedank dich für den Beifall, Liebling.«

Ein Mistelzweig war an der Decke befestigt, wie Samantha jetzt bestürzt bemerkte. Hal zwang ihren Oberkörper zurück. Sie versuchte, ihn wegzuschieben, doch dann war sein Mund auf ihrem. Er schmeckte süßlich, nach Eierlikör und Rum.

Dann setzte endlich Applaus ein.

4

An diesem Abend, im ungefähr hundertsechzig Kilometer entfernten Pittsburgh, versuchte sich ein Mann namens Bernie Letsky mit Chester und einer Prostituierten im Geschlechtsverkehr. Bernie, ein schmächtiger und verklemmter kleiner Kerl, war Ende Vierzig, ein Möbelvertreter, der seit zweiundzwanzig Jahren mit seiner Angebeteten aus der Schulzeit verheiratet war. Leider hatten die zweiundzwanzig Jahre und drei Kinder einen erschreckenden Tribut von der Angebeteten gefordert: Sie war jetzt ein Zwei-Zentner-Gorillaweibchen mit dem Charme eines Zementblocks. Ihr Sexleben war, um es milde auszudrücken, beschissen, eigentlich war es gar nicht mehr existent. Seit drei Monaten nun fuhr Bernie, ein Geldbündel in einer Socke, durch einige von Pittsburghs zwielichtigen Vierteln und hoffte ein zärtliches junges Ding zu finden, das sein schrumpfendes Glied wiederbeleben mochte. Oft hatte er die Bordsteinschwalben beglotzt, aber nie hatte er den Mut gefunden, zu halten und mit einer zu reden, nicht mal dann, wenn sie ihm nachgepfiffen oder gar an seine Wagentür geklopft hatten. Das Problem? Angst. Und Verlegenheit. Was war, wenn er sich auszog und sie dann lachten? Was war, wenn er Chester reinschob und sie sagten: ›Okay, jetzt kannst du ihn reinschieben‹?

Aber heute abend, an diesem glorreichen, gesegneten Samstagabend ein paar Tage vor Weihnachten, waren ihm das Schicksal und Chester wohlgesonnen. Zu Gott und Jack Daniels betend, ihr den Mut zu geben, heute abend einen Freier aufzugabeln, setzte sich eine Frau auf den Barhocker neben Bernie, und sie fragte ihn, ob er ihr einen ausgäbe. Als er den Kopf wandte, sah er ein schwer zu beschreibendes Gesicht. Und genug Brustansatz im tiefen Dekolleté, um allein damit den Grand Canyon zu füllen. Zum ersten Mal seit dem Durchblättern des letzten *Penthouse* rührte sich Chester.

»Nun?« fragte die Frau.

Bernie gab ihr einen aus. Sie war wie eine Nutte gekleidet, mit Minirock und allem. Sie sah wie eine Nutte aus, mit zuviel Make-up und aufgedonnerter Hochfrisur. Sie roch wie eine Nutte, als hätte sie Gallonen von billigem Parfüm auf den ganzen Körper gegossen. Und sie schmatzte Kaugummi wie eine Nutte ... Dennoch zögete er immer noch mit einem unsittlichen Antrag. Was war, wenn sie *keine* Nutte war? Dann ging er das Risiko ein, daß sie ihm eine langte oder daß ihr Freund ihn verprügelte. Er mußte warten, sie den ersten Schritt machen lassen.

Das tat sie. Sie legte die Hand in Bernies Schoß und sagte: »Wie nennst du deinen Kumpel dort unten?«

Bernie wurde so rot, daß es fast aussah, als blute er aus jeder Pore, und er krächzte: »Chester.«

»Oh, Chester.« Das Mädchen wiegte sich auf dem Barhocker vor und zurück. »Reite sie, Cowboy, hey, hey.«

Bernies Gedanken jagten sich in wildem Kreis. War sie eine Nutte? Oder einfach freundlich? Sollte er sie nach Sex fragen? Sollte er warten, bis sie davon sprach? Oder Hals über Kopf verschwinden?

»Sag Chester, ich reite ihn für dreißig Dollar«, sagte das Mädchen.

Bernie stöhnte fast laut auf. War ›Chester reiten‹ dasselbe wie Sex? Hieß das, sie wollte oben sein? Oder hatte sie ihn mißverstanden und dachte, er rede von einem Pferd, das er auf dem Land besaß?

Sie musterte ihn und öffnete ein wenig den Mund, um einen kleinen weißen Klumpen Kaugummi zu zeigen. »Bist du taub?« fragte sie. »Du nix verstehen Englisch?«

Bernie räusperte sich. Jetzt oder nie – für den Rest seines Lebens. Er neigte sich zu ihr und flüsterte in ihr Ohr: »Ich werde dich für Geschlechtsverkehr bezahlen. Wenn ich dich mißverstanden habe, dann bezahle ich, damit du mir nicht eine scheuerst und es nicht deinem Freund erzählst.«

Sie wich von ihm fort, offenbar schockiert. Bernie rutschte das Herz in die Hosen. Er hatte einen schrecklichen Fauxpas begangen.

Aber sie neigte sich wieder zu ihm und flüsterte diesmal in sein Ohr. »Für Geld ficke ich dich zu Tode, *comprende?*«

So kam es, daß Bernie und Chester mit einer Prostituierten in einem billigen Motel landeten. Aber kaum Sekunden nachdem er sich verschämt ausgezogen und unter das Laken gekrochen war, wurde die Tür aufgetreten und drei Männer stürmten herein. Sie wirkten wie Cops in Zivil.

»Polizei!« brüllte einer von ihnen dann auch. Er zeigte kurz eine Marke. Mit einem zerknitterten blauen Anzug und der Krawatte mit Suppenflecken wirkte er auf Bernie wie alle Fernsehdetektive in einer Person. Bernies Herzschlag setzte aus; jedenfalls hatte er das Gefühl, als wäre es so.

»Riskier nur ja nichts!« rief der Cop. »Wenn du glaubst, ich würd' deinen Arsch nicht sofort löchern, dann bist du auf dem Holzweg, mein Junge! Ich bin Sergeant Madigan, Sittendezernat, und wenn du frech wirst, du Wichser, werde ich dafür sorgen, daß sie dich die nächsten zehn Jahre im Knast in den Arsch ficken! Und wenn sie dich nicht verknacken sollten, etwa weil die Festnahme zu gewalttätig war, dann werde ich persönlich irgendwelche Kerle anheuern, die dich zehn Jahre lang in den Arsch ficken! Wenn du das gern hast, dann riskier eine Lippe, aber ansonsten bist du verhaftet, weil du eine Prostituierte angesprochen hast, also halt die Schnauze, sonst tret' ich dir die Kniescheiben aus den Beinen und benutze sie als Aschenbecher!«

Während dieser gehässigen Ansprache hatte Bernie Letsky das Laken wie ein Leichentuch über seinen Kopf gezogen. Die Prostituierte betrachtete gelangweilt ihre Fingernägel, als hätte sie die Rede schon des öfteren gehört.

»Officer Donleavy«, sagte Sergeant Madigan, »lesen Sie ihm seine Rechte vor.«

Der Beamte in Zivil namens Donleavy wanderte statt dessen durchs Zimmer und fiel über seine eigenen Füße. Bernie Letsky konnte das ziemlich deutlich durch das Laken sehen, weil es nicht gerade aus Leinen der Spitzenqualität bestand, nicht in dieser Absteige. Schließlich enthüllte er seinen Kopf. »Officer, bitte«, jammerte er. »Ich habe das noch nie getan. Nie zuvor, nie, nie, *nie* zuvor. Ich werde *alles* tun, wenn Sie mich nur gehen lassen. Ich habe eine Frau und drei Kinder ...«

Der Sergeant schien sich etwas zu entspannen. »Nun, Sir«, sagte er, »angesichts des Schadens, der Ihnen durch diese Festnahme entstehen wird, könnten wir vielleicht so etwas wie einen kleinen Handel machen.«

Officer Donleavy ließ sich schwer in einen der orangefarbenen Sessel des Motels plumpsen, und sein Gesicht sah plötzlich recht grünlich aus. Bernie sah ihn stirnrunzelnd an. »Alles in Ordnung mit ihm?«

Der andere Cop schwankte wie ein Baum in einem Hurrikan. Donleavy rülpste, senkte den Kopf zwischen die Knie und kotzte auf den orangefarbenen Teppich.

Die Prostituierte schaute auf den Sergeant. »Schöne Bescherung, Mitch.«

5

Mitch Henessey schob die Tür seines Büros auf, trat ein und ließ sich in den verschlissenen Sessel hinter dem Schreibtisch fallen. Auf dem Fenster in der Tür stand in Spiegelschrift, als sie zufiel:

Mitchell Henessey & Partner
Vertrauliche Ermittlungen

Eine ziemlich dreiste Lüge. Mitch Henessey hatte keine Partner. Er hatte auch seine Lizenz als Privatdetektiv nur erhalten, weil er einen Beamten im Gericht in Harrisburg bestochen hatte.

Noch jemand platzte durch die Tür. Bernies Prostituierte – Henesseys Sekretärin Trin Newman. Sie wedelte beim Eintreten mit einem ansehnlichen Geldbündel. »Mitch«, sagte sie, »wir sollten nicht wieder irgendwelche Besoffenen und Penner für diese Masche einsetzen.«

Mitch fischte eine Zigarette aus einer Packung, die in seiner obersten Schreibtischschublade gelegen hatte. »Vergiß es«, sagte er, als er nach einem Feuerzeug suchte. »Sie waren als Cops glaubwürdig genug, und es hat doch geklappt, nicht wahr?«

Trin ließ sich auf ihren Stuhl sinken, ein hölzernes Ding mit hoher Lehne, das zu ihrem zusammengeschraubten Schreibtisch aus dem Versandhaus paßte. »Es war peinlich.«

Henessey entzündete die Zigarette. »Soll ich von jetzt an Theaterschauspieler anheuern?« Er blies eine dichte Krebswolke in die Luft. »Diese Penner sind billig und arbeiten für eine Mahlzeit.«

»Hm-hm.« Trin schlug die Geldscheine auf die Schreibtischplatte. »Und wenn sie dir alles vollkotzen, zahlen sie dann sozusagen ihre Gage zurück?«

Henessey musterte sie kalt. »Trin, ich bepiss' mich vor

Lachen, so verdammt lustig bist du.« Gerade noch am Rande seines Gesichtsfelds entdeckte er ein sauberes weißes Kuvert auf seinem Schreibtisch. »Was ist denn das?«

»Oh.« Trin wies darauf. »Es kommt Bewegung in den Fall Samantha Caine.«

»Das kann doch nicht wahr sein!« Henessey nahm den Umschlag. »Wir haben endlich einen Durchbruch in dieser Amnesie-Sache erzielt?«

»Ja. Ich habe eine Spur zu jemand, der '87 ein Zimmer für dieses Huhn gemietet hat. Und er hat immer noch etwas von ihren Sachen.«

»Allmächtiger! Wie kommt das?«

»Wir haben eine Glückssträhne«, sagte Trin und teilte den Geldstapel in zwei Hälften. »Die alte Lady ist soeben verstorben, und einer ihrer bescheuerten Enkel hat eine Kreditkarte mit dem Namen Samantha Caine in einem Schuhkarton gefunden. Er hat versucht, sie in Nordstroms Laden zu benutzen, der Idiot.«

Henessey lehnte sich in seinem Schreibtischsessel zurück. Er quietschte unglücklich, weil er seit seiner Herstellung im Jahre 1952 nicht mehr geölt worden war. Henessey fächerte sich mit dem Kuvert Luft zu. »Man stelle sich das vor«, sagte er, und als es wiederum quietschte, setzte er sich auf. »Okay, Trin, wir machen folgendes. Telefonier mit dem Amnesie-Huhn und sag ihr, daß wir eine Spur haben.«

Trin notierte es in einen Notizblock. »Hab' ich.«

»Sag ihr, wir brauchen mehr *cash*, wegen intensiveren Ermittlungen, basierend auf neuen Daten.«

»Hab' ich.«

»Dann sag ihr, daß sie 1967 versprochen hat, mir einen zu blasen.«

»Hab' ich.«

Trin blickte auf.

»Du bist ein Hurensohn, weißt du das?«

Henessey hob die Schultern und breitete die Hände aus. »Man kann es doch mal versuchen, oder?«

6

Earl the Pearl bereitete Samantha mehr Kopfschmerzen, als sie sich hätte vorstellen können. Er erwies sich auch auf ihrer Party als ziemlich lustiger Säufer, ebenso als guter Unterhalter für die Kids, denen er Schwänke aus seiner Jugend erzählte, doch dann stellte sich heraus, daß er zu Fuß gekommen war – bereits aus der Kneipe – und keine Möglichkeit hatte, heimzufahren. Er wohnte in einem miserablen Wohnmobil, auf einem miserablen Parkplatz, ziemlich entfernt von einer miserablen Landstraße, die zudem noch meistens gesperrt war wegen der Gefahr von Erdrutschen. Hal war zu betrunken zum Fahren, und die Partygäste wollten auf dem schnellsten Weg nach Hause, damit sie am Morgen keinen Kater hatten, also mußte Samantha Caine den besoffenen Earl um halb drei in der Nacht heimfahren. Ihr Wagen war ein Pontiac Sunbird, der sich fast in Rost auflöste. Ein neuer Wagen war nicht drin, wegen der Raten für das Haus, doch der Pontiac war nicht gerade geeignet für Fahrten im Winter: abgefahrene Reifen, stotternder Motor, schleifende Kupplung und ausgeleierter Keilriemen. Aber es war ihr das Risiko wert: Earl würde nach Hause kommen und bis zum nächsten Jahr aus ihrem Leben verschwinden.

»Danke für die Fahrt«, sagte er unerwartet. Samantha hatte seinen Sitz in Liegeposition gestellt, weil sie hoffte, er würde im Suff einschlafen. Das Glück hatte sie natürlich nicht. »Ich bin nicht betrunken«, sagte er. »Nur müde, das ist alles.«

»Dann schlaf«, erwiderte sie. »Das brauchst du. Ich hab' gehört, du hast die Kinder zwei Stunden lang gelangweilt.«

Er schnaubte. »Ja, ja.« Er fummelte herum, fand den Knopf zum Verstellen des Sitzes und betätigte ihn, bis er aufrecht saß. »Du und Hal Stanton, ihr seid doch jetzt schon, äh … ein paar Jahre zusammen?«

Es klang wie eine legitime Frage. »Ja, zwei Jahre und drei Monate.«

Earl bildete mit Daumen und Zeigefinger einen Kreis, durch den das Licht der Armaturenbeleuchtung geisterhaft grün schimmerte. Den Zeigefinger der anderen Hand schob er in dem Kreis vor und zurück. »Du und Hal, wie oft macht ihr beiden es …« Er bewegte den Finger schneller rein und raus. »Wie oft …?«

»Schieben wir unsere Finger in unsere Hände und ziehen sie wieder raus?« fragte Samantha. »Bei jeder Gelegenheit. Halt dein Maul.«

Earl legte eine erhitzte und knorrige Hand auf ihren rechten Unterarm. »Sieh mal, ich weiß, du denkst, ich bin zu alt für dich. Und dein Freund … ich will den Typ ja nicht schlechtmachen, er ist gar nicht so übel. Aber … hey – hey hey – hohoho! Fröhliche verfickte Weihnachten für uns alle!«

Sie seufzte. »Earl, tu mir einen Gefallen. Mach einfach nur ›hicks‹ und laß Luftblasen aus dem Mund blubbern, okay?«

»Verdammich, ich bin nicht blau. Das werd' ich dir auch beweisen.« Er bog den Kopf zurück, breitete weit die Arme aus und versuchte dann, seine Nasenspitze zu berühren. Seine linke Hand schwebte dabei aber vor Samanthas Gesicht und nahm ihr vorübergehend die Sicht.

»Hey!« Sie schlug nach seiner Hand. Der Wagen näherte sich einer gefährlich aussehenden Kurve. Earl ließ die Hand sinken und stieß mit einem Finger nach ihrer rechten Brust. Sie versuchte, ihn mit dem Ellenbogen abzuwehren, doch er betatschte sie plötzlich überall.

Der perverse alte Bastard!

»Hoppla«, sagte er, während er an ihr herumfummelte. »Hoppla, hoppla, hoppla.«

»Earl, verdammt, halt deine Pfoten bei dir …«

Vor ihr tauchte eine Bewegung auf. Die Scheinwerfer des Sunbird erfaßten einen Hirsch, der erschrocken auf der Straße stehen blieb. Aus seinen Nasenlöchern strömte Dampf, geblendet verharrte er auf der Stelle, seine Augen glühten rot, und das Geweih sah aus wie gebrochene Knochen.

»Hoppla«, brabbelte Earl vor sich hin. »Hoppla, hoppla …«

Samantha riß das Lenkrad nach links. Der Wagen schleuderte auf der vereisten Fahrbahn. Mit der Seite rammte er den Hirsch, bevor sie bremsen konnte. Er knallte gegen den vorderen Kotflügel, durchbrach den Kühler und riß die Haube auf. Anstatt über den Wagen zu fliegen, zerschmetterte er die Windschutzscheibe.

Glaskrümel und Erde flogen in den Wagen, und Samantha hatte plötzlich Fell vor sich, es roch nach Kiefern und Wild. Das Gewicht des Tieres warf sie zurück gegen den Sitz und nahm ihr den Atem.

Der Hirsch war nicht tot, er drosch wild in Schmerz und Panik um sich. Das Gewicht verschwand von Samanthas Oberkörper. Sie sah Earls Gesicht, bleich und verzerrt in verspätetem Entsetzen. Einer der Hinterläufe des Hirschs schmetterte gegen seine Stirn, hackte ein Stück Schädel und Gehirn von Schläfe zu Schläfe heraus, das im Wind zurückgewirbelt wurde wie Spaghetti.

Bevor der Wagen aus der Kurve geschleudert und gegen einen dicken Baumstamm prallte, dachte Samantha noch benommen: *Earl hat den Verstand verloren. Earl hat den Verstand verloren. Earl hat …*

Dann dachte sie nichts mehr.

Sie nimmt nicht wahr, was in diesem Moment geschieht.

Bei dem Aufprall wird der Hirsch aus dem Wagen geschleudert, Samantha fliegt durch die Reste der Windschutzscheibe. Das Lenkrad trifft sie am Kinn, ihr Gesicht wird vom Armaturenbrett lädiert – dann fliegt sie durch die Luft. Wie in Zeitlupe beschreibt die Grundschullehrerin Samantha einen weiten Bogen durch die frostkalte Nachtluft. Stille. Dann explodiert der Sunbird, der sicher über zweihunderttausend Kilometer hinter sich hat, wird zu einem Feuerball, der den Winterwald in gleißende Helligkeit taucht, und die Bäume schütteln sich wie bei einem kurzen Erdbeben. Von unzäh-

ligen Kiefern fällt Schnee. Waldtiere schrecken aus dem Schlaf, Vögel flattern kreischend auf. Einige junge Bäume fangen Feuer.

Und Samantha, immer noch fliegend wie in Zeitlupe, landet schließlich Hals über Kopf in einer Schneewehe. Sie verschwindet darin, Schnee wirbelt auf, er sieht aus wie ein riesiger Engel, der dann in weißen Kristallen in sich zusammenbricht. Der Rücken des Hirsches ist gebrochen, dennoch versucht er, mit gespreizten Hinterbeinen zu flüchten. Er stößt Dampfwolken in die jetzt orangefarbene Nacht, Teile seines Fells brennen, die riesigen Augen rollen.

Der Schnee-Engel erwacht wieder, setzt sich auf. Samantha Caine erhebt sich schwankend, wankt zur Straße. Ihre Kleidung ist zerfetzt, und Blut strömt von ihrem Gesicht bis zu den Knien. Im Feuerschein schleppt sie sich zu dem Hirsch, der sich mitten auf der Straße windet. Sie kniet sich neben ihn, packt das Geweih, um den Kopf auf die Straße zu drücken, und ballt die rechte Hand zur Faust. Sie hebt die Faust, und ihre Augen sind weit aufgerissen.

Sie schlägt direkt hinter den Schädel. Knack! Der Hirsch ist sofort tot, von seinen Qualen erlöst.

Erst dann bricht Samantha Caine zusammen.

7

RAHWAY STAATSGEFÄNGNIS

One-Eye-Jack war im Laufe seines Lebens immer wieder ein vertrauter Anblick im Gefängnis Rahway. Sein letztes Gastspiel währte acht Jahre, gerade genug, um der Gesellschaft – und auch ihm – klarzumachen, was er war – ein Berufsverbrecher eben. Mit dem Rüstzeug zu dieser neuen Karriere verbrachte er viel Zeit in Rahway, für gewöhnlich im Tagesraum vor dem Fernseher. Der stand auf einem der kleinen Pulte, die einst einer Schule ganz in der Nähe gehört hatten. Sie zeigten noch immer die Schnitzereien verliebter Teenager. Und nun zusätzlich auch Schmierereien derberer Art. Hier im Knast gab es viel weniger Analverkehr unter den männlichen Gefangenen und viel mehr Langeweile, als die Öffentlichkeit sich vorstellen konnte. Und One-Eye-Jack war im Laufe der Jahre fernsehsüchtig geworden. Während den meisten der Knastbrüdern Jobs zugeteilt waren, zum Beispiel in der Wäscherei, hatte sich One-Eye-Jack in seiner neuen Heimat als äußerst unsozial und ungesellig eingeführt, folglich war auch die Ehre seiner Anwesenheit selten erwünscht. One-Eye-Jack haßte seinen Spitznamen, den er seiner schwarzen Augenklappe verdankte. Es hatte Zeiten gegeben, in denen der eine oder andere Aufseher scharf gegen ihn und seinesgleichen vorgegangen war, doch die Wärter hier hatten ihre Jobs aus politischen Gründen erhalten, Weichlinge, die ihn tunlichst in Ruhe ließen, wenn er sein *Ich-bring-dich-um*-Verhalten zeigte. Sogar, wenn er einen der anderen Mitgefangenen in den Arsch fickte. *Besonders* dann.

Aber jetzt lief der Fernseher, und One-Eye-Jack an seinem Pult war in guter Stimmung, was selten genug vorkam. Seine leere Augenhöhle unter der schwarzen Augenklappe schmerzte und juckte zumeist. Einer der Muskeln des hinteren Innenraums war nie richtig abgetrennt worden, er produzierte Eiter, der alle zwölf Stunden zu einem dicken gelben

Klumpen wurde. Die Vertragsärzte des Gefängnisses hatten dann und wann ihrer Sorge Ausdruck verliehen, Antibiotika verschrieben und versprochen, ihn deswegen irgendwann mal unters Messer zu legen, doch es war nie dazu gekommen. Ein kleiner, unbedeutender Eingriff, aber er würde ihm einiges Leid ersparen. Vielleicht wurde er deshalb nicht vorgenommen. One-Eye-Jack war ein widerlicher Häftling, er verdiente es, auf jede nur mögliche Weise zu leiden.

Aus diesem Grunde auch – und aus anderen kleineren und deshalb hier nicht erwähnenswerten – saß One-Eye-Jack nun allein im Tagesraum in Block D-9 des Rahway-Gefängnisses und hockte vor der Glotze – am Tag, nachdem Samantha Caine mitten in der Nacht mit einer Ambulanz in ein Krankenhaus eingeliefert worden war.

Meistens waren die Lokalnachrichten zum Gähnen langweilig, es sei denn, in der Nähe hatte es einen Mord gegeben und man hatte den Tatverdächtigen festgenommen. Dann war es fast, als begegne man einem Filmstar, wenn der Mörder das Gericht verließ und in Ketten in Rahway einzog. Seht nur, das ist der Typ, der den ganzen Sommer lang in den Nachrichten war! Ficken wir ihn in den Arsch! Heute brachte das Fernsehen nur den größten Mist. Da eine Brandstiftung, dort eine wilde Verfolgungsjagd. Kurz vor dem Wetterbericht kramte Kanal 12 sogar so tief in der Klamottenkiste, daß man einen Bericht über einen Weihnachtsumzug ausstrahlte – ausgerechnet aus einem Nest namens Honesdale, das hier ganz in der Nähe lag. One-Eye-Jack starrte mit der Begeisterung eines Blinden auf die Mattscheibe. Er war ein Kettenraucher, und der Aschenbecher auf dem Pult quoll fast über. Er drückte eine weitere Kippe in der Mitte des Kippenhaufens aus, fluchte leise über das jämmerliche Programm und wünschte sich eine Fernbedienung, um die verdammte Scheißkiste auszuschalten.

Unterdessen ließ sich der Moderator über diesen blöden Umzug in Honesdale aus. »… wo sich herausstellte, daß *Mrs.* Kringel ihren Mann bei seiner weltweiten Tournee begleitete.

Wenn ich sie so ansehe, nehme ich an, Santa Claus bekam, was er sich zu Weihnachten wünschte …«

Plötzlich starrte One-Eye-Jack gebannt auf den Bildschirm, sein Mund klaffte auf, und ihm stockte der Atem.

»Das soll wohl'n Witz sein!« murmelte er schließlich. Er kniff sein Auge zusammen, starrte auf das Fernsehbild, blinzelte und rieb sich mit der Hand übers Gesicht. »Das kann doch nicht wahr sein …«

Es stimmte. Frau Weihnachtsmann war eine Lady, der er schon begegnet war.

Er schlug mit beiden Fäusten auf das Pult und schrie zornig auf, und während der Aschenbecher tanzte, sagte ihm ein kleiner Teil seines Gehirns, wo sich noch ein wenig Verstand verkrochen hatte, eines mit Sicherheit:

Wenn Haß ihn aus dem Knast herausbringen konnte, dann würde er diese Frau wiedersehen.

8

Zwei Tage später lag Samantha Caine noch immer in ihrem Krankenhauszimmer. Sie war nicht allein, doch das änderte nichts für sie. Hitler und Jesus hätten Wange an Wange neben ihrem Bett Tango tanzen können, und es wäre ihr gleichgültig gewesen. Ein Koma ist immer eine unheimliche Erfahrung: Sie konnte sich nicht erinnern, jemals gelebt zu haben, und sie wußte auch nicht, ob sie jetzt tot war. Ihr Verlobter Hal Stanton war die meiste Zeit an ihrer Seite, aber er hätte sich die Mühe genausogut sparen können. Um ihr Bett war ein Blumenmeer in allen Farben, das sie nicht sah. Sie lag auf dem Rücken, und Plastikschläuche führten durch ihre Nasenlöcher. Genesungskarten hingen von Schnüren, die Hal und Caitlin an der Decke befestigt hatten. Dicke glänzende Ballons schwebten dazwischen, immer noch prall mit Helium gefüllt; die Käufer hofften, daß Samantha Caine aus dem Koma erwachte, bevor die Dinger mit ihren guten Wünschen zu Boden sanken.

Es war spät. Hal und Caitlin wußten nicht mehr, welche Belanglosigkeiten sie noch hätten sagen können; es ist schwer, ein Gespräch zu führen, wenn man mit jemandem redet, der stumm wie eine Leiche ist. Caitlin zog nun ihren Mantel und die Stiefel an, und Hal neigte sich über das Bett, um Samantha einen Kuß auf den Mund zu geben. Er fühlte sich ein wenig sonderbar dabei. Als dringe er in die Privatsphäre einer Frau ein, die so völlig hilflos war, daß er Freunde zu einem Pokerspiel mit ihrem Bauch als Tisch hätte einladen können. Angewidert von seinen Gedanken, hauchte er ihr zwei weitere Küsse auf die Lider und wünschte ihr süße Träume.

Sie verließen das Krankenzimmer Hand in Hand. Die Tür wurde leise geschlossen und würde erst wieder geöffnet werden, wenn ein Notfall eintrat oder wenn beim Schichtwechsel um acht Uhr die neue Schwester kam, um die Daten der Patientin zu notieren.

Aber in dem stillen Zimmer, wo die Schatten des Abends allmählich das Sonnenlicht auslöschten, das durch die Fenster auf den Boden fiel, tat sich nun etwas.

Sie stand auf einer vom Wind umtosten Klippe. Sie war Samantha, noch lebend im Krankenhaus, noch bei Verstand. Sie stand in ihrer Alltagskleidung, der Kleidung einer Schullehrerin, auf einer Klippe; legere Hose, Bluse und flache Schuhe, das schwarze Haar zu einem Dutt gebunden wie immer. Der Wind zerrte an ihr. Ohne Warnung – und ohne daß sie sich davor erschrak – war plötzlich ein Spiegel vor ihr. Ihr großer Wandspiegel von daheim. Darin sah sie sich – wen sonst? Sie blutete aus einer Kopfwunde, doch ein paar dünne Blutfäden auf ihrer Stirn waren alles. Sie erinnerte sich in diesem Koma-Traum, daß sie dort eine Narbe hatte. Ein Überbleibsel ihrer vergessenen Vergangenheit. Sie hob die Hand, um das Blut zu berühren. Da war nichts.

Also war es nicht ihr Spiegelbild? Aber sie sah es doch genau, und es imitierte auch ihre Bewegungen.

»Was willst du?« fragte sie, während sie gegen ihre Überraschung ankämpfte.

Ihr Spiegelbild betrachtete sie grimmig. »Ich will eine Zigarette«, flüsterte es.

Samantha antwortete ganz automatisch. »Ich rauche nicht.«

Ihr Spiegelbild, die blutige Frau im Spiegel, die so müde und dennoch entschlossen wirkte, grinste höhnisch. »Aber du hast geraucht.«

Ein Funke glühte plötzlich neben Samanthas rechter Hand – eine Zigarette steckte zwischen ihren Fingern. Sie hob sie verwundert an die Lippen, sog an dem Glimmstengel. Das Spiegelbild tat es ihr gleich, doch während sie husten mußte und sich dabei zur Seite drehte, inhalierte das Spiegelbild tief den Rauch und blies dann genüßlich den bläulichen Qualm aus.

»Entspann dich«, sagte das Spiegelbild. »Du kannst mit der Schauspielerei aufhören. Nimm noch 'nen Zug.«

Samantha sog erneut an der Zigarette.

»Na also. Merkst du, wie leicht es wiederkommt?«

Sie stieß den Rauch aus, diesmal ohne zu husten. Jetzt war das Spiegelbild wieder ihr eigenes. Der Wind um die Klippe hatte nachgelassen und hörte nun ganz auf.

Das Spiegelbild sprach ein letztes Mal: »Ich komme wieder. Du weißt das irgendwie, nicht wahr? Mein Name ist übrigens Charly, und du wirst mich lieben.«

Das Spiegelbild grinste breit. Auf den Zähnen glänzte Blut. Samantha wich mit einem Aufschrei zurück – und stürzte von der Klippe.

Und dann fuhr sie aus dem Schlaf auf. So wie es bei uns allen der Fall ist, bevor wir auf dem Grund zerschmettern und nie wieder aufwachen.

9

Mitch Henessey, billiger Privatdetektiv, der mit seiner Sekretärin die Freier angeblicher Prostituierter ausnahm, damit er seine Rechnungen bezahlen konnte, war nicht so gefühllos, um das kommende Weihnachtsfest verstreichen zu lassen, ohne seinen kleinen Sohn zu besuchen, wenn er die Möglichkeit dazu hatte. Henesseys Ex-Frau war ein besonders schlimmer Fall von Verfolgungswahn, die jahrelang großmäulerische arbeitslose Herumtreiber zum heiligen Fest durchgefüttert hatte, doch diesmal hatte sie Henessey zu Weihnachten erlaubt, Todd zu besuchen, ausnahmsweise mal an einem Tag, der nicht vom Gericht festgelegt worden war. Jedoch war die Bedingung, daß er seinen Besuch auf drei Minuten auf der Veranda beschränkte. Die Veranda war von Wänden umgeben und überdacht, und es gab ein paar Fenster und einen kleinen Heizofen – es hätte also schlimmer sein können.

Vater und Sohn knieten beieinander. Er hatte ein Geschenk mitgebracht. Todd hatte es geöffnet, als das Scherzen zwischen Vater und Sohn in verlegenes Lächeln übergegangen war, weil sie sich nichts mehr zu sagen wußten. Seine ganze Liebe zu dem Jungen,

Dutzende Möglichkeiten, wie er in Todds vaterlose Vergangenheit etwas Väterlichkeit bringen konnte … alles das schien jetzt, wo er ihm gegenüberhockte, wie weggeblasen. Es gab nicht vieles, was Mitch Henessey unter die Haut ging. Todd stand ganz oben auf der Liste. Der einzige Name, der überhaupt darauf stand.

»… hier ist also das Gefängnis, siehst du?« begann Henessey zu erklären. Er hatte das ganze Sortiment für eine Weltraumstadt gekauft, komplett mit allen Action-Figuren, ohne zu wissen, ob Todd überhaupt etwas damit anzufangen wußte. »Hier ist der Fluchtfallschirm für den Borian, das ist ein Dinosaurierjunges. Bewegt sich superschnell und läßt sich nichts gefallen.« Er fummelte an den Action-Figuren. »Siehst du? Damit kannst du den Gefängniswärter abknallen.«

Todd schaute zu, nickte ernst und blickte dann zu seinem Vater auf. Mitch sah ihm an, daß er nicht verstand. Er ließ die Figuren fallen und richtete sich auf. »Ah, Todd. Ich habe ein bißchen damit gespielt, bevor Trin alles eingepackt hat, und ich weiß, daß du daraus schlau werden wirst. Aber Todd, weißt du, ich ...«

Eine Stimme keifte durch die Haustür. »TODD, ZEIT ZUM ESSEN! KOMM SOFORT!«

Sie tobte ihrer Stimme hinterher auf die Veranda. Sie hielt die Tür auf, schaute Todd an, schenkte Henessey einen kurzen Blick, der weit unter dem Gefrierpunkt lag, und sah dann wieder Todd an. Dann kehrte sie ins Haus zurück. Die Tür blieb offen, und die unausgesprochenen Worte *Die Party ist vorbei* hingen in der Luft wie schwarze Fahnen bei einer Versammlung von Toten.

»Geh nur, es gibt Abendessen«, sagte Henessey. Er lächelte, aber das bedeutete nichts, er hatte in diesen vergangenen drei Minuten dauernd gelächelt. Er hatte die Geburt des Jungen miterlebt, hatte ihn dabei blutbeschmiert gesehen und ihm in Erinnerung an seinen älteren Bruder, der in Vietnam gefallen war, den Namen Todd gegeben. Er hatte immer noch tausend Träume als Vater für seinen Sohn im Sinn, doch die Scheidung und der Kampf um das Sorgerecht hatten ihn so sehr von ihm entfremdet, daß er ebensogut ein Ururonkel hätte sein können. »Ich hoffe, dir gefällt das Geschenk«, sagte er.

Todd begann langsam zusammenzupacken. »Es ist wirklich prima, Dad.« Das ganze Zeug sollte in den dazugehörigen Plastikkoffer passen, aber das funktionierte nicht. Er klemmte sich alles unter den Arm. »Wirklich Spitze.«

»Freut mich, daß es dir gefällt.« Henessey war zerknirscht. Er fühlte sich hier wie ein Fremder, wie der Vater eines Fremden. Warum war er hergekommen? Um dem Jungen Spielzeug zu schenken statt sich selbst? Wenn er nur Todd in die Arme nehmen und mit ihm fortlaufen könnte. Weit fort, wo niemand sie finden konnte. Aber was war er, dieser Vater so voller guter Absichten? Ein Versager und ein Halunke.

»Mama ist manchmal komisch«, sagte Todd ruhig. »An meinem Geburtstag, als du mir das neue Fahrrad geschenkt hast, rief sie bei anderen Fahrradgeschäften an und fragte, ob sie beklaut wurden.«

Henessey zuckte zusammen, jedoch nur innerlich. Soviel Unrecht er Todd im Laufe der Jahre auch durch seine Vernachlässigungen angetan hatte, es war nichts im Vergleich zu dem ständigen Stänkern seiner Ex-Frau. Es mußte schon hart für ein Kind sein, einen Vater zu lieben, den es nur ein paar Minuten pro Monat sah, während die Mutter das ganze Jahr über ständig Haß gegen ihn versprühte. Als nächstes würde sie Todd vermutlich erzählen, Daddy wolle ihn nur mißbrauchen. Und alle Nachbarskinder würde sie vor dem Sittenstrolch warnen.

Es war das beste, die Ruhe zu bewahren. Mitch Henessey hatte die schmutzige Kehrseite von Scheidungsprozessen erlebt und wußte, daß er nicht gewinnen konnte, ganz gleich, wie sehr er auch seinen Sohn liebte.

Er räusperte sich. »Du kannst ihr sagen, daß ich keine Fahrräder klaue. Nicht in dieser Gegend.«

Todd nahm das ernst. »Das werde ich ihr sagen«, versprach er leise und ging mit seinem neuen Spielzeug ins Haus.

Henessey blickte von der Veranda zum Horizont. Bäume und Schnee. Und weiterer Schnee lag in der Luft. Das einzige Geld in seiner Brieftasche war der Rest der Ausbeute von der Gaunermasche. Einige der Bäume in der Ferne wirkten dazu geeignet, sich daran aufzuhängen; vielleicht konnte er sich mit dem ergaunerten Geld einen ordentlichen Strick kaufen. Warum nicht?

Er war an der Tür der Veranda, als sich der Pieper an seinem Gürtel meldete. Seine Sekretärin, Trin Newman, signalisierte ihm auf diese Weise, daß er ein Telefon aufsuchen sollte. Vor sich hin grummelnd, überquerte er den Bürgersteig, stapfte durch knöcheltiefen Schnee, der in seine Schuhe rutschte, schmolz und glitschig in seine Socken kroch. Er stieg in seinen rostigen Plymouth, ließ seinen Kopf aufs Lenkrad sinken und schaute auf den Tacho. Er funktionierte seit 1991 nicht mehr, das half, die Kilometerzahl zu begrenzen, das war aber auch schon der einzige Vorteil. Er drehte den Zündschlüssel und rechnete damit, daß die Batterie die weiße Flagge hissen würde, aber der Motor sprang an, und aus dem Auspuff schoß die übliche blaue Qualmwolke.

Wieder piepte es. Das war ungewöhnlich, zweimal binnen einer Minute. Trin signalisierte Alarm. Henessey fuhr langsam an und bog in die nächste Straße rechts. Er fuhr vorsichtig durch den Schneematsch, während er sich wünschte, mit qualmenden Reifen durch die Stadt zu rasen. Acht Blocks entfernt gab es einige Telefonkabinen an der Außenwand eines Lokals. Auf dem Weg dorthin zündete er sich eine Zigarette an, paffte nervös und drückte sie nur halb geraucht in seinen Aschenbecher, der bereits überfüllt mit Kippen war. Er fragte sich, wie lange er sich noch über Wasser halten konnte, indem er mit Trin seine Gaunermasche durchzog. Was für eine Rente war das?

Trin meldete sich nach dem ersten Klingeln. »Henessey Ermittlungen, kein Fall zu groß oder zu klein.«

»Ich bin's«, sagte er. »Was ist los?«

»Oh, Mitch. Frohe Kunde. Die Hauswirtin, von der ich dir erzählt habe, vermietete '87 an unser Mädchen. Ihre Lieblingsmieterin, sie zahlte immer rechtzeitig. Dann kommt die Mieterin eines Tages nie wieder, und die alte Lady ist sehr traurig. Sie hat es nicht übers Herz bringen können, die Klamotten des Amnesie-Huhns wegzuwerfen. Sie hat alles in ein Lager schaffen lassen. Ihr älterer Bruder besorgt mir 'nen Schlüssel dafür.«

Henessey atmete tief die klare, kalte Luft ein und suchte in den Taschen nach der Zigarettenschachtel. »Treffer«, sagte er. »Großer Treffer. Du bist dein Geld wert. Und die Hälfte mehr, Baby.«

Sie lachte. »Das Doppelte, Mitch. Wir sehen dadurch ziemlich gut aus. Keiner der anderen Schnüffler konnte etwas finden.«

Henessey lachte mit ihr. »Natürlich konnten sie das nicht – da muß schon eine wahre Meisterdetektivin wie du ran.« Er zündete sich eine Zigarette an, paffte ein paarmal, und er fühlte sich zum ersten Mal seit Wochen gut. »Okay«, sagte er, »hör auf, ums Honorar zu feilschen und zieh dich fein an. Wir gehen aus.«

Auf der Rückfahrt nach Pittsburgh summte er vor sich hin.

10

Samantha war wieder daheim.

Ihr Gesicht war nicht so schlimm verletzt worden, wie es zunächst den Anschein gehabt hatte. Ihr Kinn war vom Lenkrad lädiert worden, und die geheimnisvolle Narbe an ihrem Haaransatz war aufgebrochen. Gesichtsverletzungen bluten stark. Ihr Gesicht war purpurfarben und stellenweise grünlich, doch die Verfärbungen gingen bereits zurück. Ihr Oberkörper schmerzte noch vom Aufprall des Hirsches, doch alles in allem verlief ihre Genesung erstaunlich schnell. Earl the Pearl war vor zwei Tagen beerdigt worden. Die sterblichen Überreste waren in einem geschlossenen Sarg zu Grabe getragen worden. Man hätte auch einen Schuhkarton nehmen können, nach dem Zusammenstoß mit dem Hirsch und dem Baum und nach dem Feuer war nicht viel von ihm übriggeblieben. Als Feuerwehrmann von Honesdale wurde er vom Bürgermeister und dem Polizeichef in Lobreden gepriesen, und seine Tapferkeit und seine lange, aufopferungsvolle Arbeit im öffentlichen Dienst wurden gewürdigt. Samantha hatte nichts dagegen: Der alte Scheißkerl war kein richtiger Vergewaltiger gewesen, nur ein einsamer, schmutziger greiser Knacker.

Jetzt aber waren Samantha und Hal Stanton in der Küche und bereiteten das Abendessen vor. Hal war überzeugt, daß ihm der schärfste Schmortopf der Welt gelingen würde. Thunfisch und Schinken, stark gesalzen und schwer genug, um einen Krater in den Boden zu reißen, wenn er fallen gelassen wurde. Samantha schnitt mühselig Karotten für den Salat, Scheibchen für Scheibchen, weil sie befürchtete, sich zu schneiden, nachdem sie vor kurzem so viele Schrammen und Schnitte abbekommen hatte.

Hal lehnte sich neben sie an die Arbeitsplatte. »Schatz, hast du eine voraussichtliche Ankunftszeit für diese Karotte? Sagen wir ›voraussichtliches Ende der Möhren-Amputation‹?«

»Ich könnte mir lange vorher einen Finger amputieren«, erwiderte sie. »Sollen die Karottenscheiben noch in die Kasserolle?«

»Die Geheimzutat.« Er seufzte. »Vielleicht kannst du Mr. Karotte morgen mit in die Schule nehmen und dort in Ruhe weiterschneiden.«

»Hör auf mit deinen Witzen«, murrte sie. »Du bringst mich noch um, wenn du mich weiter antreibst und – autsch!« Sie hob die Hand. Blut quoll aus ihrem Daumen.

»Komm, gib mir das Messer«, verlangte Hal und streckte die Hand aus.

»Nix!« Sie rückte von ihm fort. »Ich werde diese Karotte schneiden, und du wirst die blutgetränkten Scheiben essen, also hau ab!«

»Na prima«, sagte er ohne Groll und kehrte zu seinem Schmortopf zurück. Binnen Sekunden schnitt er sein eigenes Gemüse, und sein Messer hackte glatt und in stetigem Rhythmus auf das Hackbrett.

Samantha blickte von ihm fort, runzelte die Stirn und widmete sich wieder ihrer Karotte. Ihr Gesicht tat ein bißchen weh, aber ihre unerklärliche Ungeschicktheit schmerzte mehr.

Sie faßte das Messer anders, legte die Karotte in Position,

nagte eine Weile an ihrer Unterlippe und schlug dann vorsichtig mit der Klinge zu.

Jubel, Jubel. Sie hatte eine Scheibe geschafft. Samantha blickte wieder zu Hal, beobachtete seine Bewegungen, als er einen Staudensellerie in Streifen schnitt. Ihr Gesicht schmerzte, und sie war relativ schlecht gelaunt, aber verdammt, eine Hausfrau war keinen Schuß Pulver wert, wenn sie nicht mit einem normalen Küchenmesser umgehen konnte.

Hack. Hackhackhack.

Schon besser. Nicht so schnell wie ein Küchenchef, aber schon besser. Sie konzentrierte sich stärker.

Hackhackhackhackhack …

Eine Sache von Sekunden. »Hal?« sagte sie unsicher. »Liebling, schaust du dir das bitte an?«

Er tat es. Dann wurden seine Augen groß. Samantha hatte jetzt drei Karotten in eine Reihe auf das Hackbrett gelegt. So schnell, daß die Bewegung des Messers kaum mit dem Auge zu verfolgen war, hackte sie die ersten beiden Karotten in gleich große Scheiben und schnitt dann ein Stück der dritten zu einer perfekt dekorativen Spirale, sozusagen zu einem Karotten-Akkordeon. Mit einem breiten Grinsen schob sie es in ihren Mund.

Hal wich einen Schritt zurück. »Samy, wie zum Teufel …?«

Sie legte eine Hand auf den Busen und drehte eine Pirouette wie eine Ballerina, wobei sie vor Freude jauchzte. »Ich habe das schon immer gekonnt, Hal! Ich bin von Beruf Küchenchef, das habe ich die ganze Zeit gespürt!« Sie hob das Messer vor ihr Gesicht und zeigte der glänzenden Klinge die Zähne. »Gib mir mehr«, knurrte sie Hal an und ließ den Blick schweifen, als suche sie nach dem nächsten Opfer wie die vom Teufel besessene Linda Blair in *Der Exorzist.* »Gib mir noch was, egal was! Ich bin heiß aufs Hacken!«

Caitlin kam in die Küche, angelockt von der Aufregung. Sie musterte ihre Mutter und tauschte Blicke mit Hal, der recht bestürzt wirkte. Dann zuckte er die Achseln, öffnete den

Kühlschrank und suchte nach etwas zum Hacken. Eine kalte Tomate. Er richtete sich auf und gab sie Caitlin.

»Hier«, sagte er. »Frag nicht, warum.«

Caitlin wandte sich um und warf die Tomate ihrer Mutter zu. »Tomate«, kündigte sie an.

Samantha fing die Tomate auf. Sie legte sie auf das Hackbrett, betrachtete sie und nickte leicht. Eine Stoppuhr hätte weniger als fünfmal getickt, und schon war die Tomate in dünne Scheiben geschnitten.

Samantha blickte mit großen und hungrigen Augen zu Hal. »Mehr.«

Hal erfüllte ihren Wunsch. »Zwiebel im Anflug.«

Caitlin nahm sie stirnrunzelnd in Empfang und kündigte an: »Zwiebel, Mom.«

Samantha fing sie auf und hackte sie im Nu in Würfelchen. »Mehr«, verlangte sie und blickte zu Caitlin und Hal.

Hal lieferte einen Kohlkopf. Caitlin schmiß ihn wie einen Punchingball zu Samantha, die ihn mit der linken Hand auffing, auf das Hackbrett fallen ließ und zu Krautsalat verarbeitete, von dem das meiste auf dem Boden unter der Arbeitsfläche landete. »Mehr«, verlangte sie. »Schneller.«

Hal zwinkerte Caitlin zu, als er ihren Blick auffing. »Wie am Fließband, okay?« Er warf ihr Kartoffeln und Tomaten zu, zwei grüne Paprika, weitere Karotten und einen geschrumpften Kohlkopf, den er vergammelt im Gemüsefach gefunden hatte. Caitlin konnte nur ein paar der Dinge des Bombardements nicht auffangen; Samantha schnappte alle. Mit der Linken fing sie ständig Nachschub, und mit der Rechten hackte sie, zerteilte, würfelte, schnitt und schaffte sogar ein paar gewellte Fritten. Hal begann nun, ihr die Dinge direkt und ohne den Umweg über Caitlin zuzuwerfen. Caitlin kicherte, weil sich anscheinend eine Gemüseschlacht entwickelte. Dann wirbelte Samantha das Messer durch die Luft und fing es wieder auf, während sie zugleich eine Tomate nahm. Sie warf sie durch die Küche und schleuderte das Messer hinterher. *Klatsch!* Die Tomate, in der Mitte getroffen, wurde an die Wand genagelt, und rötlicher Saft sickerte daran herab.

Sie blickte strahlend und schwer atmend zu Hal und Caitlin, doch sie ernüchterte schnell, als sie ihre erstaunten Mienen sah. Sie errötete schuldbewußt und stammelte das einzige, was ihr in den Sinn kam. »Äh ... Küchenchefs tun das, nicht wahr?«

Vielleicht.

11

Mitten in der Nacht, mitten im Nirgendwo, war ein Mann mit bloßem Oberkörper an einen Stuhl gefesselt, während der Mann, der ihn töten wollte, eine Aktentasche durchwühlte. Die Aktentasche stand auf der Motorhaube eines Wagens. Die Scheinwerfer waren eingeschaltet. Obwohl er tadellos gekleidet war, wirkte der Killer nur wie ein Schemen in der Dunkelheit, denn der zum Tode verdammte Mann saß im kalten Licht der Scheinwerfer, die ihn blendeten. Der Wagen? Brandneuer Volvo. Der Killer? Timothy. Der Mann?

Spielt keine Rolle mehr.

»Timothy, *bitte*!« sagte der Gefesselte. »Ich weiß, daß du mich umlegen wirst, das weiß ich. Aber tu es mit einer Kanone, nicht mit dem Messer. Bitte. Tu mir den Gefallen, ich flehe dich an ...«

»Es wird alles bald vorüber sein«, erwiderte Timothy.

»Aber ich ... ich habe *Angst* vor dem Messer. Bitte, ich kann nicht mal eine Spritze von einem Arzt ertragen. Bitte!«

»Pst. Das mit dem Messer tut mir leid, aber ich ahme einen gesuchten Serienkiller nach. Die Durchführung und die Szenerie müssen passen, und er benutzt nun mal zum Töten das Messer.«

Der Mann war den Tränen nahe. »Verdammt, Mann, wie kann ich den Bundesbullen was von der Honeymoon-Sache gesagt haben? Was weiß ich denn schon von Honeymoon? Um Himmels willen, ich weiß nicht mal, was das ist. Ich *schwöre …«*

Timothy betrachtete ihn mit den Augen eines erfahrenen Vernehmungsbeamten. »Okay, ich glaube dir«, sagte er, und er meinte es wohl ehrlich. Es war der falsche Mann. »Ich kann immer erkennen, ob mich jemand anlügt oder nicht. Es gibt tausend verräterische Anzeichen dafür, und ich glaube dir wirklich. Du weißt absolut nichts über Honeymoon.«

Er neigte sich wieder zu seiner Aktentasche auf der Motorhaube. »Aber das ist das Dumme an der Sache: Um herauszufinden, daß du nichts weißt, mußte ich dir allerhand verraten. Du weißt jetzt, worum es geht, folglich habe ich dein Leben versaut. Darüber hinaus muß ich dich erstechen, was du haßt. Schlimm, schlimm.«

Er nahm einen Stapel Fotos aus der Aktentasche und hielt sie vor den nächsten Scheinwerfer. Tatortfotos, Männer in verschiedenen Stadien der Entkleidung, an Stühle gefesselt und aufgeschlitzt. Stirnrunzelnd schaute Timothy von einem Foto nach dem anderen zu dem Mann. Zufrieden steckte er die Fotos zurück in die Aktentasche, entnahm ihr ein großes Jagdmesser und zog es aus der Scheide.

»Nein!« kreischte der Mann auf dem Stuhl.

In diesem Augenblick schlug das Handy in Timothys Sakkotasche an. Ärgerlich nahm er es heraus und klappte es auf. »Timothy.«

Der Mann, der antwortete, stellte sich nicht vor. »Nachricht von Mr. Daedalus.«

»Ich höre.«

Während der Mann auf dem Stuhl zuschaute, trommelte Timothys Finger auf das Handy, das er an seinem Ohr hielt, und verdrehte die Augen, um sich bei dem Gefesselten für die Störung zu entschuldigen.

»Er sagt, es tut ihm leid«, krächzte die Stimme am anderen Ende der Leitung, »aber er braucht dich sofort. Es hat sich etwas ergeben.«

Timothy seufzte. »Was ist denn so verdammt wichtig?«

»Erinnerst du dich an deinen alten Kollegen One-Eye-Jack?«

Er nickte leicht. »Sitzt sieben bis zehn im Rahway ab.«

»Nicht mehr. Er ist ausgebrochen, nachdem er zwei Tage zuvor etwas im Fernsehen gesehen hat, das ihn – ich zitiere – ›störte‹. Es störte ihn so sehr, daß ihm der Gefängnisarzt Beruhigungsmittel geben mußte.«

»Komm zur Sache«, schnarrte Timothy.

»Okay, Mann, jetzt kommt es. Unter dem Einfluß von Beruhigungsmitteln sagte One-Eye-Jack, daß … daß Charly Baltimore noch lebt!«

Timothy schnappte nach Luft.

»Bist du noch dran? Ich weiß, es ist unvorstellbar, aber … wenn sie lebt, hat sie vielleicht Kontakt mit dem alten Mann in Massachusetts aufgenommen.«

»Zapft sein Telefon an«, sagte Timothy. »Und sag Daedalus, daß ich unterwegs bin. Ende.«

Er klappte das Handy zusammen und steckte es weg. Dann starrte er eine Weile gedankenverloren vor sich hin und tippte mit der Messerspitze gegen sein Kinn. »Ein Unglück kommt selten allein«, sagte er zu dem Mann.

Er stieß mit dem Messer zu, schlitzte den Mann auf und trat zurück, damit dessen Gedärme sich nicht über seine Gucci-Schuhe ergossen.

12

Am folgenden Nachmittag war der Tag so schön, wie man es im Winter in Pennsylvania erwarten konnte. Der Himmel war klar und blau, die Sonne ein blendender Feuerball und die Welt eine Skulptur in Weiß. Samantha und Caitlin waren draußen auf dem Farmer's Pond. Der Teich hatte bereits eine dicke und sichere Eisschicht, und ihr Atem bildete Dampfwölkchen. Sie waren zwei von Dutzenden Schlittschuhläufern, die an diesem Tag ihre eingerosteten Fähigkeiten verbessern wollten. Caitlin, eine Anfängerin im Schlittschuhlaufen, amüsierte sich allerdings nicht besonders und setzte ihr Hinterteil immer wieder aufs Eis.

»Ich kann Mr. Perkins von hier aus nicht sehen«, sagte sie weinerlich. Der neue Teddybär hatte sie bei der Schlittenfahrt begleitet, wartete jetzt jedoch am Ufer.

»Er ist da«, sagte Samantha. Caitlins Schnürsenkel hatten sich gelöst, sie war darüber gestolpert, und Samantha schnürte sie diesmal doppelt fest. »Siehst du ihn neben dem Schlitten? Er schaut dir beim Schlittschuhlaufen zu und ist sehr aufgeregt.« Sie überprüfte die Knoten. »Kannst du zu ihm laufen?«

»Du mußt mich an der Hand halten.«

»Wenn ich dich ständig an der Hand halte, lernst du es nie, mein Schatz.« Samantha half Caitlin auf die Füße. »Willst du es nicht wenigstens einmal allein versuchen?«

Caitlin klammerte sich an sie. »Mom, es wird nicht klappen, ich werde wieder fallen.«

»Klar wird es klappen. Du bist ein hartes Mädchen.« Sie löste Caitlin von sich und hielt sie an den Schultern. »Fertig? Dann los. Drei, zwei, eins … Start!«

Sie gab Caitlin einen sanften Schubs, als sie von neuem protestieren wollte. Das Mädchen konnte nicht bremsen und stolperte vorwärts, schwankte hin und her und fuchtelte wild mit den Armen herum, während sie wenig graziös über das Eis rutschte. Samantha schlug die behandschuhten Hände vor den Mund und lachte hinein, bis Caitlin sich den Gesetzen der Schwerkraft und Trägheit beugte und vornüber aufs Eis plumpste. Sie begann sofort loszubrüllen, und Samantha lief zu ihr.

»Aua«, jammerte Caitlin und preßte die Arme auf die Brust, als sie sich auf die Knie stemmte. »Ich kann es nicht. Ich will heim!«

»Du *kannst* es!« sagte Samantha ungeduldig. »Wenn du heim willst, dann *lauf* heim. Kapiert?«

Caitlin begann bitterlich zu heulen. Samantha neigte sich über sie und verlor die Beherrschung. Es war ihr gleichgültig, daß die Leute zu der bösen Mama und ihrem verängstigten Kind blickten. »Ich weiß, daß du Angst hast«, fuhr sie das Mädchen an. »Aber du mußt die Angst besiegen, das ist alles. Und jetzt hörst du auf, dich wie ein Baby zu benehmen – und stehst auf!« Sie riß sie hoch und schüttelte sie.

»Ich will nicht!« schrie Caitlin. »Meine Hand tut weh!«

Samantha packte die Hand, auf die ihre Tochter wies. Plötzlich war ein Zorn in ihr, den sie nicht zügeln konnte, ein Zorn, der ihr alt und vertraut vorkam, der jedoch auch so neu und so scharf wie die Kufen von Caitlins Kinderschlittschuhen war. »Das Leben ist Schmerz«, zischte sie ihr ins Gesicht. »Nichts als Schmerz, und du solltest dich daran gewöhnen. Du wirst den ganzen Weg zum Ufer laufen, kleine Prinzessin, du wirst es tun und nicht wieder stürzen! *Hast du das verstanden?«*

Irgend etwas brach dann: entweder Caitlins Handgelenk oder Samanthas Fähigkeit, die Kräfte fernzuhalten, die in ihr erwachten. Höchstwahrscheinlich beides, denn während Caitlin in der Stadt beim Arzt war, der ihrem gebrochenen Handgelenk einen Gipsverband anlegte, mußte Samantha einen Zufluchtsort suchen, um über die Dinge nachzudenken.

Doch die Dinge stellten sich als undenkbar heraus.

13

In der Dunkelheit des Abends war Samantha allein im Baumhaus, eine wahre Riesin, die in die Welt eines Kindes eingedrungen war. Sie hockte in einer Ecke und hatte ihre Knie umschlungen, während durch die Ritzen in den Wänden und der Decke Sternenschein fiel und sich die Sichel des Mondes durch das scheibenlose Fenster wie anklagend am dunklen Winterhimmel zeigte.

Neben ihr in der Dunkelheit lag ihr Handy; vor ein paar Stunden hatte sie es zu einem letzten verzweifelten Versuch benutzt, um etwas über ihre Vergangenheit herauszufinden. Seit Jahren beschäftigte sie Privatdetektive; endlich, in diesen letzten Stunden, in denen sie bei gesundem Verstand war, zahlte es sich aus. Mitch Henessey hatte etwas für sie herausgefunden.

Jetzt schlug das Handy wieder an. Sie hielt es ans Ohr und drückte auf den Knopf. »Hallo?«

Es war wieder Henessey. »Fahren Sie drei Blocks an der Tankstelle vorbei«, sagte sie. »Biegen Sie dann rechts ab. Okay, ich sehe Sie in Kürze.«

Es klickte, und die Leitung war tot. Sie legte das Handy auf den Boden und verfiel wieder in Apathie, ohne einen klaren Gedanken fassen zu können. Auf einmal hob sich langsam die Tür im Boden, und in dem schwachen Lichtschein sah sie Hal. Sie blickte nur kurz zu ihm.

Er räusperte sich. »Ist ja nur 'ne Vermutung, aber das ist ein Baumhaus, und du siehst aus, als wolltest du lieber 'ne Hundehütte.« Er lachte gezwungen, und es klang mehr nach einer sprechenden Puppe, die zu hart gedrückt worden war.

Sie blickte starr auf den Mond. »Sie lief den ganzen Weg zurück auf den Schlittschuhen, Hal. Sie lief und fiel kein einziges Mal. Sie weinte nicht mal.«

Sie schaute ihn an, und ihre Augen waren nicht mit Tränen gefüllt, wie Hal erwartet hatte, sondern zeigten die Verwirrung eines verlorenen Kindes. »Caitlin sagte, ihr Handgelenk tut weh. Ich wußte nicht, daß es gebrochen war. Ich kann mich nicht einmal richtig erinnern, was ich ihr sagte, was ich tat … ich kann mich nicht erinnern.«

Hal stieg die Leiter hinauf und legte eine Hand auf Samanthas Schulter, doch sie zog sich sofort zurück. »Um Himmels willen, ich tue dir nichts«, sagte er.

Sie blickte wieder zum Mond. »Ich habe keine Sorgen um mich.« Stille breitete sich zwischen ihnen aus, so lange, daß sie vermutlich bis Weihnachten andauern würde. Doch dann wurde sie abrupt durch das Jaulen von Sängern unterhalb von ihnen durchbrochen. Hal und Samantha blickten sich stirnrunzelnd an. Die hiesigen Sternsinger waren für gewöhnlich ein gut harmonierender Chor, der schon im September mit Proben begann. Heute abend klangen sie jedoch wie eine Horde schief singender Amateure. *God Rest Ye Merry Gentlemen* war zu einem stockenden Kindergartenlied geworden.

»Wenn wir ihnen etwas geben, verschwinden sie vielleicht«, sagte Hal und ergriff Samanthas Hand. »Ladies first?«

Sie lächelte ihn an. »Wer öffnet als erster die Falltür?«

Sie stiegen die Leiter hinunter, er zuerst, und eilten durch den Schnee zum Haus und betraten es durch die Seitentür. Auf dem Küchentisch neben einem Kuchen, den er gebacken haben mußte, während sie sich verkrochen hatte, stand eine Schüssel mit Schokoriegeln. So war Hal eben: so verdammt ruhig und ausgeglichen, daß er nach dem Schrecklichen, das sie getan hatte, Kuchen backen konnte. Sie hätte ihn manchmal erwürgen können, so nett war er.

Sie nahm die Schüssel mit Schokoriegeln und ging zur Haustür. Der Gesang wurde mit einer Begeisterung vorgetragen, wie man sie sonst wohl nur bei einem Chor von Häftlingen in einem Todestrakt hörte – wenn es einen solchen Chor gab. Sie blinzelte bei dem absurden Gedanken und verharrte an der Tür, um ihre Fassung wiederzugewinnen. Sie wollte sich vor den Stadtleuten nicht gehenlassen.

Der Gesang verstummte plötzlich. Sie hörte jemand durch den Schnee stapfen und dann Schritte auf der kleinen Veranda.

Sonderbar.

Sie öffnete die Tür. Die Sänger hatten sich verstreut. Ein paar waren noch zu sehen und verschwanden gerade in der Dunkelheit jenseits des Hofes über den Weg zum Farmer's Pond. Aber jetzt stand ein Mann deutlich sichtbar auf der Veranada. Er trug ein merkwürdiges Sortiment von Kleidung und eine schmutzige Augenklappe.

»Abend, Charly«, sagte der Mann freundlich. »Lange nicht gesehen, wie?«

Er hielt eine Art Gewehr im Anschlag. Samantha erkannte es sofort als ein HE 109-Schrotgewehr mit zwei Läufen. *Wie komisch, daß ich das weiß,* dachte sie benommen. In diesem Moment schlug ihr der Mann mit dem Schrotgewehr die Schüssel mit Schokoriegeln aus der Hand, und sie zerklirrte, die Riegel regneten auf die Veranda. Sie wußte, daß es einen häßlichen Schokoladenbrei geben würde, wenn man drauf trat.

Er hielt ihr das Schrotgewehr vors Gesicht und zwang sie ein paar Schritte zurück. In seinem Auge glitzerte Haß. Schließlich reagierte Samanta; sie packte das Schrotgewehr an den Läufen und schob es zur Seite.

Irgendwo hinter ihr rief Caitlin. »Mommy?«

Samantha wandte kurz den Kopf und sah das Mädchen mit dem frischen Gipsverband am Handgelenk die Treppe herabkommen.

»Lauf weg!« schrie Samantha, und plötzlich war Hal da, stürmte an ihr vorbei, um den Einäugigen anzugreifen und ihm die Waffe zu entreißen.

Aber es klappte nicht ganz so, wie er sich das gedacht hatte.

One-Eye-Jack hatte den Knast nicht nur durch bösartiges Verhalten überlebt; es hatte Zeiten gegeben, in denen er um sich hatte treten müssen, um seine Hose anzubehalten. Und

Hal war ein weicher und etwas unbeholfener Typ, der nicht für harte Action geschaffen war. One-Eye-Jack brach ihm mit einem einzigen Stoß des schweren Gewehrkolbens drei Rippen und schleuderte ihn wie eine Puppe von sich. Hal blieb groggy liegen, Blut sickerte aus seinen Mundwinkeln.

One-Eye-Jack aber bewegte sich mit der Geschwindigkeit eines Besessenen. Er versetzte Samantha einen Tritt in die Magengrube, und sie fiel auf die harten Bretter der Veranda. Im Nu hielt er das Gewehr an der Schulter, den Finger am Abzug, und zielte auf Samanthas Gesicht. Doch mit einem Aufschrei der Überraschung tanzte er plötzlich auf einem Teppich von Schokoriegeln. *Peng!*

Das Geländer der Verandatreppe explodierte in einem Regen von Holzsplittern, während Jack einen wilden Watussi tanzte, um sein Gleichgewicht zu behalten.

Das Gleichgewicht verlor das Tanzturnier. In der Zwischenzeit hechtete Samantha zur Eingangstür zurück. Jack erhob sich, gelangte auf die Knie und feuerte den unteren Lauf ab. Das Explosionsgeschoß zischte an Samanthas rechtem Ohr und an Caitlins linkem vorbei und fetzte ein gezacktes Loch aus der Wand. Holz und Verputz flogen unter einem gewaltigen Knall herum. Caitlin schrie auf und duckte sich. Samantha schnappte sie mit beiden Händen, hob sie an und warf sich mit ihr ins Hausinnere.

Jack hechtete ihnen nach, seine Schritte hämmerten auf dem Holz der Veranda, während er eine Schachtel Patronen aus einer Tasche seiner weiten Jacke zog. Sein Gesicht war verzerrt wie das eines Wahnsinnigen. Er klappte die Waffe auf, schob eine Schrotpatrone in den Lauf und klappte sie wieder zusammen.

Samantha wirbelte herum. Sie tauchte mit dem Kopf voran in One-Eye-Jacks Bauch, schleuderte ihn fort und landete in einer ziemlich obszönen Pose auf ihm. Seine Munitionsschachtel rutschte über den Teppich. Als er danach griff, trat sie die Schachtel fort.

Er konnte sie von sich werfen. Dann war er wieder auf den

Knien, die Faust in ihr Haar gekrallt. Er richtete sich auf und stieß sie zur Küche. Auf der Türschwelle schleuderte er sie gegen die hintere Wand. Der Küchenschrank flog unter dem Anprall auf, und ihr Bügelbrett, eines dieser auf- und zusammenklappbaren Dinger, die sie so haßte, klappte auf, und die Tür flog fast aus den Angeln dabei. Samantha fiel unter dem Bügelbrett zu Boden, benommen vor Entsetzen, und das Bügelbrett wurde über ihrem Kopf in Stücke zerfetzt. Heißes Schrot streifte sie oben am Kopf, und sie schrie auf.

One-Eye-Jack, den sie aber nicht kannte, stand auf der Türschwelle. Grinsend hob er das Schrotgewehr an und drückte ab. Samantha schloß die Augen.

Klick.

Sie riß die Augen auf, und sie sah eine Vielzahl von Emotionen im Gesicht des Mannes, wobei Zorn ganz oben auf der Liste stand. Er blickte zurück zu der Munitionsschachtel und starrte dann wieder Samantha an. Und etwas über ihrem Kopf.

Er schritt auf sie zu und warf dabei die Waffe weg. Sie polterte auf den Boden. Über dem zerschmetterten Bügelbrett war ein Regal, in dem das Dampfbügeleisen stand. Während Samantha sich aufrappelte, griff er danach.

»Ich will mein Auge wiederhaben, du Miststück«, zischte er ihr ins Gesicht. Sein Atem stank nach Whisky und Wahnsinn. Er hob das Bügeleisen an und schmetterte es auf Samanthas Kopf. Sie taumelte zur Seite, und ihre Knie gaben nach. Wie hatte er sie genannt? Charly? Wie in dem Traum? War das hier ein Traum?

One-Eye-Jack holte wieder mit dem Bügeleisen aus. Samantha wich zurück, stieß gegen die Tischkante und hob abwehrend die Hände. Aber als sie sich an der Tischkante hochzog, stieß sie mit dem kleinen Finger kurz gegen etwas Hartes und Heißes.

Hals Kuchen. Er war noch heiß in der gläsernen Backform. Sie schob die Hand darunter und dachte nur an eine Chance, zu überleben.

Karate, Jiu-jitsu, Kung Fu oder was auch immer, jedenfalls war der Kuchen, der One-Eye-Jacks Gesichts traf, so schnell wie eine Lok, deren Kolben von ihrer Hand angetrieben wurde. Das Geräusch, das entstand, als die Kuchen-Lok gegen das Gesicht des Mannes knallte, hörte sich an, als werde eine Küchenschabe zertreten. Er krümmte sich mitsamt dem dampfenden Kuchen und dem erhobenen Bügeleisen zusammen und wollte einen Schritt machen, stolperte jedoch über die Überreste des Bügelbretts und krachte zu Boden. Es roch nach Backwaren.

Samantha rang um Atem. Das Haar hing ihr wirr ins Gesicht, während sie auf den Einäugigen hinabschaute. Irgendwo im Haus begann Caitlins batteriebetriebener Hund *Jingle Bells, Jingle Bells, wuff, wuff, wuff* zu bellen. Samantha neigte sich über den Mann und stieß ihn mit einem Finger an. Keine Reaktion. Sie stieß ihn mit einem Fuß an. Nichts.

Sie kniete sich hin und hob eine Faust. Vor ihrem geistigen Auge sah sie einen brennenden, sterbenden Hirsch. Sie hob die Faust, holte aus. Kein Job ist zu Ende, bevor er erledigt ist. Keiner ist tot, bevor er tot ist.

Und sie tötete ihn mit einem sauberen, fast mühelosen Schlag in den Nacken. Es knackte. Dann kniete sie sich neben die Leiche, bemerkte, daß sie blutigen Kuchen an den Fingern hatte, und leckte ihn benommen ab.

Sie sah, daß Hal auf der Türschwelle stand und sich gegen den Pfosten stützte. Sein Gesicht war bleich und zeigte den Schock über das, was geschehen war, was er soeben gesehen hatte. Sie schenkte ihm ein zaghaftes Lächeln. »Ich brauchte drei Sekunden«, sagte sie. »Das … das ist ziemlich gut, oder? Drei?«

Sie schloß die Augen. Das Vergessen ihres Komas schien zu winken, sie zurückzuwinken in eine Welt, in der nichts real war und eine Frau namens Charly nur in einem Spiegel existierte.

Sie riß die Augen auf. Die Realität war wieder da.

»Caitlin«, flüsterte sie, und dann wurde ein Aufschrei daraus: »Wir müssen Caitlin suchen!«

Sie schob sich an Hal vorbei und geriet in Panik bei der Vorstellung, Caitlin könnte mit gebrochenem Genick dort draußen im Schnee liegen. Die Haustür wurde noch vom Nachtwind hin und her bewegt; sie riß sie auf und rannte …

… genau in einen Privatdetektiv namens Mitchell Henessey, der auf der Veranda stand.

»Caitlin«, rief sie in die Dunkelheit und wollte an ihm vorbeistürmen.

»Hey, nur die Ruhe«, sagte er und hielt sie am Oberarm fest. »Mit ihrer Kleinen ist alles in Ordnung, sie wärmt sich in meinem Wagen auf.«

Vier Streifenwagen stoppten schlitternd am Bürgersteig und erhellten die Nacht mit blauem und rotem Licht, das in verrückten Mustern über Schnee und Eis zuckte. Henessey wandte den Kopf. »Was, zum Teufel, hat das zu bedeuten?« Er schaute wieder Samantha an. »Was ist los?«

Statt einer Antwort wurde sie schlaff in seinem Griff und sank ohnmächtig zu Boden.

14

Der Morgen hielt Einzug in Honesdale, Pennsylvania, mit tiefhängenden grauen Wolken und Temperaturen, bei denen der Schnee zu schmelzen begann, jedoch nur halbherzig. Am Nachmittag würde die kristallene weiße Pracht zu häßlichen Klumpen werden, die Straßen würden matschig und dunkel sein, und Pennsylvania würde wieder einen ziemlich tristen Anblick bieten, so wie jedesmal während des Winters.

Mitch Henesseys betagter Plymouth stand mit offenem Kofferraum am Bordstein, und ein paar Handkoffer waren darin zu sehen. Die rostende Detroiter Haut des Wagens gab

Zeugnis von langen Perioden mit miesem Wetter, der sie bisher zu trotzen wagte. Henessey war in einem Schlafzimmer im Haus und führte an einem der Telefone ein Ferngespräch auf Pump, dessen Gebühren er allerdings niemals zurückzahlen würde.

Mit der Ex-Frau zu sprechen, war im besten Fall riskant. Diese Dinge mußten *feinfühlig* erledigt werden, wie es die ›Böse Hexe des Westens‹ im Märchen so schön gesagt hatte. Nun, Francine war die zweite Besetzung der bösen Hexe, und er hatte die Sache bereits vermasselt. Allein dadurch, daß er sie mit dem Klingeln ihres Telefons behelligt hatte. »Ah, Frau, gib mir eine Chance«, sagte er, während er sich eine Zigarette anzündete, ohne sich zu fragen, ob er hier überhaupt rauchen durfte. Es war kein Aschenbecher zu sehen, aber der Boden war ja da. »Sieh mal, ich bin seit acht Monaten aus dem Knast raus, arbeite wieder an rein legalen Ermittlungen, und da sagst du Todd, ich klaue gottverdammte Fahrräder.«

Frans Stimme klang keifend und gleichzeitig piepsend wie die eines Hamsters. »Schnauz mich nicht an!«

Henessey behielt die Beherrschung. »Sieh mal, ich möchte ihn nur für eine Woche haben. Eine Woche. Um mit ihm zu reisen.«

Hamster: »Das kommt nicht in Frage! Dies ist ein christlicher Haushalt! Ein Klapsdoktor hat mir erzählt, was diese Männer im Gefängnis mit dir gemacht haben! Wenn ich merke, daß Todd homosexuelle Neigungen entwickelt, schwöre ich, daß ich …«

Er knallte den Hörer auf die Gabel. Wenn Fran mit Todd fertig war, würde der Junge seinen Vater wie die Pest hassen. Ihn fürchten, verabscheuen und hassen. Henesseys Augen wurden feucht, und er wischte sich die Tränen fort. Er liebte sein Kind, der Junge fehlte ihm so sehr, der Verlust schmerzte wie ein Tumor in den Eingeweiden – und er wurde von ihm ferngehalten. Ein abwesender Vater war nur ein Geist. Todd würde ihn besser für tot halten.

Mitch Henessey schlurfte aus dem Schlafzimmer und ging

die Treppe hinunter. Jemand hatte das Loch in der Wand mit Pappe bedeckt, das sollte den Winter draußen lassen. Er ging die letzten paar Stufen hinab und erkannte, daß er hier mitten in die Privatsphäre einer Familie stolperte. Das Amnesie-Huhn kniete neben dem Sofa, auf dem das kleine Mädchen – wie hieß es noch? Carly? Katie? – mit ein paar Kissen unter dem Kopf lag und einen Teddybär auf dem Gipsarm hielt. Der große Typ – Cal oder Hal – saß in einem Sessel und war verarztet, als hätten Kinder Doktor mit ihm gespielt: ein Gipsverband hier, eine Menge Verbandmull dort, sogar eine Halskrause, um den Nacken zu stützen. Dies war ein schmerzlicher Abschied. Henessey zog sich ein paar Schritte zurück und versuchte sich klein zu machen. Er hoffte, daß ihnen nicht sein Zigarettenrauch in die Nase stieg.

»... der Mann, der uns umbringen wollte, der Kerl mit der Waffe. Du weißt schon. Wenn ich hierbleibe, wirst du nicht sicher sein. Also muß ich weggehen.«

Das kleine Mädchen starrte die Mutter nur an, und die blauen Augen waren mit Tränen gefüllt.

»Ich werde ganz schnell wieder zurückkommen!« sagte das Amnesie- Huhn – okay, jetzt hieß sie Samantha. Weil er sie besser kannte. »Hier.«

Sie zeigte der Kleinen eine Schachtel mit Weihnachtskerzen. »Ich möchte, daß du eine Kerze brennen läßt. Für mich, im Fenster, wo ich sie sehen kann. Ein kleines Leuchtfeuer für mich, das mir den Heimweg zeigt.«

Henessey drückte sich an die Wand. Er fühlte sich wie ein Spanner und schnippte diskret Asche auf den Boden. Samantha schrieb jetzt mit einem Filzschreiber eine Telefonnummer auf den Gips des Kindes. »Das ist die Nummer für ein besonderes Telefon, das ich immer bei mir haben werde.«

Henessey blinzelte. Warum hatte er an so etwas für Todd nie gedacht? Eine großartige Möglichkeit, um heimlich mit ihm in Kontakt zu bleiben.

Sie begann an ihrem Handgelenk zu fummeln. »Behalte das ebenfalls.« Henessey sah, daß sie einen Armreif abstreifte, nicht mal einen besonders schönen. Einer der Anhänger daran war ein silberner Schlüssel. »Dies bringt Glück«, sagte sie und streifte den Armreif dem Teddybären des Mädchens über.

Dann umarmten sie sich. Henessey schluckte und blickte weg. Kinder. Warum kann man sie nur so verdammt schwer verlassen?

Samantha ging dann zu dem Mann und umarmte auch ihn. »Auf Wiedersehen«, sagte sie leise.

Er hielt sie auf Armlänge von sich, und sein Gesicht verzerrte sich vor Schmerzen. »Hör zu«, sagte er. »Tu, was du tun mußt, suche, wen du finden mußt. Aber ich habe keine Angst vor der Person, die du warst, ganz gleich, wie sie war. Ich werde niemals Angst haben. Nicht vor dir.«

Henessey wartete einen Augenblick lang, während sie sich wieder umarmten, dann räusperte er sich, die Zigarette verborgen in der hohlen Handfläche. »Ziemlich minimaler Schaden angesichts der Kräfte, die am Werke waren«, sagte er sonor. »Aber ich sage Ihnen eines: Wenn die Hausratversicherung nicht dafür zahlt, dann kümmert sich Mitch Henessey darum. Ich habe schon in vielen Versicherungsfällen ermittelt, das können Sie mir glauben.«

Sie blickten zu ihm. Dann schauten sie weinend fort.

»Ich lasse den Wagen warmlaufen«, sagte er und wurde rot.

Er ging hinaus zu der alten Rostlaube und fragte sich, ob die Scheißkiste überhaupt starten würde.

ZWEITER TEIL

1

Der durchschnittliche Präsident der Vereinigten Staaten hat es vermutlich nicht so gern, mitten in der Nacht aus dem Schlaf gerissen zu werden, nur weil gewisse Leute nervös werden. Vielleicht hätte ein Präsident dafür noch Verständnis, wenn ihn sein Stabschef um Mitternacht wachrüttelt, um ihm zu sagen, daß Atombomben auf die Nation herabregneten. Vielleicht würde ein Präsident weniger mürrsich sein, wenn man ihm sagte, daß bewaffnete Rebellen die Tore des Weißen Hauses stürmten. Aber kein Präsident mag aus dem Schlaf gerissen werden, nur weil der Fernsehsender WIIC-TV in Titusville, Pennsylvania, vor zwei Wochen einen Weihnachtsumzug übertragen und jemand in Washington D. C. ihn gesehen hat.

So stand der Präsident also recht mürrisch auf. Nach der Wahl hatte er sich mit Dutzenden von Beratern umgeben, die von Steuergeldern bezahlt wurden, die wiederum Dutzende Untergebene beschäftigten, die ebenfalls von Steuergeldern bezahlt wurden, nur um sicherzustellen, daß unbedeutende Entscheidungen ohne ihn getroffen werden konnten. Nur so hatte er Spielraum für die *großen* Entscheidungen. Aber heute nacht waren die Dinge verwirrend, und alle Berater des Präsidenten und alle Berater der Berater konnten die Lage nicht ohne ihn meistern.

Der Präsident befahl dem Fußvolk, sich zu entfernen, er wollte nur mit den Spitzenleuten konferieren, diesmal unten in der Küche des Weißen Hauses. Die Küche bestand aus ungefähr sechshundertfünfzig Quadratmetern aus Aluminium und rostfreiem Stahl. Und aus einem vierzigköpfigen Personal, das auf Abruf sofort zur Verfügung stand. Eigentlich hatte sich der Präsident entschieden, seine obersten

Sicherheitsleute in der Küche zu treffen, damit er dort ein Schinkenbrötchen zu sich nehmen konnte. Das war eigentlich der einzige Grund für diese Entscheidung. Wenn der mächtigste Mann der Welt mitten in der Nacht aufstehen muß, dann kann er wenigstens ein anständiges Sandwich erwarten.

»Perkins«, sagte er, während er mit einem Messer Senf aus einer Gallonen-Dose auf seinem Brötchen verstrich. »Sagen Sie das alles noch mal, okay? Ich bin heute nacht ein wenig langsam im Denken. Besser noch ...«, er klappte die beiden Brötchenhälften zusammen und nahm das Sandwich in beide Hände, »... besser noch, ich versuche es: Sie haben einen Ihrer Agenten verloren, genauer gesagt eine Agentin, eine hocherfahrene, verdeckt arbeitende Agentin, deren Ausbildung unter anderem Gegenattentate einschloß – und jetzt ist sie die Schöne bei einem Weihnachtsumzug.«

Der Angesprochene stand abwartend und hochaufgerichtet da, während der Präsident in das Brötchen biß und kaute. Er wurde für gewöhnlich mit *Mister* Perkins angesprochen, ein aalglatt wirkender Typ mit silbergrauem vollem Haar. »Die Information ist zwei Wochen alt«, sagte er in markigem Tonfall. »Wir haben sie aber erst gerade erhalten. Die Quelle ist WIIC-TV in ...«

»Titusville. Titusville, Pennsylvania, Perkins.« Der Präsident biß wieder schmatzend in das Brötchen. »Für gewöhnlich stehe ich nicht aus dem Bett auf, ohne zu wissen, warum.«

Abseits, neben einer der glänzenden Zwölf-Gallonen-Kaffeemaschinen, stand der Direktor der CIA. Er hob eine Hand. »Sir? Mein Nachrichtendienst informierte mich, daß diese Frau heute abend einem Mann das Genick gebrochen hat. Einem ausgebrochenen Häftling.«

Der Präsident stöhnte auf, und sein Blick glitt zu Perkins. »Sie haben diese Frau rekrutiert?«

»Für Chapter, ja.«

»Chapter? Diese Operation gibt es nicht mehr.«

»Jawohl, Sir. Aber in den siebziger Jahren war ich mit ihrem Vater befreundet, und so ... nahm ich sie auf.«

»Sie nahmen sie auf«, wiederholte der Präsident. »Nun, anscheinend hat sie sich für den Gefallen revanchiert, mein Freund.«

Perkins breitete die Arme aus. »Sir, ich versichere Ihnen, daß ich genauso vor einem Rätsel stehe wie Sie.«

»Tatsächlich?« mischte sich der CIA-Direktor ein. Perkins fragte sich, warum die Staatsbediensteten immer aufeinander herumhackten, wenn etwas schiefiief.

»Um Himmels willen«, sagte er gereizt, »meinen Sie, ich hätte sie acht Jahre lang auf meinem Speicher versteckt?« Er legte eine Pause ein, um tief durchzuatmen und sich unter Kontrolle zu bringen. »Meines Wissens«, fuhr er fort, »starb Charlene Baltimore während eines Einsatzes. Ein Relikt des Kalten Krieges, eine Art gewalttätige Operation, die seither aus unseren Reihen ausgemerzt wurde.« Wieder atmete er tief durch. »Aber danke, Kent, für Ihren Versuch, mich vor dem Präsidenten zu ficken.«

»Zu ficken! Wie können Sie es wagen ...?«

»*Mein Gott*!« ereiferte sich der Präsident. »Das ist ja unglaublich! Ihr kommt mir mit einer solchen Scheiße, und dabei jammert ihr ständig, daß ihr mehr Gelder braucht. Wißt ihr, wo ihr eure Gelder demnächst abholen könnt? Dann will ich es euch sagen: bei der Sozialhilfe!«

Mr. Perkins wurde sofort wieder cool. »Mr. President«, sagte er ruhig. »Ich entschuldige mich für meinen Kollegen. Und ich versichere Ihnen, daß ich ermitteln werde, welchen Schaden – wenn überhaupt welchen – meine frühere Agentin angerichtet hat. Ich werde herausfinden, was sie getan hat, außer einem Mann das Genick zu brechen.«

»Na prima«, sagte der Präsident. »Und wenn Sie schon dabei sind, finden Sie folgendes heraus:

Was, zur Hölle, macht sie bei einem Weihnachtsumzug?«

2

Mitch Henesseys Sekretärin hatte gute Arbeit geleistet, und so konnte Mitch Samantha Caine einen Koffer voller Hinweise präsentieren, während er sie durch das Hinterland von Pennsylvania und zum Strand von New Jersey kutschierte, wo sie vor acht Jahren das neue Leben angefangen hatte. Sie nahm an, daß sie ihn pro Kilometer bezahlte, obwohl nichts Schriftliches vereinbart war. Und *er* nahm an, daß er den Job los war, wenn sie all die Hinweise sah und sie an der Atlantikküste waren. Dann würde die Amnesie-Puppe ja wohl wissen, wer und was sie war.

Ein leichter Auftrag also, eine einfache Fahrt und jede Menge knisternder Dollars – wenn sie sich daran erinnerte, daß sie die Prinzessin von Wales oder so was war. Das Radio im verkratzten Armaturenbrett des Plymouth konnte nur Mittelwelle empfangen, aber da gab es überraschend viele Sender. Hauptsächlich Talkshow-Blabla, aber es gab immer zumindest einen Sender, der Oldies brachte, ganz gleich, wo man war. Vermutlich für all die alten Hippies, die noch in ihren rostigen VWs oder Plymouth- Karren oder was auch immer herumgondelten.

Samantha Caine murmelte etwas neben ihm, während sie in dem Koffer auf ihrem Schoß stöberte.

»Was sagten Sie?« fragte Henessey.

»Ich sagte, mir ist kalt.«

Er nickte zum Armaturenbrett hin. »Schalten Sie die Heizung an. Sie funktioniert nicht, aber sie macht einen äußerst ärgerlichen Radau, der Sie von der Kälte ablenkt.«

»Sehr lustig.« Sie kramte in dem Koffer. »Ich erinnere mich an nichts von diesem Zeug.«

»Zu schade. Da ist die Crème de la Crème vertreten. Kleidungsstücke, Schuhe, Töpfe und Pfannen, eine Kühltasche ...«

»Zigaretten«, sagte sie plötzlich. »Sie rauchen, Henessey.

Sie rochen wie ein Waldbrand, als Sie sich im Haus auf der Treppe versteckt haben.«

Er zog verlegen eine Zigarettenschachtel aus der Tasche und schnippte einen Stengel für sie heraus. Als wahrer Kavalier gab er ihr auch Feuer.

»Hm, hm.« Sie inhalierte tief, blies eine blaue Wolke aus und musterte Henesseys Profil. *Peilt sie die Lage?* dachte er flüchtig. *Gefalle ich ihr?*

»Hey, Sie«, sagte sie. »Ich hab' vergessen zu fragen ... sind Sie überhaupt gut?«

Er verschluckte fast seine Zunge. Gut wobei? »Wie bitte?«

»Sie wirken ziemlich zwielichtig für einen Detektiv. Das ... das ist natürlich nicht böse gemeint.«

»Natürlich. Eigentlich bin ich, wissen Sie ... *Mann o Mann!*«

Eine blonde Joggerin mit tollen Kurven, die von dem Jogginganzug kaum gebändigt werden konnten, lief vorbei, und ihm fielen fast die Augen aus dem Kopf. Er starrte ihr hinterher, bis er sie nicht mehr sehen konnte. Als er sich wieder etwas abgekühlt hatte, bemerkte er, daß Samantha ihn mit erhobenenen schwarzen Augenbrauen und bösem Blick musterte. »Verzeihung«, murmelte Henessey und duckte sich unwillkürlich. »Falls das ungehobelt war, meine ich.«

»Wie bitte?« schnaubte sie. »*Falls* das ungehobelt war?«

Er zuckte die Achseln. »Nun ja. Ich habe mich ablenken lassen.«

»Tatsächlich. Ist mit Ihrem Nacken alles in Ordnung? Nichts verrenkt?«

Er preßte die Zähne aufeinander. Humorlose Weiber.

Aber sie war noch nicht mit ihm fertig. »Warum macht ihr Kerle das?« fragte sie. »Ihr werdet nie an die Puppen rankommen, euch nicht mal mit ihnen treffen, aber selbst mit Tempo siebzig müßt ihr sie beglotzen, wie? Ich meine, was habt ihr davon?«

Henessey preßte die Lippen aufeinander. Samy hier steckte vermutlich jedem männlichen Stripper, den sie jemals gesehen hatte, Zwanzig-Dollar-Scheine in den Slip, doch sie wollte wissen, was der Reiz daran war. Wäre doch lustig, wenn sie in ihrer Vergangenheit eine Nutte gewesen war.

»Nicht, daß Sie mich mitverstehen«, fuhr sie fort. »Ich bin überzeugt, sie war tief gerührt, weil sich ein Arschloch wie Sie aus dem Fenster gelegt hat und ihm einer abging dabei.«

Er betrachtete sie. »Mir ist überhaupt keiner abgegangen. Ich habe mir einfach ihre Figur angesehen, das war alles. Tut mir leid. Und – hey, wenn das ein Trost für Sie ist, Sie übertreffen sie bei weitem.«

Das schien sie fröhlicher zu stimmen. »Im Ernst? Wirklich?« Es war triefender Sarkasmus.

»Hoffentlich langen Sie mir jetzt keine.«

»Nein, im Ernst, dies ist aufregend! Und das bei den Titten, die die Kleine hatte.«

Er rieb sich übers Kinn. »Also gut. Es ist eine Männersache. Ich meine, Sie haben eine hübsche Figur, aber wenn *solche* …«, er wies mit dem Daumen über die Schulter, »… um eine Ecke kommen …«

»Wann hat die Männerwelt Sie zu ihrem Sprecher ernannt?«

»1962.« Er seufzte, wurde dieser Sache überdrüssig. Dann bemerkte er, daß sie unter den Sachen in dem Koffer ein Buch entdeckt hatte, den Umschlag aufschlug und schloß, ohne auch nur etwas gelesen zu haben. Susan B. Anthony oder wie auch immer war offenbar eine so große Emanze, daß sie sich nicht mal die Zeit nahm, um herauszufinden, ob sie in der Vergangenheit überhaupt eine Frau gewesen war. Wäre das so schockierend gewesen? Das Amnesie-Huhn findet plötzlich heraus, daß es ein Mann war, und nicht mal ein sehr guter. Ein Tittenhasser.

»Wer, zum Teufel, ist Nathan?« fragte er.

»Wie bitte?«

Er wies auf ihren Schoß. »Jemand hat eine Widmung in das Buch geschrieben.«

Sie runzelte die Stirn und schaute nach. Auf der Innenseite des Umschlags stand:

Für Charly, meine beste Schülerin.
In Liebe, Nathan.

Henessey griff hinüber und klappte das Buch zu, um den Umschlag zu sehen.

SINNLOSE ÜBUNG
Auf der Suche nach Amerikas Außenpolitik 1980-1984
Nathan J. Windeman, Dr. phil.

Sie runzelte die Stirn. »Charly. Das ist der Name, den ich im Traum gehört habe. Der Name, den ich von ... von diesem Mann gehört hab'.«

»Das ist eine gute Spur«, sagte Henessey. »Zu jedem Namen in diesem Land gibt es ein Telefon. Und das werden wir finden.«

Er gab mehr Gas, und zum ersten Mal seit vielen Monaten fühlte er sich wie der Mann, der er immer hatte sein wollen.

Ein richtiger Privatdetektiv mit einem richtigen Fall.

3

Ein paar hundert Meilen östlich spielte ein sehr alter Mann mit dem Gedanken, seine sehr alte Schwester zu ermorden. Seine sehr alte Schwester – sie hieß Alice – tat nichts Schlimmes, sie saß nur vor dem Fernseher, er war zwar an diesem späten Nachmittag etwas zu laut eingestellt, doch der ältere Bruder wollte sie nicht deswegen ermorden. Er saß am Tisch im Eßzimmer seines Hauses in Boston, eines im Kolonialstil erbauten Backsteinhauses, an dem Efeu emporrankte. Und das er als sein Heim betrachtete. Er grübelte über die Tat nach, während er einen Teller Campbell's Delikateß-Suppe aß. Er dachte aber nicht wegen des Fernsehers und des Angriffs auf seine Ohren über den Mord nach. Er saß da und erwog die Ermordung seiner älteren Schwester namens Alice, weil sie einen Hund besaß.

Einen Hund?«

Dieser Hund schimpfte sich Spitz. Es war eine Wanderratte mit ihrem Halsband. Alice war vor acht Monaten eingezogen, weil ihr Mann tot umgefallen war, ohne Ankündigung und ohne ihr zu sagen, daß alle Ansprüche aus seiner Lebensversicherung erloschen waren. Das an sich war kaum ein Grund für den älteren Mann – er hieß Nathan J. Windeman, Dr. phil. –, seine Schwester zu ermorden. Der Grund war der Hund.

»Alice?« wagte Nathan mit einem dampfenden Löffel Suppe vor dem Mund zu äußern. »Bitte!«

Sie saß mit dem Köter auf dem Schoß drüben auf dem Sofa und drehte den Kopf kurz von der Glotze weg, um zu ihm zu blicken. »Hä?«

»Dein Hund, Alice. Er und mein Appetit schließen sich gegenseitig aus.«

Sie blinzelte lange und verständnislos. Schließlich begriff sie und fragte: »Was hast du gegen den Hund?«

Nathan J. Windeman ließ seinen Löffel in den Suppenteller zurückfallen. Etwas von Campbell's Delikateß-Suppe schwappte auf den antiken Tisch, der ein paar tausend Dollar wert war. Wen juckte das schon? Er hatte es satt, konnte es nicht länger ertragen. Er mochte seine Schwester, aber er hatte einen wahnsinnigen Haß auf den scheußlichen Mutanten, den sie fälschlicherweise für einen Hund hielt.

»Das ist ganz einfach«, sagte er. »Er hat geschlagene drei Stunden sein Arschloch geleckt. Ich behaupte, daß nichts dort mehr als eine Stunde Aufmerksamkeit wert ist. Folglich ...«

Das Telefon neben dem antiken Tisch schlug an, eines der altmodischen Dinger, das tatsächlich Glocken am Apparat auslöste und ziemlichen Krach machte. Nathan J. Windeman, der schließlich nach Monaten der Toleranz das Thema zur Sprache gebracht hatte, wollte sich nicht aus der Widerstandsstimmung reißen lassen und den Hörer abnehmen. »Folglich ist, was auch immer er dort weglecken will, entweder verschwunden oder es bleibt dort. *Meinst du nicht auch?«*

Alice wurde weiß vor Schreck. Nathan neigte sich zum Beistelltisch, nahm den Hörer ab, hielt ihn ans Ohr und ergriff lächelnd wieder seinen Löffel. »Ja? Hallo?«

Er hörte eine weiche und beherrschte Frauenstimme.

»Hallo, Mr. Windeman. Ich erhielt diese Telefonnummer von einem Immobilienmakler in New York. Ich möchte mit Ihnen sprechen.«

Etwas am Klang der Stimme weckte alte Erinnerungen in ihm. Aber nein, er war ein alter Mann und hatte in seinem Leben viele Stimmen gehört. Und durch das Telefon wurden Stimmen verzerrt. Dennoch blickte er sehr nachdenklich vor sich hin, als er antwortete: »Wer ist da, bitte?«

Ein paar Worte der Frauenstimme räumten jeden Zweifel aus, den er noch gehabt hatte. »Sagen Sie mir das, Mr. Windeman.«

Sekundenlang war er sprachlos. »Charly?«

»Meinen vollen Namen, bitte.«

»Mein Gott«, stöhnte er laut, während das strahlenmutierte Vieh seiner Schwester ihn aus der Sicherheit ihrer Arme heraus anknurrte. »Bist du es wirklich? Chapter, die ganze Organisation, sie alle halten dich für tot! *Jeder* hält dich für tot!«

»Meinen vollen Namen!«

Er schwieg lange. War hier etwas Geheimes im Gang? Wurde das Gespräch mitgehört, wurden Attentate geplant? Nein. Unmöglich. All dieser Scheiß hatte vor Jahren aufgehört zu existieren – wie Charly.

Charly Baltimore.

»Okay«, sagte er. »Dein voller Name lautet Charlene Elizabeth Baltimore. Sag jetzt nichts, hör nur zu: Du könntest in

Gefahr sein, hast du das verstanden? Laß alles liegen und stehen, wir müssen uns sofort treffen. Wo bist du?«

»Stroudsburg, Pennsylvania. Sag mir einfach, was …?«

»Nicht jetzt, du wirst mich für verrückt halten, wenn du alles wüßtest.« Er atmete tief durch, und als er hinblickte, überraschte es ihn nicht, daß seine Hand mit dem Löffel zitterte. »Wir treffen uns auf halbem Weg. In Livingstone. Da gibt es einen Bahnhhof. Warte dort auf mich. Um elf Uhr. Wir treffen uns um elf, und ich werde dir alles erzählen.«

Er wartete, bis sie aufgelegt hatte, lauschte dem fernen Flüstern und dann dem Klicken und verfluchte sein Alter und seine schlechten Ohren.

Erfüllt von Sorge und Unbehagen, schob er seinen Teller mit der Suppe von sich, schaute hinüber zum Fernseher und war froh, eine Ablenkung zu haben. Alices Köter begann sich sofort wieder zu lecken.

Das war jetzt nicht mehr weltbewegend.

4

Mitch Henesseys Plymouth war häßlich genug, um perfekt zu diesem Motel zur Hölle zu passen.

Natürlich war es in Wirklichkeit kein Motel zur Hölle. Es war eine respektable Herberge für Mama und Papa an der gebührenpflichtigen Schnellstraße, wo man für sechsundzwanzig Dollar ein Zimmer mit Bett und Fernseher und sonst nichts bekommen konnte. Auf dem mit Kies bestreuten Parkplatz davor fiel der Plymouth zwischen den anderen alten Kisten aus Detroit nicht sonderlich auf. Samantha Caine war zwar froh darüber, daß sich Henesseys prähistorischer Wagen so fabelhaft in die Gesellschaft der anderen Fossilien hier einreihte, aber sie war nicht froh darüber, dessen Besitzer jetzt am Hals zu haben. Er hatte mit ihr im selben Zimmer auf einem fahrbaren Raumsparbett schlafen wollen, aber das lief nicht. Sie nahm sich ihr Zimmer, er seines. Leider waren die beiden Zimmer mit einer nicht abschließbaren Tür miteinander verbunden, und jedesmal, wenn sie die Tür zuschlug, machte er sie wieder auf.

Als der Abend in kalte schwarze Nacht überging, telefonierte sie per Handy mit Caitlin, bekam Heimweh und schrieb auf einen Notizzettel Dutzende von Unterschriften. *Charlene Elizabeth Baltimore.* »Gewiß«, sagte sie ins Telefon. »Ja, du darfst aufstehen und deine Fernsehsendung ansehen. Ja, ja.«

Henessey paffte an einer Zigarette, die zwischen seinen Lippen hing, klopfte seine Taschen ab und suchte etwas. *Vermutlich mein Höschen, um daran zu schnüffeln,* dachte sie. »Okay, Schatz, Mami liebt dich. Gib mir einen Kuß.«

Sie tauschten schmatzende Geräusche aus. »Okay, gute Nacht.«

Sie schaltete das Handy ab und legte es behutsam auf den Tisch. Kopfschmerzen breiteten sich hinter ihrer Stirn aus, sozusagen als Krönung eines streßreichen Tages. Sie preßte die Hände gegen die Schläfen und spürte dort ihren Pulsschlag.

»Au Backe, die Brihillle steckt in meiner Jaaacke!« sang Henessey plötzlich, und sie wandte sich zu ihm um.

»Ich habe sie gefunden«, sagte er und schwenkte die Sonnenbrille.

Sie starrte ihn an. Wenn sich der Mann als einer dieser Typen erweisen sollte, die den ganzen Tag herumsangen, selbst noch auf dem Klo, dann würde dieser Ausflug verdammt kurz werden.

»Ich singe, was ich tue, damit ich es behalten kann«, erklärte er. »Ei der Daus, ich schalte das Lililicht in der Diiiele aus … zum Beispiel. So wache ich nicht mitten in der Nacht auf und frage mich, ob ich es getan hab' oder nicht.«

Sie lehnte sich gegen die harte Lehne des Stuhls zurück. Dieser Typ hatte nicht mehr alle Tassen im Schrank. Und diese

Kopfschmerzen! »Scheiße«, sagte sie. »Ich kann dieses verdammte Warten nicht ertragen.«

Er blickte sie mit gerunzelter Stirn an. »Miss Caine, nichts für ungut, aber fluchen Sie normalerweise auch soviel?«

»Sind Sie Mormone oder was?« konterte sie.

»Ja. Ich bin Mormone. Deshalb habe ich ja gerade eine Packung Luckys geraucht und drei Wodka Tonic getrunken.«

Sie verdrehte die Augen.

»Ich will damit sagen«, fuhr er fort, »als wir uns kennengelernt haben, waren Sie ganz etepetete, und wenn Sie jetzt in eine Bar gehen, dann kommen zehn Minuten später die abgebrühtesten Matrosen mit roten Ohren heraus.«

»Danke für den Hinweis«, sagte sie und erhob sich mit einem Stöhnen. »Und wenn es Ihnen nichts ausmacht, kümmern Sie sich jetzt eine Zeitlang um Ihre eigenen Angelegenheiten und verpissen sich, damit ich mich entspannen kann.«

Er ging mit einem Kichern und knallte die Tür hinter sich zu. Samantha starrte darauf, dann ging sie zum Bett, auf dem der geheimnisvolle Koffer lag, offen, aber er gab keine weiteren Geheimnisse mehr preis. Kleidungsstücke, Krimskrams, ein Buch – warum, zum Teufel, würde Charly Baltimore das zurücklassen? Und ein Zimmer als Samantha Caine mieten – warum unter anderem Namen? Und wenn alles andere vergessen war, warum erinnerte sie sich nur an diesen falschen Namen und hatte ihn acht Jahre lang benutzt?

Es war alles zu verworren. Morgen um elf würde sie Antworten auf ihre Fragen bekommen. Und morgen um elf würden vielleicht auch diese Kopfschmerzen veschwunden sein.

Sie rieb sich geistesabwesend über die Schläfen und blickte auf den Koffer. Sollte sie noch mal alles durchgehen? Warum?

Und plötzlich fiel es ihr wie Schuppen von den Augen.

Etwas an dem Koffer war ungewöhnlich. Das Futter war nicht richtig festgenäht. Sie ging zum Bett, neigte sich über den Koffer und wühlte von neuem in all den Kleidungsstücken. Ihr Blick war wie in weite Ferne gerichtet. Erinnerte sie sich schon an etwas? Nein … aber es war, als erinnerten sich ihre Hände. Wie aus eigenem Antrieb suchten sie zwei winzige Metallhaken an jeder Innenseite des Koffers und drückten darauf. Etwas klickte ganz leise, und zum ersten Mal nach acht Jahren öffnete sich der falsche Boden des Gepäckstückes.

Sie hob ihn ein Stück an. Papiere kamen zum Vorschein: Broschüren einer Fluggesellschaft, Flugtickets, eine bunte Postkarte. Sie legte die Papiere auf den Tisch neben das Telefon, um sie sich später genauer anzusehen. Mit einem Ruck zog sie den falschen Kofferboden heraus.

Ihr stockte der Atem. Vor ihr lagen fünf oder sechs Teile aus schwarzem Stahl und Plastik – die zusammengesetzt ein Gewehr ergaben! *Ein M40-Scharfschützengewehr.*

Sie blinzelte. Okay, ein M40-Scharfschützengewehr. Abermals handelten ihre Hände wie von selbst. Langsam betastete sie die Teile, hob einige an, um ihr Gewicht zu prüfen und zu fühlen, wie sie in der Hand lagen. Zwei Teile waren anscheinend besonders wichtig. Samantha hob sie an und drückte sie zusammen. Es klickte laut, als der Lauf einrastete.

Sie ließ die zusammengesetzten Teile plötzlich auf das Bett fallen, als wären sie lebendig geworden.

Dann fiel ihr Blick auf etwas anderes. Da war etwas, eingehüllt in ein schwarzes Tuch. Sie wickelte es aus. Ein großes Jagdmesser mit glänzender Klinge und beinernem Griff.

Und sie sah sich auf einmal in einem großen Spiegel auf der anderen Seite des Zimmers. Mutter und Hausfrau Samantha Caine, die ein Scharfschützengewehr im Schlaf zusammensetzen konnte oder mit einem Messer einen Moskito auf dreißig Meter Entfernung aufspießen konnte.

Samantha ließ das Jagdmesser fallen und sank neben dem Bett auf die Knie. Sie drückte ihr Gesicht in die Decken, die nach Zigarettenrauch und Alter rochen, und befürchtete, den Verstand zu verlieren. Dies war zu unheimlich, geriet außer Kontrolle. Sie hatte überhaupt keine Identität mehr. Mit dieser niederschmetternden Erkenntnis döste sie erschöpft ein ...

… und schreckte scheinbar nur Minuten später auf. Durch einen Schrei. Aber wer hatte geschrien? Sie?

Sie bemerkte das Gewehr auf dem Bett. Es war jetzt völlig zusammengesetzt.

Ihre Augen füllten sich mit Tränen, als sie das Gewehr nahm. Sie war verrückt, sie war wahnsinnig. Sie hatte das Ding im Schlaf zusammengesetzt!

Henessey stürmte durch die Tür herein. »Alles okay?« keuchte er. »Ich hörte Sie schreien …«

Samantha sprang auf, wirbelte herum und drückte ab, entweder aus Panik oder aus Gewohnheit. Die Kugel pfiff haarscharf an Henesseys Kopf vorbei und klatschte in die Wand. Er ließ sich äußerst ungraziös fallen, Verputz und Staub rieselten auf seinen Rücken. Und Samantha warf entgeistert das Gewehr aufs Bett und fiel neben Henessey auf die Knie. »Mitch?« fragte sie. »Mr. Henessey?«

Er stemmte sich langsam auf die Knie, schaute Samantha an und hob einen Finger. »Verzeihung.« Er stand auf. »Geben Sie mir nur eine Minute Zeit.«

Er wandte sich um, taumelte durch die Zwischentür in sein Zimmer und schloß sie leise hinter sich. Samantha erhob sich und ging zum Tisch. Zitternd ließ sie sich auf einen der Stühle sinken. Gewehr, Messer, ein Mann mit gebrochenem Genick. Henesseys Kopf nur um Zentimeter verfehlt – vielleicht war es das Klügste, jetzt dem Wahnsinn freien Lauf zu lassen. Vielleicht wäre es eine Erleichterung für sie, sich für Eleanor Roosevelt zu halten, die mit der First Lady sprach, oder mit den Armen zu flattern, weil sie glaubte, ein großer Vogel zu sein.

Seufzend schaute sie auf den Stapel Papiere, der auf dem Tisch bei ihrem Handy lag. Die Postkarte sah interessant aus. Besonders, weil sie darauf ihre eigene Handschrift erkannte. Benommen las sie den kurzen Text und hoffte – und befürchtete zugleich –, daß er eine Erinnerung wecken würde.

Ein dumpfer Aufprall in Henesseys Zimmer. Sie lief zur Tür, lauschte eine Weile und zog sie dann auf, weil sie befürchtete, daß der arme Kerl ohnmächtig geworden war. Bis jetzt, das mußte sie zugeben, war sie überhaupt nicht beeindruckt von seiner Detektivarbeit.

Aber im Zimmer war kein Henessey. Auch kein Koffer von ihm.

Sie sprintete zur Außentür und riß sie auf. Da war er, Mitch Henessey, Privatdetektiv, der in aller Eile seinen Koffer, aus dem Socken und Hemdsärmel flatterten wie Fahnen, zu seiner armseligen Kutsche schleppte. Sie eilte hinter ihm her und schwenkte die Postkarte. »Henessey, es tut mir schrecklich leid, aber bitte vergessen Sie, was passiert ist. Ich schieße nicht mehr auf Sie, niemals mehr!«

Er grunzte etwas Unverständliches.

»Sehen Sie mal«, rief sie, »ich habe eine Postkarte mit meiner Handschrift gefunden. Darauf steht ›Lieber Onkel Max, komm bitte zur Hochzeit!‹«

Ein Geräusch wie ein Schweinefurz.

»Gottverdammt, Henessey, das bedeutet, daß ich verlobt war und irgendeinen Typ namens Luke heiraten sollte. ›Auf Lukes Farm‹, sehen Sie? Und da steht eine Adresse, also können wir morgen nach dem Treffen im Bahnhof dorthinfahren.«

Der Kies knirschte unter seinen Schritten. Ohne sich zu ihr umzusehen, sagte Henessey: »Ich fahre zurück. Es steht Ihnen frei, mitzukommen.«

Sie blieb geschockt stehen. »Das können Sie nicht tun!«

Keine Antwort. Sie flitzte hinter ihm her und stieß in der Kälte Dampfwölkchen aus. »Ich habe nichts verheimlicht, Henessey. Ich wußte nichts von dem Gewehr, das schwöre ich. Der Koffer hat einen falschen Boden.«

Die Pennsylvania-Version von Dick Tracy war fast beim Plymouth, gab jedoch immer noch keine Antwort.

»Verdammt!« rief sie. »Hören Sie auf, vor mir wegzulaufen. Ich brauche Ihre Hilfe. Ich *bezahle* Sie!« Henessey blieb beim Wagen stehen und kramte in seiner Jackentasche. Er zog einen Schlüssel und ein Bündel Dollarscheine hervor. Er warf ihr das Geld vor die Füße. »Ich habe meinen Stolz, Lady. Sie können Ihr verdammtes Geld behalten.«

Samantha preßte die Zähne aufeinander und trat das Geld fort. Sie stürzte sich auf ihn, als er den Schlüssel ins Schloß schob, packte ihn an beiden Schultern und riß ihn herum. »Hör zu, Plattfuß!« schrie sie ihm ins Gesicht. »ICH KANN NICHT NACH HAUSE!«

Er schreckte zurück, versuchte aber, sie abzuschütteln.

»Kapiert?« sagte sie weicher. »Gottverdammt, ich habe keine Zukunft. Bis ich weiß, warum mich dieser Mann von diesem Planeten wegblasen wollte, bin ich *in einer Falle* und kann nirgendwohin. Es ist, als wäre ich in einem verdammten Gefängnis. Können Sie sich dieses Gefühl vorstellen?«

Sie ließ ihn los, ein wenig bestürzt über sich selbst.

»Ja«, sagte er bissig. »Das kann ich. Ich war vier Jahre drin. Marion, Illinois. Ein wahres Scheißloch.«

»Oh.« Sie senkte den Blick.

»Und ich sage Ihnen eines: Ich gehe nicht dorthin zurück, also sollten Sie Ihren Scheiß aus dem Zimmer holen und den Arsch in den Wagen schwingen. Und lassen Sie nur ja das Gewehr zurück, verstanden?«

Sie zog unwillkürlich den Kopf ein. »Verstanden.«

5

Sie fuhren durch die Nacht. Die Gesellschaft eines echten Ex-Knastbruders war Samantha schon ein wenig unangenehm. Im gespenstischen Glühen der Armaturenbeleuchtung, die noch funktionierte, schaute sie immer wieder schnell zu ihm und fragte sich, was er wohl auf dem Kerbholz haben mochte. Und ob er es wieder tun würde. Was war, wenn er ein Vergewaltiger war? Ein mehrfacher Vergewaltiger? Oder ein Killer? Ein *Serien*killer? O Gott!

Aber eine innere Stimme erinnerte sie daran, daß sie bereits einen Mann mit bloßen Händen umgebracht und ein Scharfschützengewehr besessen hatte. *Wer* war also hier in Gefahr?

»Sie starren mich dauernd an«, sagte Henessey unvermittelt.

Sie blickte hastig weg. »So?«

»Es passierte vor sieben Jahren in Atlanta. Ich und mein Partner, wir haben die wirklich heißen Fälle erleidigt für das Atlanta Police Department. Aber mein Partner, wissen Sie, der Typ hat mich gehaßt, ich habe vergessen, warum. An einem Wochenende, als er Urlaub hatte, verschwanden einige Beschlagnahmeverfügungen aus seinem Büro. Und siehe da, als die Kollegen einen anonymen Tip erhielten, fanden sie die Papiere. Raten Sie mal, wo.«

»In Ihrem Büro, nehme ich an«, sagte sie. »Ihr Partner hat sie reingelegt.«

Er grinste. »Hölle, nein, ich war's wirklich, ich habe die verdammten Dinger geklaut.«

Sie starrte ihn an und überlegte, ob er wohl scherzte oder nicht. Er begann zu lachen, und bald folgte sie seinem Beispiel.

»Wissen Sie, ich habe in meinem Leben nie etwas richtig gemacht«, sagte er. »Nicht mal zufällig, und das erfordert schon Talent.«

Sie sah ein großes, grünes Highwayschild vorbeihuschen. »Sie haben soeben die Abfahrt verfaßt.«

Er nickte. »Sie schulden mir jetzt Geld.«

»Wieso?«

»Ich bringe Sie zum Bahnhof in Livingstone, damit Sie sich mit diesem Nathan treffen können. Fröhliche Weihnachten. Und jetzt halten Sie die Klappe und kümmern sich um Ihre eigenen Angelegenheiten.«

Sie lächelte. Dick Tracy hatte immerhin ein weiches Herz.

Der Morgen erwachte mit strahlendem Weiß und Blau, während Samantha und Henessey noch dösten, und der Tag versprach friedlich und ohne Zwischenfälle zu verlaufen. Auf dem Rücksitz setzte sich Samantha auf, schaute auf ihre Armbanduhr und fragte sich, ob sie geschlafen hatte oder nicht. Henessey gab auf dem Fahrersitz noch merkwürdigere Geräusche von sich als ein Bär im Winterschlaf. »Hey«, sagte sie, spähte über den Sitz zu ihm hinab und stieß seinen Arm an. »Es wird Zeit.«

»Hmmmmmph«, brummte er. »Mmmboaah.«

»Henessey!« Sie setzte ihm einen Finger auf den Nasenrücken, genau zwischen die Augen. Nichts wirkte besser.

»Verdammt!« röhrte er und ruckte hoch. »Wa-was-ist?«

»Ihr Wagen ist 'n lausiger Schlafplatz«, rief sie. »Und es ist zehn vor elf.«

»Okay.« Er rieb sich mit beiden Händen über die Augen. »Okay, ich bin hellwach.«

»Zehn vor elf«, wiederholte sie. »Wir müssen uns beeilen.«

»Richtig.« Er öffnete die Wagentür und fiel hinaus, fluchte und rappelte sich auf. »Ich habe ein schlechtes Gefühl«, sagte er, als er das Bahnhofsgebäude betrachtete. Er ging zum Wagenheck, öffnete den Kofferraum, fischte einen älteren .38er Police Special Revolver aus dem Ersatzrad und knallte den Kofferraumdeckel zu. »Ich stecke die Schlü-ü-üssel in meine Bru-u-usttasche«, sang er in einer Oktave, die bis jetzt noch nicht erfunden war.

Samantha kroch über den Rücksitz und stieg aus. Zu ihrer Linken, jenseits eines kleinen Parkplatzes, befand sich der Bahnhof von Livingstone, eine heruntergekommene Stahl- und Beton-Konstruktion aus den zwanziger Jahren, die stolz ganze Morgen von vertrocknetem Efeu an den Wänden und an die zehn Zentimeter Taubenkot auf dem Dach zur Schau trug. Nun, dachte sie, Nathan wollte mich an einem sicheren Ort treffen, und welche Gefahr kann hier schon drohen? Daß wir über die Leiche des Stationsvorstehers stolpern?

Sie gingen in das Bahnhofsgebäude und stellten fest, daß

die Dinge ein bißchen besser lagen als erwartet. Der Bahnhof war alt, aber sauber. Zur Rechten gab es ein Restaurant. Es lag zwischen zwei hohen Stahlträgern, die das Dach an dieser Seite stützten. Ein großer Fernsehbildschirm am Eingang versuchte Passagiere mit CNN-Nachrichten anzulocken. Henessey ging darauf zu und kratzte sich dabei geistesabwesend am Hintern, vermutlich in Gedanken an eine Tasse Kaffee, wie Samantha annahm. Sie folgte ihm, schaute sich dabei genau jede Person an, an der sie vorbeischritt, und fragte sich, wie sie und Nathan sich erkennen sollten.

Vielleicht am Aussehen?

Sie tippte mit der Hand an ihre Stirn. Die Kopfschmerzen waren verschwunden, aber ihre geistigen Fähigkeiten waren noch nicht wieder voll da. Trotz der internen Neuordnung in ihrem Gehirn war sie äußerlich immer noch Charlene Elizabeth Baltimore, leicht zu erkennen für jeden, der sie damals gekannt hatte. Was sollte sie hier also tun? Wie eine Statue mitten im Bahnhof herumstehen und auf Nathan warten?

Nein. Eine innere Stimme sagte ihr, daß das blöde war. Die finsteren Gestalten aus ihrem vergangenen Leben waren vermutlich keine Typen, die herumspazierten und die Gesichter von Leuten betrachteten; sie würden sie wahrscheinlich sogar finden, wenn sie sich auf der Damentoilette versteckte und sich eine Tüte über den Kopf stülpte.

Der Sprecher der CNN-Nachrichten war jetzt zu hören: »... Trotz des Appells des britischen Premierministers John Major kam es heute in Nordirland zu weiteren gewalttätigen Ausschreitungen ...«

Ein Viertel von Belfast wurde eingeblendet. In diesem Augenblick hatte sie das Gefühl, einen Schlag in die Magengrube zu erhalten. Farben schienen vor ihren Augen zu explodieren, Stückchen von vergessener Vergangenheit wollten sich in Erinnerung bringen, schrien förmlich um Hilfe und verschwanden wieder.

Henessey war plötzlich neben ihr. »Alles okay?«

Sie schloß die Augen. »Da kam etwas wie ein Blitz. Etwas,

an das ich mich erinnere. Ich … ich habe meinem Vater weh getan.«

Seine Augenbrauen ruckten hoch. »Das ist ein Ding! Sie erinnern sich an Ihren Vater?«

Sie drückte die Fingerspitzen gegen die Stirn und lehnte sich an ihn. »Nein, und das ist das Sonderbare. Wenn ich ihn auf der Straße sehen würde, dann …« Sie ließ die Hände sinken und stellte überrascht fest, daß sie den Tränen nahe war. »Ich würde ihn nicht mal erkennen, meinen eigenen Vater«, fügte sie kläglich hinzu.

Henesseys Gesichtszüge wurden weicher. »Hey, Miss Caine, Sie reden von Erinnerungen. In der vergangenen Woche begegnete ich auf einer Party einem Mädchen, das ich vom College her kannte, bevor ich rausflog, und wir plauderten ein paar Minuten lang miteinander. Aber erst als ich heimfuhr, erinnerte ich mich, daß ich sie mal auf dem Rücksitz eines Wagens gebumst habe. Verstehen Sie? Jeder vergißt schon mal was.«

Er tätschelte ihren Arm. Sie wartete auf die Pointe, den eigentlichen Witz, aber er zwinkerte ihr nur aufmunternd zu.

»Ist das alles?« fragte sie. »Die ganze hilfreiche Story? Mein Gott, Henessey!«

Er tätschelte wieder ihren Arm. »Ich will damit nur sagen, daß es nicht nur Ihnen so geht.«

Sie senkte den Kopf. »Halten Sie die Klappe.«

»Wie bitte?«

Sie blickte auf. »Schnauze! Verschonen Sie mich mit Ihren saublöden Geschichten!«

Henessey kniff die Augen zusammen. »In Ordnung. Ich muß zum Klo.«

Er stolzierte davon. Von Groll erfüllt, ging Samantha um den riesigen Fernsehbildschirm herum und betrat dann das Restaurant, das zu einem Viertel Café und zu drei Vierteln Kneipe war. Statt sich an einen der Tische im Café zu setzen und auf eine Kellnerin und deren lahmes Bedienen zu warten, setzte sie sich an die Theke der Kneipe. Sie klopfte ihre

Taschen nach Geld ab und stieß dabei auf Henesseys Zigarettenschachtel. Sie zündete sich einen Glimmstengel an. Warum nicht? Sie war schließlich lange genug ›etepetete‹ gewesen.

Der Kellner schlenderte heran und stellte ein Glas Bier vor sie hin. Sie blickte ihn mit gerunzelter Stirn an und kramte nach Geld. »Nicht nötig«, sagte der Kellner und nickte zu einer Person zu ihrer Rechten. »Der Gentleman hat das für Sie bezahlt.«

»Oh.« Sie blickte hin. Zwei Barhocker entfernt saß ein tadellos gekleideter Mann Anfang Vierzig. Sie wußte nicht, ob sie ihm danken, das Bier ablehnen oder es ignorieren sollte.

Er hob sein Glas. »Auf Ihr Wohl. Eine weitere in einer langen Reihe von Fehlinvestitionen.«

»Wie bitte?«

»Erst jetzt habe ich den Ring an Ihrem Finger gesehen.«

Sie blickte verständnislos auf ihre Hand. Zu ihrer eigenen Sicherheit hatte sie sich vor langer Zeit entschieden, einen Ehering zu tragen. Das ersparte ihr so manche Anmache.

Der Mann lächelte strahlend und gewinnend. Entweder hatte er unbezahlbar gute Zähne, oder er hatte ein Vermögen für falsche ausgegeben. Wie auch immer, sie sahen gut aus. Dann blickte er sie stirnrunzelnd an. »Kenne ich Sie irgendwoher?«

Ihre Gedanken jagten sich. Nathan? Hatte er sie soeben gefunden? Oder war der Typ nur ein durchtriebener Schlangenöl-Vertreter, der auf die schnelle eine Kundin aufgabeln wollte?

»Oh, verdammt«, sagte er unvermittelt. »Lassen Sie mich das bitte zurücknehmen. Das war eine totale Anmachemasche, also vergessen wir, was ich gesagt habe. Versuchen wir es so. Mein Name ist Timothy.«

Sie schenkte ihm ein kurzes Lächeln. »Danke für das Bier, Timothy. Aber ich kenne Sie nicht. Tut mir leid.«

Er nickte langsam, schätzte sie offensichtlich ab. »Nein, Sie kennen mich nicht. Sonst wüßte ich es. Ich weiß immer, wenn jemand lügt.« Er lächelte wieder. »Verzeihen Sie die Störung.«

Er nahm sein Bierglas und schlenderte zum Ausgang, und sie fragte sich, ob er das Glas klauen wollte, doch er verharrte an der Tür und hob mit der freien Hand den Kragen seines Mantels an. Einen Augenblick lang hatte es den Anschein, als spreche er mit jemand, der einfach nicht da war, es sei denn, er hielt sich ein Äffchen in der Brusttasche. Wenn man mal aus Honesdale raus ist, dachte Samantha müde, lernt man die komischsten Leute kennen.

In diesem Augenblick sah sie Nathan – er mußte es sein, er hatte am Telefon ziemlich alt geklungen. Er war schlicht gekleidet, mit einem Trenchcoat, hielt eine zusammengerollte Zeitung in einer Hand und schlug sie gelegentlich leicht in die Handfläche der anderen, ein lauernder Typ, der Inbegriff eines Mannes, der nach jemand suchte, den er kannte.

Henessey tauchte wie aus dem Nichts auf, schnappte sich ihr Bier und trank mit großen Schlucken. Sie war zu aufgeregt, um sich zu ärgern, und wies zu dem breiten Ausgang des Restaurants. »Da ist er, sehen Sie ihn? Das muß er sein.«

Henessey schaute hin. Der Hinweis stimmte wohl. Schlicht gekleideter kleiner Typ mit einem Anzug von der Stange und Trenchcoat. Einer von diesen Collegelehrer-Eierköpfen, und nun kam er mit einer zusammengerollten Zeitung in der Hand auf sie zu. »Dann los.« Henessey zog Samantha vom Barhocker. »Sie lassen mich reden, verstanden?«

Sie sah ihn an. »Die Waffe wölbt Ihre Jacke.« Er blickte an sich hinab. »Soll ich sie vielleicht in die Unterhose schieben und mir den Lümmel abschießen?«

»Sie würden vermutlich danebenschießen.«

Er feixte und wechselte heimlich den .38er vom Hosenbund in seine Jackentasche. »Hahaha.«

Sie gingen. Als sie sich dem Mann näherten, setzte Samantha ein strahlendes Lächeln auf. »Hallo, Mr. Windeman?«

Er schaute sie merkwürdig an, blickte sich lauernd um, und ließ die zusammengerollte Zeitung fallen. Sie sah, sonderbar unbeteiligt, eine Pistole mit Schalldämpfer in seiner Hand.

Während er sie anhob, reagierte sie instinktiv: Sie drehte sich zur Seite, versetzte Henessey einen Stoß, und sie landeten beide auf dem Boden. Der Mann fuhr herum und zielte hinab auf ihr Gesicht.

Was als nächstes geschah, war eine der großen Überraschungen ihres Lebens.

Wie in einem sonderbaren zeitlupenhaften Koma-Traum stießen ihre Hände zu Henesseys Jacke. Dort irgendwo war seine Waffe. Als sie die Wölbung spürte, riß sie ihn herum, fand den Abzug durch den Stoff, zielte und feuerte. Rauch und orangefarbenes Feuer bliesen ein Loch in Henesseys Jackentasche, der alte Mann taumelte in die Brust getroffen zurück. Samantha feuerte erneut, ruinierte weiterhin Henesseys Garderobe, und eine zweite Kugel jagte die erste. Der Mann kippte um, und die Pistole mit dem Schalldämpfer spuckte leise Kugeln – *piff, piff, piff*.

Sein Jackett klaffte auf, und eine Maschinenpistole klapperte auf den Boden: eine israelische Uzi, weltberühmt und tödlich.

»Jesus weinte!« rief Henessey und rappelte sich auf. Er schnappte sich die Uzi und riß Samantha auf die Füße.

Weitere Schüsse krachten. Samantha sah benommen, wie ein Mann hinter einem der Stahlträger auftauchte und die Gegend mit seiner eigenen Uzi abstreute. Kugeln knallten gegen Dinge hinter den beiden, schlugen Krater von der Größe von Silberdollars in die Wände und prallten jaulend als Querschläger vom Stahl ab.

»Nach oben!« schrie Henessey und versetzte ihr einen Stoß. »Das ist der einzige Weg!«

Zu ihrer Linken trat jetzt ein Mann aus den Schatten. Flammenzungen stießen aus dem Lauf seiner Waffe, einer britischen Sten MPi, aus deren Seite das Magazin ragte.

»Allmächtiger!« rief Henessey, als sie geduckt und im Zickzack davonhetzten. »Wen haben wir verärgert?«

Die Treppe war nahe. Hand in Hand stolperten sie die Stufen hinauf, während die Wände, verkleidet mit Sperrholz, gelöchert wurden. Auf der nächsten Ebene hagelte es Kugeln wie aus dem Nichts.

»Rauf, rauf!« schrie Henessey.

Sie rannten weiter, gelangten keuchend auf die dritte Ebene, und Atem und Treppen waren ihnen ausgegangen. »Hier, nimm das«, sagte er und drückte ihr seinen .38er in die Hand. »Du hast noch drei Schuß. Ziel genau, bevor du feuerst. Bereit?«

Sie fuhren geduckt herum, bereit für alles, was kommen mochte. Was kam, war jedoch nicht, was sie erwartet hatten.

Eine Handgranate trudelte, von der Treppe her geworfen, auf den Boden und rollte zwischen ihre Füße.

»Scheiße!« stieß Henessey hervor. »Lauf um dein Leben.«

Vor ihnen tauchte ein Gang auf, sie hörten die hämmernden Schritte der Verfolger. Am Ende des Gangs befand sich ein großes Fenster, sonst nichts, kein anderer Ausgang. Henessey fluchte.

»Vorwärts, nicht anhalten lassen!« keuchte Samantha.

Er starrte sie entgeistert an, während sie weiterhetzten. »Bist du irre? Wir sind im dritten Stock!«

Sie hob den .38er, feuerte auf die Fensterscheibe. Ein Loch wurde hineingestanzt, umgeben von Rissen. »Volle Kraft voraus«, sagte sie ruhig. In diesem Augenblick sah Henessey etwas Neues in ihren Hausfrauenaugen, eine seltsame und leidenschaftliche Entschlossenheit, die ihm fast soviel Furcht einjagte wie das, was vor ihnen lag.

Sie sprangen durch das Fenster, als die Granate explodierte. Die Wucht der Detonation spuckte die gesamte große Fensterscheibe hinaus in die eisige Luft. Eine Flammenzunge leckte hungrig hinter ihnen her, als sie zwischen Schwerkraft und freiem Fall in der Luft schwebten.

Und dann … wirkte alles totenstill, als der lange Fall begann. Die Sonne war ein heller Ball, und die Glasscherben, die um sie herumwirbelten, glitzerten wie eine Wagenladung Diamanten. Henessey nahm wahr, daß Samantha ihm die Uzi aus den Händen riß. Sie drehte sich in der Luft und begann den Boden unter ihnen mit 9mm-Kugeln zu bestreichen. Schneefontänen stiegen empor wie weißer Staub, als sie alles auf den Boden verfeuerte, was im Magazin war – dreißig Kugeln. Selbst, als die verschossen waren, drückte sie weiterhin ab.

Henessey hatte eine letzte Hoffnung: daß sie überleben würden, damit er sie fragen konnte, *warum, zur Hölle, sie wie irre auf Mutter Erde ballerte!*

Der Boden raste scheinbar auf sie zu. Henessey schloß die Augen und wünschte, daß es ein schnelles Ende werden würde. Wie die Dinge aussahen, drei Meter über dem Planeten, würde sein Wunsch erfüllt werden.

Sie landeten. Wasser und zersplitterte Eisschollen spritzten empor. Henessey tauchte durch blauschwarzes Naß. Es war so eisig, daß sein Herzschlag fast aussetzte. Er bemühte sich verzweifelt, sich zu orientieren, festzustellen, wo unten und oben war. Dann spürte er wieder Samanthas Hände. Sie drehte ihn, damit er ihr Gesicht sehen konnte, und blies Luftblasen aus. Als sie darauf wies, verstand Henessey.

Luftblasen steigen immer nach oben.

Er kämpfte sich hinter ihr her, halb erfroren und benommen, und brach durch die Oberfläche, auf die immer noch ein Hagel von Eis und Glasscherben niederging. Als er nach Luft schnappte, war sein Atem mehr ein blubberndes Schnauben.

Samantha tauchte neben ihm auf. Zusammen strampelten sie sich ab, um eine Fläche aus solidem Eis zu finden. Etwas krachte über ihnen, und Henessey blickte hinauf: Zwei Typen standen an den explodierten Resten des Fensters und schossen auf sie herab. Zorn stieg in seinen fast tiefgekühlten Eingeweiden auf. Diese Bastarde waren soeben Zeugen eines Wunders gewesen und hatten die Frechheit, weiter auf sie zu schießen! Eines Tages würde er ihnen das heimzahlen. Vorausgesetzt natürlich, er erfror nicht hier im Wasser.

Er stieß mit der Brust gegen etwas Hartes, und Samantha schob ihn hinauf. Der Schnee rings um ihn wirbelte auf. Er kroch auf den Knien herum und konnte kaum noch seine Hände bewegen, aber er zog sie aus dem Wasser.

»*Weg hier!*« schrie sie ihm ins Gesicht, sie rappelten sich auf und rannten los. Als sie links um die Ecke des Bahnhofsgebäudes bogen, sahen sie den Parkplatz. Sie sprinteten zum Plymouth. Aber Samanthas Kräfte ließen nach, und sie blieb zurück. Henessey machte kehrt, ergriff ihren Arm; er sah, daß der Ausdruck ihrer Augen wieder normal war.

»Was ist passiert?« stöhnte sie und wirkte wie erwachend.

»Was passiert ist?« Er lachte auf. »Ich habe dir den Arsch gerettet, es war großartig. Und jetzt – *lauf!*«

Zu ihrer Rechten war eine Baumgruppe, die unschuldig genug wirkte. Den einzigen Bahnhof, den Henessey zuvor gesehen hatte, war der riesige, weitläufige Pittsburgh Central. Dieser hier war wirklich schön im Vergleich dazu. Ein See an einer Seite, Bäume auf der anderen – wer sagt denn, daß Livingstone kein guter Ort ist, um eine Familie zu gründen?

Auf dem Parkplatz war es glatt. Henessey nahm aus dem rechten Augenwinkel eine Bewegung wahr. Er drehte im Laufen den Kopf, und der Atem wolkte aus seinem Mund wie der Dampf aus dem Schornstein einer Lok. Nur ein Mann war aus der Baumgruppe hervor und auf den Parkplatz getreten, ein Kerl, der breitbeinig dastand und mit einer sehr großen Pistole auf Samantha zielte.

Henessey wollte ihr eine Warnung zurufen. »Ach… tung« brachte er nicht mehr heraus. Der Kerl mit der Pistole wirbelte plötzlich durch die Luft, von der vorderen Stoßstange eines schwarzen LeSabre emporgeschleudert. Auf dem Weg über die Motorhaube knallte er mit dem Kopf gegen den oberen Rand der Windschutzscheibe. Der Kopf platzte wie eine Melone auf und hinterließ eine blutige Sonnenblume auf dem Glas. Der Kerl vollführte einen riesigen Bogen und landete irgendwo zwischen den Bäumen.

Der LeSabre beschrieb auf dem vereisten Asphalt einen scharfen Halbkreis, wurde abgefangen und röhrte auf sie zu, wobei seine Hinterreifen quietschten und dampften. Henessey beobachtete den Wagen angespannt, hielt Samantha fest an der Hand, bereit, mit ihr zur Seite wegzuschnellen, bevor der Mann am Steuer sie auf ähnliche Weise ausschalten konnte.

Das wollte er jedoch wohl nicht. Der Wagen stoppte schlitternd neben ihnen, und der Fahrer – ein sehr alter Mann – steckte den Kopf aus dem Fenster. »Rein mit euch beiden! Schnell!«

Henessey riß die hintere Wagentür auf, schob Samantha auf den Rücksitz und sprang hinter ihr her. Noch bevor er die Tür schließen konnte, fuhr der alte Mann an, und die Tür schloß sich von selbst, während er und Samantha ihre Glieder entwirrten.

Der grauhaarige Mann am Steuer schaltete die Scheibenwischer an, duckte sich und spähte durch die freien Streifen zwischen dem Blut, das die Wischerblätter auf der Windschutzscheibe verteilten. Der Wagen sauste vom Parkplatz auf die Straße, schleuderte, wurde abgefangen, und der Fahrer legte von neuem einen Kavaliersstart hin.

Henessey war völlig außer Atem, trotzdem schaffte er es, zu sprechen.

»Allmächtiger! Wir – wir sind – wir sind – aus dem dritten Stock gesprungen! Wir– sind – aus einem Gebäude – gesprungen!«

Der alte Mann blieb gelassen. »Ja, sehr aufregend. Und morgen gehen wir in den Zoo. Halten Sie die Klappe.«

Samantha neigte sich vor. »Du bist ... Windeman – Nathan?«

Er drehte kurz den Kopf und lächelte sie an. »Der Nebel lichtet sich, was? Hör zu, wenn ich hier vor deinem Kumpel rede, könnte man dich später bitten, ihn zu killen. Hätte nichts dagegen, aber vielleicht paßt es ja dir nicht.« Er nahm eine kleine Pistole aus der Tasche und gab sie ihr, dann zog er eine andere aus seinem Hosenbund und warf sie Henessey zu. »Schießt durch das Heckfenster, wenn es sein muß.«

Henessey hatte die Pistole nicht auffangen können und nahm sie vom Sitz. »Mann, wie viele Eisen haben Sie?«

»Drei«, antwortete der alte Mann. »Eins für unter der Achsel, eins an der Hüfte und eins unten gleich neben Mr. Wally.« Er wies zwischen seine Beine. »Wenn die Polizei einen abtastet, dann findet sie den Ballermann meistens nicht, weil es Männern oftmals widerstrebt, anderen Männern an die Eier zu gehen. Sonst noch Fragen?«

Henessey schnaubte. »Ja. Können Sie die Heizung anstellen? Und noch eine kleine Sache: Wie ist das Wetter auf Ihrem Planeten?«

Er ignorierte die Bemerkung und wandte sich wieder an Samantha. »Charlene, Darling«, sagte er und suchte ihren Blick im Innenspiegel. »Ich ...«

»Mein Name ist Caine«, fiel sie ihm ins Wort, »Samantha Caine.«

Er schüttelte den Kopf. »Nein, vergiß all das. Samantha Caine war dein Deckname!« Er fuhr durch ein Schlagloch, und Henessey stieß mit dem Kopf gegen den Wagenhimmel. »Der Name, die ganze Aktion, alles war vorgetäuscht. *Falsch.* Hast du mich verstanden, Charly? Hast du gehört, was ich gesagt habe? Deine Erinnerung war fort, du warst verwirrt und hast deine Tarnung für Wahrheit gehalten. Die Sache mit der Schullehrerin ist Phantasie, du hast die ganze Sache selbst erfunden, von dem falschen College-Diplom bis zu deinen akademischen Graden. Es ist *alles* erfunden!«

»Es ist *nicht* erfunden!« widersprach Samantha. »Ich bin sogar noch in der verdammten Grundschule.«

Er schüttelte wie betäubt den Kopf. »Dann kündige. Du bist eine Attentäterin der Regierung der Vereinigten Staaten. Ich sollte es wissen, weißt du. Denn ich habe dich ausgebildet!«

Henessey rieb sich übers Kinn und brach dann tatsächlich in Gelächter aus. »Na prima«, sagte er. »Einfach wunderbar. Der Fall Amnesie-Huhn erweist sich als eine internationale Krise, und jetzt muß sie mich umlegen, weil ich zuviel weiß.

Aber bevor sie mich killt, muß ich noch eines wissen.« Er schaute sie an. »Woher wußtest du, daß dort Wasser ist?«

»Wasser?« Sie zuckte mit den Schultern. »Keine Ahnung. Vielleicht war ich schon mal da, vielleicht im Sommer.«

Henessey klopfte dem alten Mann auf die Schulter. »War sie?«

Zu Henesseys Überraschung lachte der Alte. »Nein, bis ich uns hierhin bestellte, wußte sie gar nicht, daß es Livingstone gibt.«

»Woher wußte sie es dann?«

Der alte Mann wurde wieder ernst. »Ich habe sie im Überleben ausgebildet. Sie hat getan, was sie tun mußte.«

»Aber wie konnte sie es *wissen?*«

Jetzt suchte Nathan Henesseys Blick im Innenspiegel. »Sie wußte es nicht. Es war nur eine Möglichkeit, eine winzige Chance, und unter diesen Umständen entscheidet sie sich immer für das einzige, das übrigbleibt. Es hätte ebensogut solider Beton statt Wasser sein können.«

»Und wir wären jetzt tot.«

»Und ihr wärt jetzt tot.«

Henessey ließ sich langsam auf dem Sitz zurücksinken, und nun fror er nicht nur vor Kälte. Zu seiner Überraschung ergriff Samantha seine eisige Hand, drückte sie mit ihrer eigenen eisigen Hand und neigte sich zu ihm, um ihm ins Ohr zu flüstern: »Wenn all dies stimmt, werde ich dich nicht killen, auch nicht, wenn man mir das befiehlt.«

Er bog den Kopf zurück und schaute sie an. »Danke. Du kannst dir gar nicht vorstellen, wie gut mir das tut.«

Sie lehnte sich zurück und überlegte, warum ihm das so guttat.

Henessey lehnte sich zurück und wünschte sich, sonstwo zu sein.

Das würde er bald genug auch sein – sie *beide* würden das sein.

6

Der Mann, der sich bei Samantha Caine als Timothy vorgestellt hatte, war eine halbe Stunde später immer noch im Bahnhof und beobachtete aus dem Schatten heraus die Polizei, jede Menge Polizei sogar, die den Tatort mit gelbem Band absperrte. Während er die Leiche eines seiner Agenten betrachtete – die des Mannes, der die zusammengerollte Zeitung in der Hand gehalten hatte und jetzt auf dem Boden in einer Blutlache lag, – zeigte seine Miene keine Bestürzung über die verpfuschte Operation, eher Erstaunen. Außer Timothy selbst waren vier andere Agenten beteiligt gewesen, bis an die Zähne bewaffnet mit den besten MPis der Welt und sogar einer Handvoll Handgranaten. Charly Baltimore und ihr heruntergekommen wirkender Kumpel hatten sie alle ausgetrickst. Und die Sache mit dem zugefrorenen See! Mann o Mann. Timothy hätte sein linkes Ei dafür gegeben, eine solche Agentin zu haben.

Schließlich ließ der Coroner die Leiche in einen Van transportieren; einige Arbeiter mit Overalls nagelten das jetzt scheibenlose Fenster mit Sperrholz zu. Timothy schrieb etwas in sein Notizbuch, warf einen letzten Blick auf den Tatort und verließ den Bahnhof.

7

Es war später Nachmittag, als der LeSabre in einem Kiefernwäldchen hielt, und Nathan Windeman, unterstützt von Henessey, dessen Hilfe er allerdings nur widertrebend annahm, tarnte den Wagen mit Kiefernzweigen, damit er nicht aus der Luft entdeckt werden konnte. Obwohl Samanthas und Henesseys Kleidung fast getrocknet waren, froren sie immer noch, und sie trug jetzt Nathans Mantel, Henessey hatte indessen seine Jacke aus- und eine von Nathans Ersatzhemden angezogen, das zwar zu eng war, aber wenigstens trocken.

Nathan versuchte, Samanthas Erinnerung aufzufrischen. »Dein Vater war bei den Royal Irish Rangers, stationiert in Belfast. Nach seiner Ermordung im Jahre 1975 wurdest du von seinem Freund Perkins adoptiert. Oder vielleicht sollte ich sagen: rekrutiert. Und zwar für eine geheime Einheit, die nur als ›Chapter‹ bekannt ist. Es war eine inoffizielle Operation im Auftrag des US-Außenministeriums. Hast du das?«

Er wartete ihre Antwort erst gar nicht ab, sondern sprach schnell weiter. »Oktober 1988 warst du beauftragt, einen Waffenhändler namens Daedalus und seinen Vollstrecker zu liquidieren. Du hast die Mission nie zu Ende gebracht, dich dafür entschieden zu sterben, obwohl du klare Befehle für das Gegenteil hattest. Und du hast die Tote gespielt, bis du ohne Vorwarnung acht Jahre später jetzt wieder auftauchst.«

Sie hörte angespannt zu und versuchte alles zu verarbeiten.

»Ich nehme an, wir können davon ausgehen, daß Daedalus von deiner Wiederauferstehung weiß und versucht, sie rückgängig zu machen«, fuhr Nathan fort. »Er wird die Polizei beobachten, die Krankenhäuser bewachen, und wenn du nicht Blut in Strömen verlierst, mußt du dich von all diesen Plätzen fernhalten, verstanden?«

Er spürte anscheinend, daß sich Henessey hinter ihm anschlich, und wandte den Kopf. »Kann ich Ihnen helfen, Mr. Henessey?«

Henessey stand fünf Schritte hinter ihm und hatte einen Wagenheber zum Schlag erhoben. »Miss Caine«, sagte er mit bebender Stimme. »Steigen Sie wieder in den Wagen. Wir waren prima dran, bevor wir etwas von diesem Kerl gehört haben.«

Samantha schaute ihn finster an. »Hast du den Verstand verloren?«

»Es ist alles eine Falle. Es muß eine sein.«

Nathan Windeman behielt die Ruhe. »Mr. Henessey, legen Sie das Ding weg! Das hier ist kein Spionagefilm im Fernsehen.« Er ging auf ihn zu, entspannt und irgendwie verächtlich.

Henessey hob den Wagenheber noch höher. »All diese Killer ... woher wußten die, daß wir im Bahnhof sind? Sie können es nur von unserem alten Nathan erfahren haben.«

Nathan verdrehte die Augen. »Hören Sie auf, Nachwuchsdetektiv zu spielen, okay? Von mir hat niemand was erfahren.«

Henessey grinste höhnisch. »Sie meinen, die haben Ihr Telefon angezapft?«

»Wäre das so undenkbar?«

»Sie wußten rein zufällig, daß wir anrufen, was? Wir wußten ja nicht mal selbst, daß wir anrufen, bis wir das Buch mit Ihrer Widmung fanden.« Er blickte zu Samantha. »In den Wagen.«

Nathan selbst war alt, aber er zeigte, daß sein Kämpferherz noch jung war. Mit einer blitzschnellen Bewegung packte er Henesseys Arm, entwand ihm mühelos den Wagenheber und stieß Henessey sein knöchernes, altes Knie in die edlen Teile. Henessey jaulte auf, fiel auf die Knie, und seine Augen quollen fast aus den Höhlen.

Samantha beobachtete all dies mit wachsender Panik. Sie tat das erste, was ihr in den Sinn kam: Sie schnappte sich Henesseys nasse Jacke aus dem Schnee, sprang hinter Windeman, warf sie ihm über den Kopf und drehte sie stramm um seine Kehle.

Schwer atmend erhob sich Henessey, hoch genug jedenfalls, um noch einmal mit dem Wagenheber auszuholen. Er knallte ihn dem alten Mann auf den Schädel und trieb ihn so – seiner Meinung nach war das sehr befriedigend – ebenfalls auf die Knie. »Schnell«, zischte er. »In den Wagen!«

Beide stürzten zu einer Tür ihrer Wahl. Samantha warf sich auf den Beifahrersitz, Henessey hinters Steuer. Er ließ den Motor an, und mit einem Röhren und Dreck und Schnee aufwirbelnd brauste der LeSabre aus dem Wäldchen auf die Straße. Als Samantha zurückblickte, sah sie, daß Windeman sich soeben aufrappelte. »*Verdammt, Charly!*« brüllte er hinter ihnen her. »*Ich bin der einzige, dem du vertrauen kannst!*«

Er warf Henesseys Jacke auf den Boden und trat sie wütend fort. Dann beschrieb die Straße eine Kurve, und er war nicht mehr zu sehen.

Henessey atmete keuchend. »Was ist mit dir, glaubst du diesen Scheiß, den er uns erzählt hat?«

Sie fuhr sich durch das strähnige Haar. »Ich weiß es nicht, er benahm sich die halbe Zeit wie ein Wahnsinniger. Es muß doch noch jemanden geben, mit dem wir reden können.«

»Ja.« Er rutschte auf dem Sitz herum und fand keine richtige Position.

»Hey«, sagte sie plötzlich. »Denkst du, was ich denke?«

Er schloß kurz die Augen. »Ich hoffe nicht, denn ich denke, meine Eier tun so weh, daß ich das Gefühl habe, nie mehr Kinder zeugen zu können.« Er blickte zu ihr und sah, daß ihr etwas durch den Kopf ging. »Denkst du an diese Postkarte?« fragte er. »Ich möchte wirklich keine weiteren deiner alten Freunde kennenlernen. Das kannst du sicher verstehen, oder?«

»Eigentlich ist es ziemlich gleichgültig, was du möchtest oder nicht«, erwiderte sie. »Wir brauchen einige Antworten auf all das hier, oder wir gehen beide vor die Hunde.« Sie hielt eine Hand an die Stirn und versuchte sich zu erinnern, was auf der Postkarte gestanden hatte. »New Jersey. Ein Katzensprung von hier.«

Henessey umfaßte das Lenkrad fester. Er brauchte keine Antworten. Er brauchte Miss Caine nur abzusetzen und nach Hause zu fahren. Was auch sonst? Das gefährliche Weib absetzen, zu Trin zurückkehren und die übliche Gaunermasche mit Prostituierten und ihren Freiern abziehen, eventuell erwischt werden und vier weitere Jahre im Knast verbringen. Wäre Todd dann nicht verdammt stolz auf seinen Daddy?

»Knobel die beste Route aus«, sagte er resigniert und bereitete sich innerlich auf eine lange, harte Fahrt vor.

8

Die Fahrt nach New Jersey dauerte ungefähr vier Stunden, und in dieser Zeit wurde Henessey zu einem großen Fan von Buick LeSabres. Es war kein nagelneuer Wagen, aber er hatte viele komische Extras. Das Radio hatte es ihm besonders angetan. Man drückte nur auf eine Taste, und das Ding suchte sich ganz von selbst einen Sender. Und wenn der Fuß auf dem Gaspedal ermüdete, brauchte man nur auf einen Knopf zu drücken, und der Wagen behielt von selbst das Tempo bei. Er hatte keine Ahnung gehabt, daß die Autoindustrie so aufgerüstet hatte seit 1977, dem Herstellerjahr seines unglücklichen Plymouth, den er nie wiedersehen würde. Hoffentlich.

Im Laufe des Nachmittags trainierte Henessey seine Stimmbänder zu vielen der Country-Songs und entdeckte von neuem die Freuden von Stereoradios, obwohl Samantha ihn mehrmals aufforderte, die Klappe zu halten. Sie verbrachte die meiste Zeit damit, ihn anzubüllen und dazwischen schweigend zu grübeln. Er konnte ihr das nicht verdenken. Sie war vor acht Jahren mit irgendeinem Lackaffen namens Luke verlobt gewesen, hatte ihr Gedächtnis verloren, es dann wiedergefunden und versuchte jetzt, diesen Lackaffen namens Luke wiederzufinden. Das war genug, um eine Träne ins Auge und einen Steifen in der Hose zu bekommen. In Lukes Hose. Der war ein glücklicher Huckleberry Finn.

Schließlich lief es auf das Spiel hinaus, die Aufschriften auf ländlichen Briefkästen zu entziffern, die hauptsächlich an verwitterten Pfosten hingen und deren Nummern und

Namen vom Regen verwaschen waren. Das Glück entschied sich, ihnen Auftrieb zu geben. Auf einem der Briefkästen prangten die Reste eines Aufklebers, der keinen Hinweis auf die Nummer gab, jedoch die Initialen L. D. zeigte.

»Ja oder nein?« sagte Henessey und bremste. »LD oder nicht LD. Heißt L Luke oder Lümmel? Das ist die Frage.«

»Sehr lustig.« Sie spähte über den Rasen vor dem Haus. »Es kann nicht schaden, zu fragen.«

»Also fragen wir.« Henessey lenkte den Wagen an den Bordstein und stoppte. Lukey-Boy hatte eine ziemlich heruntergekommene Bude. Ein fast verfallenes Farmhaus, das mit seinem großen Wasserrad, das jetzt stillstand, mehr wie eine Mehlmühle wirkte. Südlich davon stand eine ebenso verfallene Scheune, und jenseits davon war ein Teich, der bis auf die Mitte, die einen dunklen Kreis von Schneematsch bildete, zugefroren war. Schneebedeckte Bäume vervollständigten das Bild, und Henessey war ziemlich überzeugt, daß er die Idylle auf einem Puzzlespiel wiederfinden konnte, wenn er nur danach suchen würde.

»Wirkt vertraut«, sagte Samantha mit gefurchter Stirn. »Ich war schon mal hier.«

Henessey nahm die Szenerie von neuem in sich auf. »Du mußt ziemlich arm gewesen sein.«

Sie warf ihm einen bösen Blick zu. »Setz zurück, vor den Eingang, okay?«

»Ihr Wunsch ist mir Befehl, Madam«, erwiderte er grinsend, fuhr ein Stück rückwärts und hielt an einer Stelle, die sie ihm wies. Sie atmete tief durch, stieg aus und ging zur Haustür, wobei sie auf lose Zementblöcke steigen mußte, die als Treppe dienten. Sie klopfte an die Tür, spähte durch die vergilbten Gardinen und klopfte ein wenig lauter. Henessey hätte es nicht gewundert, wenn ein Schwein geöffnet hätte, Schweinchen Dick oder so.

Sie kehrte niedergeschlagen zurück. »Muß zur Stadt gefahren sein.«

In diesem Moment tauchte ein Mann mit einem Armvoll

Holz hinter einem Bau auf, der wie ein Hühnerstall ohne Hühner aussah. Sein Kopf fuhr herum, und als er Samantha sah, klaffte sein Mund ebenso schnell auf, wie er die Holzscheite fallen ließ. Henessey stieß die Tür auf der Fahrerseite auf und richtete die Pistole auf den Kerl, der seiner Meinung nach der bäuerlichste Bauernlümmel war, den er jemals gesehen hatte. Cowboyhut, enge, verblichene Jeans, spitze Stiefel und eine Gürtelschnalle, die fast so groß war wie die Radkappe eines 1945er DeSoto Deluxe.

Abermals bedachte Samantha ihn mit einem giftigen Blick. »Keine Angst«, rief sie zu dem Bauernlümmel. »Wir wollen nichts Böses.«

Er kam auf sie zu und wirkte überhaupt nicht ängstlich.

»Ich glaube, wir kennen uns«, sagte sie. »Ich bin mir ziemlich sicher, daß du Luke bist und – nun, ich glaube, ich wollte dich heiraten.«

Er kniff die Augen zu Schlitzen zusammen, das Merkmal eines Mannes, der zu eitel ist, um eine Brille zu tragen. »Mein Gott«, murmelte er und verfiel in Laufschritt. »CHARLY! BABY!«

Er schloß sie in die Arme und drehte sich glücklich mit ihr im Kreis, seine Stiefel wirbelten dabei Schnee auf. Henessey fühlte sich übel – das war zu süß für einen alten abgebrühten Knacker wie ihn. Er stampfte resolut zu dem Paar, klopfte Lukey-Boy auf die Schulter, veranlaßte ihn, sich umzudrehen … und hielt ihm dann die Pistole zwischen die Augen.

»Was dagegen, wenn ich störe?«

9

»Findest du nicht, daß du ein bißchen übervorsichtig bist?« fragte Samantha-Charly.

Henessey schloß das Tor des Pferdestalls von innen und

legte den Balken vor. »Nein.« Er hielt weiterhin die Pistole auf den bäuerlichen Gentleman gerichtet. »Du bezahlst mich für meine Dienste, und die kriegst du auch.«

»Um Himmels willen, wir waren verlobt.«

»Sagst du.«

Luke gab auch noch seinen Senf dazu. »Das sage ich ebenso.«

»Halt die Klappe.« Henessey wandte sich Samantha in dem duftenden Halbdunkel des Stalls zu. »Also gut, klär mich auf. Hast du mit diesem Typen gepimpert oder nicht?«

Sie blickte ihn finster an. »Das ist … möglich.«

»Und dein Kind, Cathead …«

»Caitlin.«

»Wie auch immer. Dann könnte dieser Knabe hier der Vater sein?«

»Ich weiß es nicht.« Sie preßte eine Hand vor den Mund und dachte angestrengt nach. »Aber … ich erinnere mich an all diese kleinen Einzelheiten über ihn.«

Luke wurde es anscheinend leid, hier im Pferdestall mit ihnen herumzustehen. »Hören Sie«, nörgelte er. »Ist das hier die Show mit der versteckten Kamera oder was? Lassen Sie mich bitte raus.«

Henessey taxierte ihn. »Du hältst deine verdammten Pfoten so, daß ich sie sehen kann!«

Luke wandte sich an Samantha. »Charly, das ist doch alles verrückt. Du und ich, wir waren wie …« Er verlor die Stimme, fand sie jedoch wieder. »Wir haben uns geliebt, wir hatten alles geplant. Hölle, *du* wolltest *mich* haben!«

Sie seufzte. »Nun denn. Ich hab' dich mir geangelt und dich dann wieder vergessen. Tut mir leid.«

Er senkte den Kopf, offenbar, um die Pferdeäpfel zwischen dem Stroh zu betrachten, und Samantha sagte zu Henessey: »Ich weiß beispielsweise, daß er einen Nagel im Bein hat. Autounfall. Und er schneidet sich selbst das Haar.« Sie schloß die Augen. »Er besitzt keinen Fernseher. Und und und.«

Henessey wartete, bis die Stille an den Nerven zerrte. »Und?«

»Und er setzt sich, wenn er pinkelt. Und er schläft nackt, und er …«

»Stopp, stopp«, sagte Henessey. »Ich bekomm' sonst einen Steifen.«

»Ich kenne diesen Mann«, sagte sie, »und ich nehme an, ich war mit ihm verlobt.«

Luke trat gegen die Stallwand. »Willst du mich jetzt umbringen oder mir deine unsterbliche Liebe gestehen? Was ist? Ich bin neugierig?«

Samantha leckte sich über die Lippen. »Laß mich mit ihm reden. Allein.«

Henessey schob die von Nathan geliehene Pistole hinter den Gürtel. »Also gut«, murrte er und ließ die beiden Turteltauben allein. Die Sonne hatte die meiste Zeit des Tages damit verbracht, New Jersey zu wärmen, und es war eigentlich unsinnig, nicht nach draußen zu gehen. Als Samantha und Luke den Stall verließen, schaute Henessey höflich weg. Sie gingen über ein Stoppelfeld, das mit schmelzendem Schnee bedeckt war, und hinunter zum Teich, der es noch nicht ganz geschafft hatte, zuzufrieren. Henessey hatte irgendwo gelesen, daß Enten nicht nach Süden fliegen, sondern Tag für Tag im Kreis herumschwimmen, um dem Eis fernzubleiben und derart den Winter zu überleben. Solch eine Härte, solch ein Lebenswille. Vermutlich waren sie auch zu hart, um sie zu essen.

Er überprüfte Nathan Windemans Pistole, eine von dreien, und dachte an den verrückten alten Bastard und die Waffe, die er in seiner Unterhose neben Mr. Wally aufbewahrte – als sich etwas Kaltes und Hartes in seinen Nacken bohrte. Eine ebenso kalte Hand preßte sich von hinten auf seinen Mund.

»Keine Bewegung«, sagte eine Männerstimme. »Und sei still.«

Henessey gurgelte ein paar Laute hervor, dann nickte er. Die Hand und die Waffe wurden zurückgezogen. Er wandte sich um und rechnete damit, weitere üble Zeitgenossen zu sehen, weitere Jungs vom Bahnhof, die das Spiel fortsetzen wollten. Statt dessen sah er Windeman, alt und wackelig und tödlicher als eine Viper.

»Wie, zur Hölle, hast du uns gefunden?« stöhnte Henessey.

Windeman nahm ihm die Pistole ab, die ihm ja ohnehin gehörte, überprüfte sie und gab sie zurück. »Es mag Gründe geben, dich am Leben zu lassen, aber dazu zählt nicht, daß du von den Raketenwissenschaftlern der NASA vermißt werden wirst. Du bist doch nie und nimmer ein Detektiv.«

Henessey straffte die Schultern. »Ich habe mir Visitenkarten drucken lassen, um das zu beweisen.«

»Ach du meine Güte.« Windeman wies zu den beiden Gestalten am Ufer des Teichs. »Wer ist der Mann?«

»Nur ihr Ex-Verlobter. Luke sowieso, Typ Stallbursche.«

»Ex-Verlobter?« Windeman runzelte die Stirn. »Das ist lächerlich, sie war niemals verlobt.«

»Das hab' ich ihr auch einreden wollen, aber sie weiß sogar, wie er pißt.« Er wies in ihre Richtung. Ein paar Ponys waren herbeigetrottet, und Luke versuchte, eines mit bloßen Händen einzufangen. Samantha lachte darüber.

»Siehst du?« sagte Henessey. »Ein cooler Typ, was?«

Windeman sah aus, als würde ihn jeden Augenblick der Schlag treffen. »Verlobter?« murmelte er. »Warum, um alles in der Welt, würde sie das annehmen?«

»Reg dich ab, Opa«, erwiderte Henessey müde. »Wir haben 'ne Postkarte gefunden, beschrieben mit ihrer eigenen Handschrift, und darauf steht …«

Der alte Mann wirkte wie ein Erstickender. *Sie fand eine Postkarte?«*

»Nimm eine Herzpille, damit du nicht abnippelst. Es war eine Postkarte an ihren Onkel, einen Typ namens, äh …«

»Max«, vollendete Windeman. Sein Gesicht wurde graugrünlich. »Onkel Max, das ist die Agentur, du Vollidiot! Und das Wort *verlobt* bedeutet, daß sie am Ziel dran ist! Scheiße!

Windeman stieß Henessey beiseite. »Er war nicht ihr

Lover, er war ihre Zielperson!« rief er, während er wie eine in der Sonne vertrocknete Vogelscheuche losrannte. »Sie weiß die ganzen persönlichen Dinge über ihn, weil sie den Bastard studiert hat – um ihn zu liquidieren!«

Henessey brauchte ein paar Sekunden, um das zu verarbeiten. Dann kapierte er, packte die Pistole fester und wetzte hinter Windeman her. Er holte ihn ein und rannte an ihm vorbei. Er rutschte und schlitterte durch die Furchen des Stoppelfelds, doch er blieb auf den Beinen. Ein fernes flappendes Geräusch näherte sich, und er blickte im Laufen zum Himmel.

Nichts außer Blau und zwei Vögeln. Doch das Geräusch wurde lauter, und dann erkannte er, wovon es verursacht wurde: von einem Hubschrauber.

Ein Bell Ranger tauchte aus dem Blau des Himmels und stieß auf ihn herab, der Wind der Rotoren, der Schnee und Spreu aufwirbelte, zwang Henessey, zu stoppen und die Augen mit der Hand zu beschirmen. Er erkannte einen Mann auf dem Kopiloten- Sitz, der ein großes Gewehr mit Zielfernrohr hielt und ihn anvisierte.

Es ist allseits bekannt, daß man aus einem schwebenden Helikopter nur schwer ein Ziel treffen kan. Man meint, daß er im Wind der Rotoren wie festgeklebt in der Luft verharrt, doch das täuscht, so eine Kiste wackelt verdammt wild.

Mit anderen Worten – Henessey hatte Glück. Die Kugel riß einen Krater vor seinen Füßen, und schwarzer, gefrorener Dreck wirbelte in sein Gesicht wie Schrapnell, doch er brauchte sich noch nicht von der Welt zu verabschieden. Angesichts dieser Gnade ließ er die Pistole fallen, hob beide Hände und verharrte wie eine Statue.

Es klappte. Der Hubschrauber drehte ab und schwirrte auf den Teich zu. Henessey sah, daß Samantha und Luke stehengeblieben waren und hochblickten. Samantha wich einen Schritt zurück und hob wie fragend die Arme. Und Luke, der niemals ihr Freund gewesen war, antwortete mit einem Faust-

1. Talent
2. Polit

schlag in ihr Gesicht. Sie fiel wie eine Barbie-Puppe, die von einem kleinen Mädchen in schlechter Laune aus dem Fenster geworfen worden war.

Zwei Wagen näherten sich. Als sie stoppten, sprangen Männer heraus. Jemand rief Kommandos. In diesem Augenblick erkannte Henessey den schrecklichen Fehler, den sie hinsichtlich Nathan Windeman begangen hatten, denn er war tatsächlich, wie er es behauptet hatte, der einzige, dem sie trauen konnten.

Jetzt war es zu spät, um diesen Fehler zu bedauern. *Viel* zu spät.

10

Charly schlief eine Weile. Und im Schlaf erinnerte sie sich an die vergangenen acht Jahre. Und an die acht Jahre davor. Und noch weitere acht Jahre davor.

Sie erinnerte sich an alles, und sie würde nie wieder Samantha Caine sein.

Belfast, Irland, 12. August 1975. Eine Zeit und eine Stadt geprägt vom Haß und hohen Zielen, von Friedensmärschen und Explosionen, und alles spielte sich im gleichen Rahmen der Geschichte ab wie in den vergangenen achthundert Jahren.

Was fast bedeutungslos in Belfast am 12. August 1975 für ein vierzehnjähriges Mädchen namens Charly Elizabeth Baltimore war.

Sie hatte einen Plan ausgeheckt und seit Tagen mit ihrem geheimen Freund besprochen. Ihr Vater war sehr streng, ein Soldat. Soldat der britischen Army in Irland. Vielleicht lag es an seiner Angst, daß er sie wie eine Gefangene behandelte. Aber sie war vierzehn, sie hatte einen Jungen kennengelernt, und Liebe läßt sich nicht einfach so ersticken, nicht zwischen den Montagues und Capulets in Venedig, nicht zwischen Charly und Gregory in Belfast.

Sie hatte große Angst in dieser Nacht. In ihrem kleinen Schlafzimmer hatte sie aus zwei Kissen einen Körper geformt, ein weiteres kleines Kissen als Kopf benutzt und alles mit Decken zugedeckt. Im Licht ihrer kleinen Lampe überprüfte sie die Wirkung aus allen Winkeln und betete, daß ihr Vater sich täuschen ließ, falls er aufwachte, und nicht mit seinem Gewehr und einem Zug Rangers die Straßen nach ihr absuchte.

Auf ihrem kleinen Nachttisch neben der Lampe lag die Zeitung ihres Vaters für den kommenden Tag. Charly nahm sie, ignorierte jedoch die Schlagzeile: 39. BATAILLON SPRENGT NORDIRISCHE PIPELINE: IRA DROHT MIT VERGELTUNG. Sie knüllte die Zeitung zusammen und ging zum einzigen Fenster ihres Zimmers. Es hatte eine dreifach verstärkte, kugelsichere Scheibe mit einem elektronischen Alarm- und Schloßsystem; sie drehte den schlüsselförmigen Aktivator, bis das grüne Lämpchen erlosch. Das Fenster ließ sich nach oben schieben, und das tat sie damit auch, stemmte sich mit den Ellenbogen auf die Fensterbank und zwängte sich hinaus. Die Sommernacht war kalt und feucht, doch für sie voller Versprechen. Auf den Knien drehte sie sich um und legte die zu einem Ball zerknüllte Zeitung auf den Fensterrahmen. Dann zog sie das schwere Fenster vorsichtig hinunter bis auf die Zeitung und stellte sicher, daß es nicht ins Schloß fallen konnte.

Sie erhob sich und nahm im fahlen Schein des Mondes eine Zigarette aus ihrem BH. Trotz der verräterischen Glut zündete sie den Stengel an Ort und Stelle an; ihr Vater war zwar Soldat, doch sie hielt ihn für einen lahmen und wichtigtuerischen Mann, und das war noch schlimmer geworden, seit ihre Mutter vor sechs Jahren an einer fiebrigen Infektion gestorben war.

Jetzt gehörte die Nacht ihr. Sie lief hinein, breitete die Arme weit aus, die Zigarette trotzig zwischen den Lippen, und stahl sich durch die Hintergasse davon, die zur Straße führte. Charly war noch ein kleines Mädchen, aber sie war so alt, wie sie es wünschte.

Gregory hatte ihr gesagt, wo er auf sie warten würde. Sie suchte die Stelle, verliebt in die Nacht und die Freiheit, die sie heiß und kalt und verrückt machte, fand den richtigen Baum und ging langsamer darauf zu, um ihre Würde zu bewahren, und zugleich schnippte sie die Zigarette weg

Aber Gregory rauchte unter dem Baum, wie sie am Aufleuchten der orangefarbenen Glut sah. Er war sechzehn, gab sich wie ein Erwachsener und war stark in jeder Hinsicht, in der sie schwach war. Sie wußte nichts von Liebe, aber viel von Verehrung.

Er nahm sie samt ihrer Unsicherheit in die Arme, küßte sie so fest, daß sie innerlich zu erzittern begann, so sehr, daß sie kurz befürchtete, die Erde erbebe zu ihren Füßen. Dieser Junge weckte Sehnsüchte in ihr, an die sie nicht zu denken wagte.

Danach setzten sie die Unterhaltung vom letzten Rendezvous fort, aber Charly fühlte sich dabei unbehaglich. »Du hast es also noch nie mit einem Jungen getan, hast du gesagt?« Gregorys Augen funkelten im Schein einer Straßenlaterne.

Sie senkte den Kopf. »Das ist nichts Komisches, Greg. Ich bin erst sechzehn.«

»Quatsch.«

»Was?«

»Du bist vierzehn und keinen Tag älter, gib es schon zu!«

Sie fröstelte in der Kälte und Feuchtigkeit und schlang die Arme um sich. »Na und, wie soll ich dann … darüber Bescheid wissen? Es liegt an meinem Vater. Wir bleiben nie lange an einem Ort, und ich lerne nie einen Jungen kennen. Bis ich dich kennengelernt habe.«

»Dein Vater!« Er spuckte es fast aus. »Ich sah ihn in der Glotze, wie er da in Uniform stand und schwor, das verdammte Irland zu retten. Meinst du, er würde mich abknallen, eh? Ich bin ein übler Finger, das bin ich.«

Ohne Warnung schob er die Hand unter ihren Pullover und streifte eines der BH-Körbchen zur Seite. Sie versteifte sich, als sie seine Hand auf ihrer Brust spürte und er deren Spitze streichelte. »Weißt du was?« sagte er ruhig, und sein Atem strich über ihr Gesicht wie eine Feder. »Ich wette, du hast noch keinen Jungen geküßt außer mir, stimmt's?«

Sie brachte kein Wort heraus, und Verlangen und zugleich Furcht hielten sie davon ab, ihn von sich zu schieben.

»Aha«, sagte er. »Nie geküßt, aber geil.«

Er drückte sie fester an sich. Sie schluckte, schloß die Augen, wartete auf seinen Kuß.

In diesem Augenblick peitschten straßenabwärts zwei Schüsse. Eine Fensterscheibe zerklirrte mit einem Krach, um ganz Belfast zu wecken. Charly wich von Gregory fort, um die Ursache der Schüsse zu ergründen, doch er riß sie an sich und preßte die Lippen auf ihren Mund.

Schritte hämmerten in die Nähe, dicht bei ihnen. Charly riß sich los und sah, daß zwei Männer mit Masken vorbeihasteten. »Gregory!« keuchte sie und wich wiederum zurück, um einen besseren Blick auf das Sicherheitshaus zu bekommen, das von ihrem Vater gemietet worden war.

Aber Gregory lachte. Sein Gesicht war jetzt furchterregend verzerrt, und seine Augen glitzerten. Er packte sie an den Armen und riß sie wieder an sich. »Danke dafür, daß du die Alarmanlage abgeschaltet hast, du blöde Pflaume!«

Er schlug ihr brutal ins Gesicht.

»Dein Vater ist ein Lakai der Royalisten. Sag der Presse, daß Sinn Fein sich zu der Tat bekennt!«

Er stieß sie zu Boden und lief davon.

Belfast, 12. August 1975. Eine Zeit und eine Stadt, geprägt vom Haß und hohen Zielen, von Friedensmärschen und Explosionen, und alles spielte sich im gleichen Rahmen der Geschichte ab wie die vergangenen achthundert Jahre.

Charly Baltimore rannte zurück zu dem Haus und stürzte dabei ein paarmal auf dem Kopfsteinpflaster. Charly Baltimore hetzte mit blutigen Knien und vom Gras grünen Händen die Treppe zur Haustür hinauf, rüttelte an der Tür, kramte ihre Schlüssel hervor, schloß auf, riß die Tür auf und sah die Scherben eines zerschmetterten Spiegels auf dem Teppich.

Ihr Vater lag in ihrem Schlafzimmer, zusammengesunken in einer Ecke. Sein Gesicht war totenbleich, gelblich um die Augen und bläulich um die Lippen. Er hielt eine Pistole in der Hand, ein britisches Modell, immer ein britisches. Sein Blick war starr auf das Bett gerichtet. Zwei kleine Hügel und ein Kopf. Sie hatte die Attrappe gut gemacht, denn er hatte sie bis zum Ende geschützt. Seine Augen füllten sich mit Tränen.

»Wieviel?« fragte er. Blutiger Schaum quoll aus seinem Mund. Er schluckte und verzog das Gesicht, als schmecke der Schaum schlecht. Dann hob er die Pistole an seinen Kopf.

Sie war starr vor Entsetzen. Das linke Körbchen ihres BHs hing noch über der Brust, ihr Mund schmeckte noch nach Gregory, das Haar hing ihr wirr ins Gesicht, und sie liebte ihren Vater über alles und hatte es ihm nie gesagt.

»Wieviel haben sie dir gezahlt?«

Sie begann zu schreien.

Und er erschoß sich.

In Belfast.

11

Charly erwachte aus ihrem Traum, sie schnappte nach Luft. So hatte alles angefangen, so war ihr Leben von etwas Normalem zu etwas völlig Bizarrem geworden. Mr. Perkins war der Freund ihres Vaters gewesen und hatte Charly unter seine Fittiche genommen. Sie war für eine supergeheime Operation namens Chapter rekrutiert worden. Es war alles, wie Nathan Windeman gesagt hatte – und sie hatte Henessey geholfen, ihn niederzuschlagen! Ein Fehler. Und Luke, der coole Luke, war überhaupt nie ihr Verlobter gewesen!

Sie stöhnte auf und wollte die Hände vors Gesicht schlagen, doch sie konnte sich nicht bewegen. Sie blinzelte benommen und nahm ihre neue Umgebung endlich wahr. Sie war an Händen und Füßen an ein Brett oder eine Wand gefesselt. Sie befand sich in einem großen Keller, in einem kalten, windigen Raum aus Ziegelsteinen, Balken und verrottendem Holz. Ein rostiger Eisenstuhl mit einem Taschenbuch darauf war die einzige Einrichtung. Unterhalb von ihr war kaltes, schwarzes Wasser.

Sie starrte noch einmal hin.

Jetzt erkannte sie ihre Lage erst richtig. Sie war mit Nylonschnüren an ein Wasserrad gefesselt, eine kleinere Version des großen Wasserrads neben dem Farmhaus, aber immer noch so groß wie ein Riesenrad, und sie klebte daran wie eine Galionsfigur am Bug eines griechischen Segelschiffs. Ein Fluß rann hier durch, fast zugefroren, bis auf das Stück direkt unter ihr, wo das Eis aufgehackt worden war. Jemand hatte sie bis auf ihren Slip ausgezogen, der nicht gegen die Kälte half, aber weitaus besser war als völlig nackt zu sein, denn Luke stand auf einem Betonvorsprung vor ihr und sprach mit einem Mann, den sie schon einmal gesehen hatte.

Dann schaute er sie an. Luke Daedalus. LD hatte an der Mailbox gestanden. Der eiskalte Waffenhändler, den sie vor acht Jahren hatte töten sollen. Er grinste breit. »Hallo. Wenn das keine pflichtvergessene Spionin ist! Wie fühlst du dich?«

»Nicht so frisch«, erwiderte sie. »Wo ist Henessey?«

»Mach dir keine Sorgen«, sagte Daedalus. »Der ist oben.«

Sie bäumte sich in den Fesseln auf, aber es half nichts. Der Mann bei Daedalus betrachtete sie aufmerksam.

»Du bist also der Typ aus der Bahnhofskneipe«, sagte sie. »Nicht schön, dich wiederzusehen, Timothy.«

Er ignorierte sie und sagte zu Daedalus: »Sieh sie dir an.« Es klang verwundernd. »Sie schauspielert nicht, sie kennt mich wirklich nicht mehr von Adam her.«

Daedalus schüttelte den Kopf und zwinkerte Charly zu. »Nicht, daß ich meinem Compadre mißtraue, Colonel Baltimore. Auch ich hatte eigentlich wirklich geglaubt, daß dein Gedächtnisschwund echt ist – bis du ausgerechnet *hier* aufgetaucht bist. Kannst du mir folgen?«

Sie musterte ihn schweigend.

»Weißt du«, fuhr er fort, »ich ziehe hier den größten Job meiner Karriere durch, Baby, also muß ich die Wahrheit wissen. Ich muß sicher sein, an wieviel du dich über mich wirklich erinnerst – und wem du davon erzählt hast.«

»Ich habe keiner Menschenseele etwas erzählt«, entgegnete sie. »Das schwöre ich.«

»Ja. Na gut. Wir werden es bald wissen.«

Er trat zu einem großen roten Knopf, der in das Holz eingelassen war. Charly blickte hinab auf das Wasser, das voller Schneematsch und Eisstücke war, kämpfte gegen Panik an, erinnerte sich an ihre Ausbildung, doch nichts von all dem Gelernten hatte sie auf das hier vorbereitet. »Willst du mich foltern?« fragte sie.

»Foltern? Ja.« Er musterte sie ruhig. »Das Foltern von schönen Frauen, zwar politisch inkorrekt, ist eine Leidenschaft von mir. Ich finde eine Frau am schönsten, wenn ihr Gesicht vor Schmerz verzerrt ist. Sieh dir mal die Schönheit bei der Niederkunft an.«

Sie versuchte es mit einem Angebot. »Nimm mir die Fesseln ab, und ich zeige dir jedes Gesicht, das du sehen willst.«

Er lächelte. »Lassen wir das. Tun wir einfach so, als ob wir *es* getan hätten. Rauchst du?«

»Ob ich rauche? Äh, nein. Eigentlich nicht.«

»Gut. So hältst du es länger durch.« Er hielt die Hand über den Knopf. »Und jetzt halt den Mund und hol tief Luft. Wir fangen an.«

Und er drückte auf den Knopf. Ein Motor sprang an, und das große Rad ruckte und begann sich zu drehen. Sie beobachtete mit weit aufgerissenen Augen, wie zuerst ihre Füße in das Wasser tauchten, dann die Knie und die Hüften. Und dann der Rest. Das Rad blieb ruckend stehen, als sie an der tiefsten Stelle war. Die Dinge wirkten hier anders als im eiskalten Wasser beim Bahnhofsgebäude, besonders weil sie wie ein Gummiband gestreckt war und ihr Schicksal in den Händen ihres alten Feindes Daedalus lag, der sie hier unten halten konnte, bis Jesus zurückkehrte. Sie schloß die Augen und bäumte sich hilflos in den Fesseln auf. Sie hatte einige schlimme Situationen in ihrem Leben durchgemacht, aber diese übertraf alles.

Es kam der Zeitpunkt, an dem sie Luft brauchte. Sie hörte auf, sich aufzubäumen, versuchte Sauerstoff zu sparen, doch ihre Lunge schmerzte bereits, gierte nach Luft, und dann gab es nur eines: atmen oder sterben. Sie stieß Luftblasen aus und kämpfte gegen den Drang an, nach Luft zu schnappen, und schließlich öffnete sie die Augen, als sie am Rande der Bewußtlosigkeit war.

Nathan Windeman war bei ihr, trieb kaum einen halben Meter von ihrem Gesicht entfernt im Wasser. Im Tod waren seine Augen weit aufgerissen, starrten blicklos auf ihre rechte Schulter, und seine Hände und das Gesicht waren gespenstisch blau. Sie hätte geschrien, wenn sie das gekonnt hätte.

Oben wandte sich Timothy an Daedalus. »Honeymoon steht auf dem Plan, und ich habe soeben den Tankwagen besorgt. Jetzt muß ich die Suppe scharf machen.«

Daedalus wußte, was er meinte. »Okay. Ich komme nach, sobald ich hier fertig bin.«

Timothy blickte auf das Loch im Eis und verzog das Gesicht. »Zwanzig Minuten auf diesem Rad, und sie wird wahnsinnig oder tot sein.«

Daedalus nickte. »Aber in zehn Minuten wird sie mir alles sagen, was ich brauche. Und noch *mehr.*«

Er wandte sich um und drückte auf den roten Knopf. Der Motor sprang wieder an, und das Rad drehte sich knarrend und brachte Charly nach oben. Ihr Kopf brach durch die Wasseroberfläche, sie schnappte laut keuchend nach Luft, und während sie keuchte und würgte, stieg Dampf aus ihrem

Mund. Mit dem nassen Slip, der an ihr klebte, und den nassen Haarsträhnen fand Daedalus sie vermutlich ungemein sexy.

»Schnapp soviel Luft, wie du kannst, das ist genau richtig«, sagte er. »Und wenn du kotzen mußt, dann tu es jetzt.«

Timothy schaute sie sonderbar an. »Du weißt wirklich nicht, wer ich bin«, sagte er. »Ich habe dir die größte Nacht deines Lebens bereitet, und du hast sie vergessen.« Er wandte sich an Daedalus. »Ersäuf dieses undankbare Weib. Ich muß gehen.«

Er ging. Daedalus wandte seine Aufmerksamkeit Charly zu, trat näher und kniff die Augen zu Schlitzen zusammen. »Rede, Colonel. Ist meine Identität sicher?«

»Mein Name ist Samantha Caine«, sagte sie weinend. »Ich weiß *nichts*!«

»Antworte!« schrie er. »Wer weiß von mir?«

»Ich weiß nichts«, schluchzte sie.

Er schüttelte den Kopf. »Du lügst!« Er trat zurück und legte die Hand auf den roten Knopf. »Ich sehe dich ungern so, Charly. Ich hörte, du warst einst eine höllisch gute Spionin.«

Charlys Kopf ruckte hoch. »Paß nur auf, Daedalus. Ich bin noch nicht fertig mit dir.«

Er schlug auf den roten Knopf. »Sehr lustig, Charly. Du bist eine unterhaltsame Frau. Gute Nacht.«

Sie tauchte ins Wasser. Daedalus stoppte das Rad wieder, nahm das Taschenbuch von dem Eisenstuhl und ließ sich darauf sinken. Er nahm eine Pfeife aus der Brusttasche seines Hemdes unter der Jacke, stopfte sie, zündete sie an und paffte ein paarmal. Als die Pfeife gut zog und der aromatische Rauch dick und blau geworden war, schob er sie zwischen die Zähne und klappte das Taschenbuch auf seinem Schoß auf. Und las. Und las.

Und las.

Unten zerrte die Frau, die Samantha Caine gewesen war, vergebens an den Fesseln. Die im Wasser treibende Leiche von Nathan Windeman starrte sie blicklos an. Dann kam wieder der Zeitpunkt, an dem sie Luft brauchte. Ein Wahnsinniger schien in ihrem Schädel danach zu schreien. Als die Bewußtlosigkeit nahte, wurde das Schreien leiser, fast zu etwas Angenehmem, und sonderbare Dinge nahmen vor ihrem geistigen Auge Gestalt an, weitere Erinnerungen, die schlimmsten von allen.

Sie war im Kofferraum eines Wagens. Der Kofferraumdeckel wurde angehoben, und sie sah schwarzen Himmel und funkelnde Sterne. Und zwei vertraute Männer, die auf sie herabschauten. Sie war gefesselt und geknebelt. Einer der beiden Männer war Timothy. ›Okay, ich informiere Daedalus. Dein Geld wartet auf dich nach vollbrachter Tat. Und noch eines, Jack.‹

Ein viel jüngerer One-Eye-Jack mit noch zwei Augen starrte auf sie herab.

›Tu dir selbst einen Gefallen‹, sagte Timothy zu ihm. ›Laß dich von ihr nicht reinlegen, sie ist ein verdammt gerissenes Luder. Leg sie um und lade sie irgendwo ab. Versuch nicht, clever zu sein und zuvor noch Doktor mit ihr zu spielen. Ich habe diesen Fehler gemacht, und das wäre fast mein Ende gewesen.‹

Die Kofferraumhaube wurde zugeschlagen. Ebenso die Erinnerung. Sie sah Nathan in dem Halbdunkel. Sie hatte das Gefühl, ihr Oberkörper würde explodieren.

Wieder Erinnerungen: Sie lag auf einer dunklen Felsenklippe, war wohl gerade aus dem Kofferraum ausgeladen worden. Jack kniete bei ihr und nahm eine Spritze aus einem Lederetui. Er krempelte ihren Ärmel hoch, und sie wartete, stellte sich bewußtlos. Bevor er ihr die Spritze verabreichte, hielt er inne und starrte auf die Wölbung ihrer Brüste. Seine Augen nahmen einen gierigen Glanz an. Er knöpfte ihre Bluse auf.

Und sie handelte, ihre Hand zuckte blitzschnell hoch. Sie stieß die Spritze tief in sein linkes Auge. Dann sprang sie auf und rannte zum Wagen. Ein Schuß krachte, und Splitter flogen von einem Felsen dicht neben ihrem rechten Fuß. Jack stolperte hinter ihr her, brüllte vor Schmerzen und fluchte. Noch ein Schuß und ein weiterer. Und dann eine Kugel, die sie am Hinterkopf streifte.

Sie erinnerte sich an die Klippe, an den Sturz hinab auf den Strand. Sie erinnerte sich, daß sie zwei Tage später als Samantha Caine aufwachte. Ihr einziger Besitz war ein kleiner Schlüssel in ihrer Gesäßtasche, dessen Nummer aber abgefeilt war und den sie später als Anhänger an einem Armreif tragen würde.

Und dann … wurde ihr klar, daß sie endlich wieder atmen konnte. Sie sog gierig die kalte Luft ein, hustete, übergab sich fast, schrie fast, aber tat keines von beidem. Statt dessen heftete sie den Blick auf Daedalus. »Ich schlage einen Handel vor«, keuchte sie. »Laß mich laufen, und ich lasse dir deine Beute. Ein guter Deal, glaube mir.«

Daedalus steckte die Pfeife in seine Jacke und lachte auf. »Alles, was du willst, Colonel. Jetzt zurück zur Realität: Warum hast du dich entschieden, gerade *jetzt* wieder aufzutauchen? Wegen Operation Honeymoon? Ist es das?«

Sie starrte ihn wortlos an.

»Wer hat dich hergeschickt?« fragte er und verlor langsam, Stück für Stück, seine Lässigkeit. »Sag es, verdammt! *Warum bist du hier?«*

Sie schüttelte den Kopf. »Ich hab' mich von dir berühren lassen, Cowboy, und jetzt brauche ich ein Bad. *Tu es!«*

Er fuhr wütend herum und schlug mit der Faust auf den roten Knopf. Der Motor sprang an, ein Ruck, und Charly drehte sich zum dritten Mal mit dem Rad in die Tiefe, diesmal ohne Furcht, sondern voller Haß und Entschlossenheit. Das dünne Seil um ihr rechtes Handgelenk hatte Anzeichen von Ermüdung gezeigt; sie schaute auf die Leiche ihres toten Freunds und Mentors und gewann Kraft aus dem Wissen, das er ihr vermittelt hatte. Kein wildes Aufbäumen mehr. Daedalus hatte etwas Entscheidendes vergessen: Kaltes Wasser betäubt das Fleisch.

Sie zog den rechten Arm hinab gegen den Druck des

Nylonseils. Wenn alle Haut abriß, dann sollte es so sein. Diese Hand würde frei kommen oder am Handgelenk abgeschnitten werden. Sie hatte ja dann noch eine andere Hand.

Sie spürte tatsächlich keinen Schmerz, dazu war das Wasser zu eisig. Sie konzentrierte jeden Nerv ihres Körpers auf die Aufgabe; selbst als sich das Wasser mit ihrem Blut färbte, riß sie an der Fessel.

Und dann – war ihre Hand frei! Sie würde nie wieder sein wie vorher, aber sie war frei. Sie schaute zu Nathan, bat ihn um einen letzten Gefallen. Seine Ausbildung hatte ihr unzählige Male das Leben gerettet, und jetzt, sogar tot, würde er sie wieder retten.

Sie rammte ihre blutige Hand gegen seinen Gürtel und in seine Hose hinab. Seine Pistole war da, gleich neben Mr. Wally. Sie riß sie heraus. PSP-25, halbautomatisch, ein Magazin voller Stahlmantelgeschosse.

Zeit verging. Sie wartete, ruhig wie eine Nonne, ließ sich schlaff hängen, verschwendete keine Energie. Ein vorbeischwimmender Sporttaucher hätte sie für tot gehalten.

Das Wasserrad ruckte. Langsam, quälend langsam hob es sie aus dem Wasser.

Sie tauchte feuernd auf. Die erste Kugel zerschmetterte Daedalus' linke Kniescheibe, und er stürzte brüllend zu Boden. Charly zielte und schoß auf den Knopf, mit dem das Rad betätigt wurde. Er zerbarst in rote winzige Fetzen, und eine rostige Feder sprang aus der Öffnung und hüpfte komisch auf und ab. Das Rad kam ruckend zum Stehen.

Sie schob die Pistole zwischen ihre Zähne und band das andere Handgelenk los. Dann nahm sie die Pistole wieder in die Hand, spreizte die Beine und zerschoß den Teil des Rads zwischen ihren Füßen. Ein paar Tritte, und sie war frei. Sie warf sich von dem Rad, rutschte über ein Stück Eis und taumelte auf dem Beton auf die Füße. Ein Knöchel zog immer noch ein Stück Seil hinterher. Daedalus' Augen quollen fast aus den Höhlen, während er dalag und auf sein Knie starrte. Blut hatte seine Jeans getränkt. Er schaute mit flehenden

Luke-Augen zu ihr auf, als sie die Pistole zu ihm schwenkte. »Samantha, bitte!«

»Welche Samantha?« Sie grinste und feuerte.

Daedalus quiekte wie eines der Schweine aus dem Stall. Jetzt fehlte ihm ein Daumen. Er preßte die Hand mit den vier Fingern unter die andere Achsel.

»Wo ist Henessey?« fragte sie sanft und zielte auf sein unversehrtes Knie. »Ich habe dir angeboten, daß du deine Beine behalten kannst, aber du wolltest nicht auf mich hören. Jetzt gib mir Henessey – oder kauf dir einen Rollstuhl!«

Er gab ihr Henessey.

12

Henessey hatte schon bessere Tage gesehen. Er war nackt und an Händen und Füßen gefesselt. Sie hatten ihn zusammengeschlagen und in den Keller geworfen, was an sich nicht so schlimm gewesen wäre. Wenn es Juli gewesen wäre. Aber im Dezember *war* es schlimm. Über ihm ließ nur eine einzige Ritze zwischen den Brettern etwas Licht herein. Seine Lage machte ihn fertig, aber er war sonderbarerweise zufriedener als jemals in seinem Leben, abgesehen von dem Tag, an dem sein Sohn Todd geboren worden war.

Er hatte den Mund gehalten. Sie hatten ihm gedroht, ihn geschlagen, aber er hatte eisern geschwiegen. Er hatte behauptet, nichts zu wissen, und an dieser Geschichte hatte er festgehalten. Er war nur ein guter Bekannter von Samantha Caine, der sie hergefahren hatte, damit sie sich mit ihrem alten Freund treffen konnte, also was soll der Scheiß, Jungs? Ja, er war nackt und blutig geschlagen, aber er hatte sich an ein Prinzip gehalten, das er nie zuvor gekannt hatte: Treue. Todd würde stolz auf seinen Alten sein.

Etwas tat sich über ihm. Etwas splitterte, als ob eine Tür

eingetreten wurde. Dann peitschten Schüsse, viele Schüsse. Schritte hämmerten über ihm, wieder krachten Schüsse, Leute schrien. Dann ein harter Aufprall direkt über ihm. Etwas löschte das Licht aus, das durch die Ritze hereinfiel. Sekunden später tropfte etwas auf seine Nase.

Es roch brackig, wie Salzwasser.

Blut.

Er wälzte sich davon fort und überlegte, was da wohl passiert war. Es gab schreckliche Möglichkeiten. Entweder war die Polizei eingetroffen, um ihn zu retten, und sie hatten jeden erschossen, der ihnen vor die Augen gekommen war. Oder seine Ex-Frau war gekommen, um ihn anzukeifen, und hatte jeden umgelegt, der sich ihr in den Weg hatte stellen wollen.

Nicht lustig. Er erinnerte sich daran, daß er bald tot sein konnte. In einer solchen Lage sitzt das Opfer für gewöhnlich nicht lachend herum.

In diesem Augenblick wurde die Falltür geöffnet, und eine dunkle Gestalt hob sich vor gleißendem Licht ab. Henessey blinzelte geblendet. Die Gestalt war von Pulverrauch eingehüllt, ein Spezialeffekt wie aus einem John-Carpenter-Film, komplett mit keuchendem Atem.

Doch diese dunkle Gestalt hatte eine wilde Haarsträhne wie vom Wind zerzaustes Heu und hielt in jeder Hand eine Waffe. Sie sprang durch die Falltür, landete schwer, und ihr Kopf ruckte suchend herum.

Unwillkürlich versuchte Henessey fortzukriechen. Die Gestalt kam auf ihn zu, hob ihn mühelos an und trug ihn in eine Ecke des Kellers. Die Arme und Hände der Gestalt waren noch kälter als seine. Er beobachtete, wie sie in der Dunkelheit etwas suchte, dann mit einer Decke zu ihm zurückkehrte, sich zu ihm setzte und die Decke über sie beide zog.

Jetzt wußte er, wer die Gestalt war. »Wir müssen hier weg«, flüsterte er.

Sie streichelte über seinen Nacken. Mit der anderen Hand hielt sie die Pistole auf die Falltür gerichtet. »Du bist jetzt sicher«, sagte die Frau, die er als Samantha Caine kannte, doch das war eine andere Stimme, eine Stimme mit leichtem irischen Akzent und einer sonderbaren Härte.

»Sicher wie die Made im Speck«, flüsterte sie.

Zu seiner ewigen Überraschung döste Henessy in ihren Armen ein.

DRITTER TEIL

1

Es gab zwei Mr. Perkins. Einer war ein Teddybär, der einem kleinen Mädchen namens Caitlin gehörte. Der andere war ein Agent der Regierung, dem gegenwärtig der Präsident die Hölle heiß machte, weil eine gewisse tote Charly Baltimore sich offensichtlich viel besserer körperlicher Verfassung erfreute, als jahrelang angenommen worden war.

Der menschliche Mr. Perkins hatte einen eigenen Mitarbeiterstab. Keinen großen, sondern einen einzigen privaten Adjutanten und einige politisch ernannte Laufburschen. Da die Organisation namens Chapter offiziell nicht existierte – selbst die Laufburschen wußten nicht, wer ihre Lohnchecks unterschrieb – konnte Perkins keinem außer sich selbst die Schuld an Charleys peinlicher Wiederauferstehung geben. Der Präsident dachte, Gruppen wie Chapter wären seit Jahren aufgelöst worden, aber er wußte nicht, daß er eigentlich *nichts* wußte, und seine Unwissenheit war auch kein Zufall. Trotzdem schadete der ganze Schlamassel mit Charly Baltimore Perkins, und in Washington konnte so ein Schaden dazu führen, daß man gedemütigt wurde. Oder den Job verlor. Oder beides.

Perkins' Adjutant hieß Harry, und er hielt Stallwache im Büro, wenn Perkins fort war. Heute abend hatte Harry einfach nur am Telefon gesessen, während er ungefähr sechzig Dollar pro Stunde vom Geld der Steuerzahler verdiente. Deshalb brauchte auch Perkins, als er an diesem Tag kurz nach Mitternacht hereinschneite, nicht auf die Taste eines Anrufbeantworters zu drücken: Harry hatte keine Tasten.

Perkins war in mieser Stimmung, als er die Tür zutrat und seinen Mantel auf den Schreibtisch klatschte. »Wer hätte das gedacht«, tönte er. »In drei Wochen wird die Genehmigung unserer Gelder überprüft, und wir müssen uns wegen einer verdammten Ausreißerin rechtfertigen.«

Harry hob einen Finger wie ein braver Schüler. »Sie haben einen Anruf auf Leitung drei, Sir.« Perkins fuhr zu ihm herum. »Na reizend. Wer, zum Teufel, ist es?«

Harry schien auf seinem Stuhl zu schrumpfen. »Charly Baltimore, Sir.«

Perkins erstarrte, und Harry zählte schweigend bis drei, dann löste sich Perkins' Erstarrung, und er sprang zum Telefon auf seinem Schreibtisch, riß seinen Mantel vom Apparat, verursachte dabei einen Regen von herumwirbelnden Papieren, und gleichzeitig fiel ihm der Hörer aus der Hand. »Scheiße!« brüllte er und nahm den Hörer auf, hielt aber eine Hand vor die Sprechmuschel. »Zurückverfolgen! Aufzeichnen und *zurückverfolgen*!«

Harry wandte sich zu seinem Computer und hackte auf die Tastatur. »Wird zurückverfolgt«, flüsterte er.

Perkins sammelte sich und nahm dann die Hand von der Sprechmuschel. »Perkins«, meldete er sich mit ruhiger Stimme.

»Schalte den Fernseher an«, krächzte es in sein Ohr. »Eine Farm in New Jersey. Sieben Tote. Fröhliche Weihnachten, und sag nicht, das wäre kein schönes Geschenk.«

»Ch-Charly«, mimte Perkins den Überraschten. »Guter Gott, Mädchen, wir haben dich überall gesucht. Ich hab' ein Foto von dir in einem Weihnachtsumzug. Was, zur Hölle, ist passiert?«

»Sei nicht albern. Ich habe meine Mission erfüllt. Eigentlich hätte ich sie früher erledigt, aber ich habe in der Zwischenzeit Kuchen gebacken. Stell keine Fragen.«

Perkins wartete schweigend, versuchte Zeit zu schinden; er war nicht gut in Small-talk.

»Ich will wieder mitmachen«, sagte sie.

Seine Augen leuchteten auf, als spiegele sich ein Feuerwerk darin. »Gewiß! Ich werde dich in ein Sicherheitshaus bringen lassen.«

Sie schnaubte. »Du pfeifst, und ich springe? Nein, wir spielen jetzt nach meinen Regeln. Wenn du mich wiederhaben willst, dann hältst du dich erst mal fern von mir. Laß dich nur ja nicht blicken. Und ruf mich nicht an, *ich* werde anrufen. Das sind die Regeln. Verstanden?«

»Aber Cha … oh, Scheiße!« Perkins blickte zu Harry. Der Adjutant schüttelte den Kopf.

Perkins legte den Hörer auf. »Irgendeine Konferenz im Gange?«

»Die übliche.« Harry wies mit dem Daumen nach rechts. »Ihr bester Freund.«

»Verdammt!« Perkins ging zu der Tür, auf die Harry gewiesen hatte, atmete tief durch und öffnete sie. Ein Mann saß an einem langen Konferenztisch, der voller Telefone stand. Er wirkte beunruhigt und verblüfft. Perkins schaute ihn an. »Schon gehört?«

Der Mann nannte sich Timothy, und er nickte. »Dieses Weib muß von einem anderen Planeten sein.

Und wenn sie irgendeine Information aus Daedalus herausgeholt hat, kann sie von Honeymoon wissen. Das gibt echte Probleme.«

Perkins schlug mit der Faust auf den Tisch, daß die Telefone tanzten. »Gottverdammich, da lagen 'ne Menge Knarren auf der Farm. Sie ist jetzt bewaffnet! Wie konntest du einfach davonspazieren und sie am Leben lassen?«

Timothy hielt einen Finger an die Lippen. »Pst. Krieg keine Zustände. Du bist der Chef eines geheimen Spionagenetzes, und du *jammerst* ständig, ist dir das klar?«

»Ich gebe dir vierundzwanzig Stunden«, sagte Perkins etwas ruhiger. »Du suchst sie, eliminierst sie. Tu, was immer erforderlich ist. Aber sei vorsichtig. Wenn herauskommt, daß du für mich arbeitest, müssen wir beide auf dem Rasen vom Weißen Haus vor den Kameras der Medien die Hosen herunterlassen.«

Timothy erhob sich. »Du jammerst schon wieder, Leland.«

Perkins stand eine Weile grübelnd da, dann sagte er: »Denk

daran, wer hier das sagen hat, Timothy. Wenn du dich nicht gut mit mir stellst, bist du tot.«

Timothy lächelte. »Dasselbe gilt für dich, Boß.«

2

Es dauerte lange, bis Henessey erwachte. Er hatte seit Jahren nie richtig gut geschlafen, immer aufgeregt wegen der Frau, als sie noch verheiratet waren, und dann nach der Scheidung. Und im Knast schläft man auch nicht gut. In letzter Zeit hatte er schlecht geschlafen, weil er quälende Sorgen hatte, daß die Gaunermasche mit der falschen Prostituierten auffliegen konnte. Schuldgefühle hatten ihn geplagt. Und die Befürchtung, daß er gefaßt werden und wieder im Gefängnis in Marion, Illinois, landen würde.

Es war also durchaus verständlich, daß er neun oder zehn Minuten brauchte, um nach dem tiefen Schlaf wieder richtig wach zu werden. Er tat das Übliche, rieb sich die Augen, drehte sich auf die Seite, wälzte sich ein paarmal hin und her, rieb sich über die Nase, öffnete blinzelnd die Augen und schloß sie wieder. Kurz bevor er erwachte, um sich dem zu stellen, was auch immer im Gange war, lag er in Fötushaltung da und schlief so tief und träumte so viel Aufregendes, daß er Tage brauchen würde, um alles zu entschlüsseln.

Als er schließlich endgültig die Augen aufschlug, hatte der Sandmann soviel Sand in deren Winkeln zurückgelassen, daß er ihn förmlich wegkratzen mußte. Er tat es und schaute zur Decke, den Wänden, der offenen Tür zur Linken, auf die aufgewühlten Laken und Decken seines Bettes.

Krepiert und im Himmel, sagte er sich. Es gab keine andere Erklärung für solchen Luxus. Er erinnerte sich, daß er vor dem Einschlafen in einem kalten, dunklen Keller gewesen war. Und daß man ihn gefoltert hatte, bevor man ihn da hineingeworfen hatte.

Aber er hatte nichts verpfiffen.

Ein Grinsen verzog sein Gesicht mit dem Dreitagebart, das mit soviel Salbe beschmiert war, daß man ein Kugellager damit hätte fetten können. Er wischte etwas davon ab, hob den Kopf und versuchte ernsthaft festzustellen, wo er war.

Krepiert und im Himmel.

»Okay, okay«, sagte er laut und setzte sich auf. Unzählige Beulen und Schrammen erwachten unisono, und er verharrte mitten in der Bewegung und schloß erneut die Augen. Er nahm an, daß Herkules viele solcher Tage erlebt haben mußte. Er drehte sich und schwang beide nackten Füße aus dem Bett und auf den Teppich, der zartblau und sehr neu war. Nur das Beste, sagte er sich und richtete sich stöhnend auf. Er nahm sich hochmütig vor, die Masseuse zu feuern.

Dann wankte er durch die offene Tür. Weitere Wunder erwarteten ihn. Eine herrliche Suite mit Sofas und Sesseln und Vorhängen, einem Fernseher, der fast so groß war wie Kentucky, und einer Bar mit kleinen Spirituosenflaschen in ordentlichen Reihen. Aber was war das? Kein Bier vom Faß? Er nahm sich fest vor, das Management zu vermöbeln. Verstimmt ließ er sich trotzdem erst mal auf einen der Barhocker plumpsen.

Seine Zigarettenpackung lag mit einer Schachtel Streichhölzer neben einem Aschenbecher. »Cheerio«, murmelte er und zündete sich einen Sargnagel an. Er zielte mit dem erloschenen Zündholz auf einen kleinen Papierkorb hinter der Bar, schnippte es in diese Richtung und traf daneben.

Der für den Papierkorb Verantwortliche mußte gefeuert werden. Er konnte von Glück sagen, wenn er nicht umgelegt wurde. Henessey stieg vom Barhocker, um das Streichholz aufzuheben. Niemals zuvor war er in so herrlicher Umgebung aufgewacht, und es gehörte sich nicht, die Suite mit Müll zu verunreinigen. Er bückte sich – autsch! – und hob das Streichholz auf.

Zwei bunte Papiere waren die einzigen Gäste auf dem Fuß des Papierkorbs. Er sah sie, runzelte die Stirn und fischte sie heraus.

Es war ein Schnappschuß von zwei Personen, die Henessey kaum kannte, aber er wußte, wer sie waren: Samanthas Verlobter Hal oder Cal oder wie auch immer, und ihre Tochter Catsowieso. Samantha hatte das Foto mitten zwischen den beiden durchgerissen.

Er ging mit den beiden Hälften des Fotos ins Schlafzimmer, suchte nach seinem Koffer und erinnerte sich, daß der noch in dem Plymouth am Bahnhof von Livingstone war. Der Plymouth war vermutlich inzwischen geklaut worden, das Opfer von blinden Dieben mit schlechtem Geschmack. Aus einem Impuls heraus zog er die Schranktür auf und fand eine weitere Überraschung, einen nagelneuen Anzug und einen ebenso neuen Wintermantel. Es gab sogar Unterwäsche und neue Schuhe in seiner Größe.

Er zog sich an und stöhnte ein paarmal, weil die Muskeln schmerzten. Abgesehen davon empfand er auch wieder das für ihn neue gute Gefühl, ein tapferer Mann zu sein, und er war erfüllt von dieser verrückten Selbstachtung. Als er angekleidet war und nicht mehr an die Schmerzen dachte, steckte er die Fotohälften in eine Gesäßtasche, schritt zu den Vorhängen, zog sie auf und starrte hinab auf die Straßen des Himmels.

Atlantic City, New Jersey. Er kannte die Stadt nur zu gut, auch wenn sie halb verhüllt mit schmutzigem, altem Schnee war und Wagen durch die schlammbedeckten Straßen fuhren und Schneematsch pflügten. Ja, er war ein paarmal hier gewesen und hatte so einiges verspielt.

Henessey hörte einen dumpfen Schlag. Er wandte sich um, lauschte, und leisere Geräusche lockten ihn zur Badezimmertür. Jemand war im Bad. Er war nicht alarmiert. Es war nur Samantha. Er wollte anklopfen, doch die Tür flog auf und fegte seine Hand beiseite. Sie sauste in einem Bademantel heraus, aber nichts war, wie er erwartet hatte.

Ihr Haar war nicht mehr schwarz, sondern blond und sehr kurz geschnitten. »Sam, bist *du* das?«

»Ja, Mitch. Freut mich, daß du wach bist. Warte einen Moment.« Sie knickte in der Hüfte ein und schüttelte ihre neue Frisur wie ein Terrier sein Fell und bespritzte ihn mit Wasser.

»Allmächtiger, wer bist du?« fragte er, als sie sich aufrichtete.

»Mein Name ist Charly«, erwiderte sie munter, »die Top-Agentin. Nett, dich kennenzulernen. Einen Drink?«

Er glotzte sie an, wie sie zur Bar ging, eine Zigarette anzündete und das ausgeblasene Streichholz in den Papierkorb schnippte. Der Papierkorb-Manager konnte wieder eingestellt werden. Henessey folgte ihr, setzte sich und starrte sie noch immer staunend an, während sie sich einen Cocktail mixte.

»TV?« fragte sie.

Er zuckte leicht die Achseln.

»Also an, die Kiste.« Sie nahm eine Fernbedienung. »Die Lokalnachrichten sind vermutlich saftig«, sagte sie und zielte auf den Großbildschirm von Panasonic oder Hitachi oder Honda, oder was auch immer die japanische Glotze sein mochte. Das Bild flammte hell auf, wurde dunkler und zeigte eine Talkshow, in der sich eine Nutte in Aktion über ihren aufreibenden Job beklagte. »Oh«, sagte Samantha und drückte Knöpfe auf der Fernbedienung, bis ein Moderatoren-Team hinter einem Ansagepult auftauchte. Der Ton setzte gerade ein, als der Mann einen neuen Bericht ansagte und neben seinem Kopf ein Bild von einer Farm in New Jersey eingeblendet wurde. Henessey neigte sich aufgeregt vor und hatte irgendwie die dumme Hoffnung, daß sein Bild im Fernsehen gezeigt wurde, nur für den Fall, daß Todd zusah.

»*... und die Polizei gab auf der Pressekonferenz bekannt, daß sie Spuren bei der Ermittlung in diesem Blutbad gefunden hat, das die friedliche ländliche Gemeinde heimsuchte ...*«

»Nicht zu glauben«, sagte Henessey. »Blutbad?« Er blickte zu Samantha und sah, daß sie sich bewegte, wie er es nie zuvor bei ihr gesehen hatte. Sie mixte ihm einen Drink und schob ihn lässig über die Bar. Das Glas stoppte genau vor ihm; noch ein paar Zentimeter, und seine Hand mit der Zigarette hätte es perfekt entgegennehmen können.

Sie schaute ihm in die Augen. »Hinterwäldler. Da muß man Verständnis haben.«

Er nahm sein Glas und trank. Alkohol vor dem Frühstück war nichts Neues für ihn. Samantha trank ihr Glas mit einem Schluck leer und stellte es ab wie eine Profisäuferin, um es sofort neu zu füllen. Wie sie sich bewegte! Ihr Verhalten, ihre Stimme, ihr Auftreten – all das hatte sich verändert. Diese Frau war nie Grundschullehrerin mit einer Tochter namens Catsowieso gewesen.

Sie sah, daß er sie anstarrte, und starrte zurück. Henessey wurde rot. »Ich bin durcheinander, mußt du wissen.«

»Trink noch einen, dann siehst du klarer.« Sie hob ihr Glas und kippte die Hälfte des Inhalts hinunter. Ihr Blick war auf den Fernseher gerichtet, gleichzeitig auf ihn, auf alles im Zimmer – wie eine Sicherheitskamera. Er sammelte seine Gedanken, wollte etwas sagen, sammelte seine Gedanken noch einmal und kleidete sie dann in Worte.

»Okay. Sagen wir, ich kaufe dir das ab. Du, Samantha Caine, bist in Wirklichkeit eine ausgebildetete Killerin.« Er sog tief an seiner Zigarette und lachte leise durch den Rauch. »Scheiße, ich kann das nicht sagen, ohne mich zu fragen, ob ich irre geworden bin.« Er schüttelte den Kopf. »Okay, ich kann es sagen. Samantha Caine … das war nur eine Tarnexistenz.«

»Sie hat in Wirklichkeit nie existiert«, sagte Charly und rührte ihren Cocktail mit einem Plastikstäbchen um. »Wie Nathan sagte, sie war nur Phantasie, ich habe sie geschaffen.« Sie warf das Plastikstäbchen in den Papierkorb. »Ich habe sie erfunden, so einfach ist das.«

»Einfach erfunden.« Er spitzte die Lippen und nickte.

»Und jetzt ist sie einfach weg. Tschüs, Samantha. Aber ... für immer und ewig?«

Charly kicherte leise. »Gott sei Dank. Sieh nur, wie fett mein Hintern geworden ist, wie viele Pfunde ich durch sie zugenommen habe.«

Henessey hob sein Glas, trank und sog an seiner Zigarette. »Es war eine ziemlich überzeugende Schau, das muß ich sagen.«

Sie stand dort keck wie eine Vase voller frischer Blumen. »Das nehme ich an.«

»Aber eins kapiere ich nicht«, sagte er. »Ich meine, ihre Persönlichkeit muß doch von irgendwoher gekommen sein.«

Ihre Miene verfinsterte sich. »Wechseln wir das Thema. Vergiß das alles, du hast jetzt 'nen anderen Menschen vor dir, okay?«

»Also gut. Wohin führt uns das als nächstes? Was machen wir jetzt?«

Ihre Miene war kühl und ausdruckslos. »Ich habe bereits Kontakt mit der Organisation aufgenommen. Sie haben mich zur Einsatzbesprechung gebeten. Wegen des letzten Jobs. Ich begrabe die vergangenen und vergeudeten acht Jahre und gehe wieder an die Arbeit.« Sie hob ihr Glas. »Cheerio.«

Er erkannte unglücklich, daß er hier mit einer völlig Fremden zusammensaß, und noch dazu mit keiner liebenswerten. »Cheerio«, wiederholte er tonlos, und sie tranken beide.

3

Es war inzwischen kurz vor zweiundzwanzig Uhr, und Henessey war mehr als ein bißchen beschwipst und spürte überhaupt keine Schmerzen mehr. Während Charly anscheinend immun gegen Alkohol war. Sie gingen hinab in die Lobby. Eine Reihe von Einarmigen Banditen hing hier an einer

Wand, wahrscheinlich, damit sich die Gäste daran gewöhnen konnten, Geld zu verlieren, bevor sie dann an den Spieltischen richtig ausgenommen wurden. Henessey beäugte die Geldautomaten, dachte an vorangegangene Pleiten, hielt die Hand von der Geldbörse fern und ging nach draußen, während Charly die diebischen Bastarde zu füttern begann.

An einer Seite der Hotelhalle gab es eine Reihe von Telefonzellen. Henessey schlenderte an einigen vorbei, schaute, sich sichernd um und betrat schließlich eine. Er ließ sich für ein R-Gespräch verbinden, und seine Sekretärin und Partnerin wurde nun danach gefragt, ob sie bereit war, die Gebühren zu übernehmen. Sie sträubte sich, weil er sie zu Hause anrief, aber schließlich gab sie nach.

Henessey plauderte Oberflächliches, und dann kam er zum Zweck des Anrufs. »Die Lady ist irre«, sagte er. »Ich sage dir, Trin, sie hat sie nicht mehr alle, und ich will verdammt jetzt aussteigen. Du wirst mich holen, aber ich muß mich davonstehlen. Ich rufe dich um Mitternacht vom selben Telefon aus an und nenne dir dann alle Einzelheiten.«

Sie sträubte sich noch ein bißchen mehr, gab schließlich jedoch abermals nach. Er belaberte sie, versprach ihr einen Bonus, über den sie lachte, und hängte den Hörer ein.

Als er die Tür aufstieß und hinaustrat, stand Samantha – beziehungsweise Charly – dort und schaute auf ihre Armbanduhr. Er atmete tief durch, schaute ebenfalls auf seine Armbanduhr und fragte sich, warum. »Welchen Zweck haben wir mit diesem Anruf erreicht?« fragte er.

»Wir haben Perkins getestet«, sagte sie und zog eine Zigarette aus ihren Jeans. Sie steckte sie lässig zwischen die Zähne. »Hast du Feuer?«

Er gab ihr Feuer. »Weißt du«, sagte sie, während sie rauchte, »ich traue dem Bastard nicht. Es könnte sein, daß er jede Spur zu sich eliminieren lassen will, und ich bin eine davon.«

»Das heißt?«

»Ein kleines Experiment. Wenn er daheim nach mir hat suchen lassen, dann hat er all unsere Leitungen angezapft und auch die Leitungen von jedem, den ich seit meinem vierten Lebensjahr gekannt habe.«

Henessey runzelte die Stirn. »Du meinst, er hat diesen Anruf zurückverfolgt?«

Sie nickte. »Du hast ihm viel Zeit gelassen.«

»Dann weiß er jetzt, wo wir sind, sogar die Nummer dieser Telefonzelle.«

»Richtig. Um Mitternacht treibst du dich hier eine Weile bei der Zelle herum. Wenn Perkins mein Spiel mitmacht, taucht niemand auf. Wenn er mich kaltmachen will, schickt er jemand, um dich zu kidnappen und zu foltern und so zu erfahren, wo ich bin. In diesem Fall weiß ich, daß ich ihm nicht trauen kann.«

»Moment mal!« Henessey schickte diese neue Information durch seine geistigen Filter, untersuchte sie auf Verunreinigung und gelangte zu dem Schluß, daß sie stank. »Ich bin kein gutes Folterobjekt.«

Sie lächelte. »Ah, sei nicht kindisch.« Sie schaute wieder auf ihre Armbanduhr. »Zehn Uhr, wir müssen also noch zwei Stunden totschlagen. Ich bin eine Frau, also führ mich gefälligst zum Essen aus.«

Er zuckte die Achseln – sie hatte den Zaster, nicht er – und führte sie in ein China-Restaurant. Sie entschied sich für Essen zum Mitnehmen, sie wollte über die Strandpromenade spazieren und die Aussicht genießen. Keine schlechte Idee, sagte er sich, wenn man ein Eskimo ist und Selbstmord begehen will.

Dennoch schlenderten sie über die Strandpromenade, während Charly mit Eßstäbchen chinesische Happen aus einer kleinen weißen Warmhaltebox aß und Henessey wünschte, er hätte ein paar Flaschen Bier in seinen neuen Mantel gesteckt. Bei einem Vergnügungspark, der im Winter geschlossen war, duckten sie sich unter die Absperrkette und spazierten zwischen den Karussells, die mit Segeltuchplanen abgedeckt waren. »Charly«, sagte Henessey unvermittelt, »welch eine verdammt unglaubliche Veränderung ist mit dir vorgegangen! Ist doch ein Jammer, das mit dem fetten Hintern. Ich wette, du warst einst wirklich sehr attraktiv.«

»Ich war der Stolz meines Vaters«, erwiderte sie und ignorierte seinen Spott. »Er war Soldat. Wurde erschossen, als ich vierzehn war.«

»Im Krieg?« fragte er. »Oder wurde er ermordet?«

»Ermordet. Nordirland, diese Scheiße.« Jenseits des Vergnügungsparks sahen sie den Atlantik, der ruhig und glitzernd in der windstillen Mondscheinnacht lag, die aber trotzdem so kalt war. »Ich ging zu seiner Beerdigung, vierzehn Jahre alt, ganz allein. Und ich hörte zufällig mit, wie eine junge Frau betete. Sie betete und lachte fast, als sie Gott dankte, daß es nicht *ihren* Vater erwischt hatte. Es juckte sie nicht, daß jemand gestorben war, für sie zählte nur, daß nicht *ihr* Vater in diesem beschissenen Sarg lag.«

»Die menschliche Natur«, warf Henessey ein.

Sie blieb stehen, ließ die weiße Warmhalteschachtel fallen, warf die Eßstäbchen hinterher und vergrub die Hände in den Taschen. »So sind wir. Wir beten alle zum selben Jesus am Kreuz in unzähligen verschiedenen Glaubensrichtungen, und dann setzen wir uns zurück und warten ab, wer draufgeht oder wer vermißt wird.«

Er sah Zorn in ihren Augen, in ihren *neuen* Augen, die Härte und Gnadenlosigkeit widerspiegelten. Sie ging auf dem Weg zurück, auf dem sie gekommen waren. »Scheiß auf das Warten«, sagte sie laut. »Scheiß auf die Angst. Ich bestimme, wer draufgeht und wie. Ich fürchte keinen, und ich danke keinem. Es ist zum Kotzen, jemandem zu danken, nur weil er einen verschont. Das bedeutet nur, daß er jemand anders erwischt.«

Er stand sprachlos da, staunte, weil er sich selbst als abgestumpft und illusionslos betrachtet hatte, aber Charly Baltimore übertraf ihn dieser Hinsicht noch.

Plötzlich hellte sich ihre Miene auf. »Bringst du mich zurück?«

Er wich ihrem Blick aus. »Klar.«

4

Ihre Immunität gegen all die Spirituosen, die sie im Laufe des Tages getrunken hatte, ließ sie im Stich. Henessey stützte sie, als sie mit ihm durch die Hotelhalle torkelte. Er ächzte und stöhnte und wünschte sich, das Hotelmanagement würde die Heizung abstellen, bevor er sich in seinem neuen Mantel zu Tode schwitzte. Schließlich waren sie vor der Tür der Suite. Er zog die Plastikkarte aus Charlys Gesäßtasche und schob sie in den Schlitz. Die Anzeigenbeleuchtung des Schlosses leuchtete grün, und er stieß die Tür mit dem Ellenbogen auf.

In der Suite wurde Charly wieder ein wenig lebendiger. Er ließ sie stehen – schwankend – und ging wieder zur Tür, um sie zu schließen. Charly schob die Hand unter seine linke Achsel und riß ihn zu sich herum. »Dies ist mein erstes Date in acht Jahren, Mitch«, sagte sie mit schwerer Zunge. »Ist das ein richtiges Rendezvous oder was?«

Bevor er eine Antwort geben konnte, warf sie sich ihm schon an den Hals, preßte die Lippen auf seinen Mund. Er schob sie sanft von sich. »Okay«, sagte er und drückte sie dann wieder an sich. »Was ist los?«

»Wahre Liebe. Halt die verdammte Klappe.« Sie preßte sich wieder fest an ihn.

»Blödsinn.« Er schob sie von neuem fort. »Schöne weiße Südstaatlerin flirtet mit ihrem Sklaven?« Er trat einen Schritt zurück und breitete die Arme aus. »Sieh mich an, Süße, sieh mich richtig an. Ich sehe nicht gut aus und bin auch nicht reich, und als man das letzte Mal an meiner Zuckerstange lutschte, hat mich das 'nen Nickel gekostet. Also, was soll's?«

Sie grinste ihn an. »Chemie. Nenn es, wie du willst.« Sie hängte sich wie eine Klette an ihn, knabberte zärtlich an seinem Ohrläppchen und kicherte. Aber als sie kurz einen Schritt zurücktrat, hielt er etwas für sie in beiden Händen. Je eine Hälfte eines Fotos, Hal und Catsowieso.

»Chemie, daß ich nicht lache«, sagte er. »Weißt du, was ich denke? Ich denke, du willst mich glatt ficken, nur damit ich einen Lehrer kille. Um die letzten Spuren von ihr auszulöschen.«

Sie schaute auf das Foto, stieß einen angewiderten Laut aus und fiel wieder gegen ihn. Henessey schob sie zurück. »Tut mir leid, ich mochte den Lehrer.« Er ging zum Badezimmer, doch dann fiel ihm etwas ein, er blieb stehen und wandte sich um. »Hey, ruf deine Kleine an, ja? Es ist zwei Tage vor Weihnachten, und sie glaubt fälschlicherweise, daß ihre Mama sich was aus ihr macht.«

Charly starrte ihn zornig an. Sie ging schwankend zur Tür. »Ich habe nicht um das Kind gebeten, Mitch. Samantha bekam dieses Kind, ich nicht, und *keiner hat mich gefragt*!«

Sie ging und knallte die Tür so hart zu, daß die Spirituosenflaschen auf der Bar einen kurzen Cha-Cha-Cha tanzten. Henessey ging steifbeinig ins Badezimmer und knallte die Tür genauso hart zu.

5

Charly Baltimore ging mit langen und wütenden Schritten durch die Nacht, und ein paar Tränen glitzerten in ihren Augen. Tränen, die nur von dem Wissen zurückgehalten wurden, daß sie so oft schon in ihrem Leben verarscht worden war.

Okay, okay, sie war betrunken, und sie wußte das auch,

und sinnloser Haß loderte in ihr. Erst gestern war sie wieder sie selbst geworden, und für Samantha empfand sie nur Abscheu und Mitleid. Welch eine schwache, unentschlossene Frau.

Voraus war eine Gruppe von Weihnachtssängern, die ein Opfer suchte. Zwei Betrunkene wankten aus einem Kasino, und die Weihnachtsmänner formierten sich um sie, bequatschten sie, bis sie Geld rausrückten. Oh, wie sie Atlantic City liebte! Plötzlich bemerkte sie, daß jemand aus der Dunkelheit getreten war und jetzt neben ihr herging. Mit einem Seitenblick musterte sie ihn, sah einen stämmigen Fremden mit einer blauen Windjacke und Menjoubart.

»Guten Abend, schöne Lady«, sagte er mit tiefer Stimme. »Suchen Sie Gesellschaft?«

Sie atmete tief durch. »Nein, danke. Ich schone mich, bis man mich vergewaltigt.«

Er zog etwas aus seiner Windjacke. Charly warf einen Blick darauf. Gut zu sehen im zuckenden Lichtschein des Kasinos. Beretta 9mm. »In die Gasse dort links«, grollte er. »Ich bitte nicht, ich befehle.«

Charly blieb stehen. »Gottverdammt, du bist zu früh dran, du versaust alles. Komm um Mitternacht wieder. Ich bin noch nicht bereit. Also troll dich!«

Er starrte sie an. »Du kannst mich nicht verarschen, Süße. Das hier ist 'n echter Ballermann, und zwar 'n ziemlich großer.«

Ein noch größerer tauchte wie aus dem Nichts auf und drückte gegen seine Schläfe, und eine Stimme, die wie die von Clint Eastwood klang, erklärte: »Und das hier ist bestimmt auch kein Hot-dog, Kumpel.«

Charly sah, daß es ein Smith and Wesson .44 Magnum war. In der Hand von Mitch Henessey. Der Blödmann hielt sich für Clint und wollte ihr das Leben retten. »Was, zur Hölle, treibst du hier?« fuhr sie ihn an.

Henessey sah mächtig stolz aus. »Ich rette deinen Arsch. Ich habe deine versteckten Kanonen gefunden, und ich wäre bestimmt auch früher hier gewesen, aber ich mußte mir noch die Sache mit dem Hot-dog ausdenken.«

Sie schlug mit der Hand an die Stirn. »Meinst du, ich kann mit diesem Scheißer nicht allein fertig werden? Du Idiot, du hast vermutlich alle anderen von Perkins' Jungs verscheucht!«

Henessey schaute belämmert drein. »Welche anderen Jungs?«

»Kopfjäger arbeiten niemals allein. Warst du schon immer so blöde, oder hast du dafür Nachhilfestunden genommen?«

»*Ich* habe *verdammt Nachhilfestunden genommen!*« brüllte Henessey.

Der Mann mit dem Menjou-Bärtchen fühlte sich anscheinend ausgeschlossen. »Hey!« meldete er sich.

Beide wandten sich ihm zu. »*WAS?!!*«

Charly blickte himmelwärts und atmete tief durch: O Herr, gib mir Kraft, diesen Schwachsinnigen zu ertragen. »Deinen Ballermann? Stimmt, den hast du noch nicht abgegeben.« Sie packte ihn, drehte ihn in eine Richtung, die seinem Finger am Abzug gar nicht gefiel, und riß ihn aus seiner Hand. Da war er nun, minus Ballermann, minus zwei Dritteln seines Fingers und plus einer so frischen Wunde, daß sie erst in ungefähr zwanzig Sekunden zu bluten beginnen würde.

Er heulte seine Einschätzung der Lage in den Himmel. »SCHEEEIIISSE!«

Charly warf die Waffe hoch in die Luft, brachte einen schnellen Spin-kick an und zertrümmerte seinen Kiefer, bevor er Zeit zum Blinzeln hatte. Als er zurückkatapultiert wurde, segelte die Beretta herab, und Charly pflückte sie aus der Luft, wirbelte herum – um die Waffe auf Henesseys Gesicht zu richten.

Er duckte sich mit einem Kreischen, als sie feuerte.

Mr. Menjou-Bärtchen hatte einen Partner, der hinter Henessey gelauert hatte. Jetzt fiel er mit einem Loch zwischen den Augen auf den Bürgersteig.

Ein anderer Kumpan schnellte aus dem Nichts, packte

Henessey von hinten und drückte ihm ein Messer an die Kehle. »Okay«, rief er Charly zu, »keine Bewegung!«

Fast ohne sich zu bewegen, blies sie ihm ein Loch durch die Stirn, und er stürzte rücklings auf den Bürgersteig.

Sekundenlang war es totenstill, während der Rauch aus dem Lauf der Beretta kräuselte.

Charly stemmte die Hände auf die Hüften und hob ihr Gesicht zum Himmel. »Leckt mich am Aaarsch! Leckt mich alle am Aaaaarsch!«

Henessey bekam eine Gänsehaut von den Knöcheln an bis hinauf zu seinem kahl werdenden Kopf. Samantha war Charly. Und Charly war etwas, das er noch nie erlebt hatte.

6

Zehn Minuten später verschwanden sie aus Atlantic City. Irgendwie hatte Charly einen Ford Bronco und Henessey eine Sechserpackung kaltes Bier organisiert, und Henessey öffnete mit zitternden Händen eine der Dosen. Das Reisen mit Charly wurde allmählich zum Stoff für einen Thriller, doch er würde zu tot sein, um ihn zu schreiben.

»Bastard!« schrie sie die Windschutzscheibe an. »Perkins, du verdammter Drecksack! Auf einmal willst du mich killen lassen! Warum?« Sie blickte zu Henessey. »Man braucht mich nicht zur Täuschung umzulegen, weißt du. Das gehört nicht zum Gesamtplan.«

Der Wagen schleuderte in einer Kurve. Henessey klammerte sich so hart am Armaturenbrett fest, daß er fast Stücke herausriß.

Sie zwinkerte ihm zu. »Nur die Ruhe, Junge, ich bin einst aus Beirut rausgekommen, da kann ich auch aus New Jersey rauskommen.«

Er richtete sich auf. »Sei dir da nicht so sicher. Das haben schon andere versucht. Eigentlich die gesamte Bevölkerung.«

Sie lächelte, eine Spur der alten Samantha, die sie schnell mit einem Deckel zudeckte.

»Eine Frage«, sagte er. »Du sagst *ich,* wenn du von uns sprichst. Als ob du mich nicht mehr brauchst oder so.«

Sie nahm den Fuß vom Gas, neigte sich an seiner Brust vorbei und stieß die Tür auf. »Richtig.«

Mit einem Tritt beförderte sie ihn aus dem Wagen und auf die Straße.

Obwohl es dunkel war, konnte er im Schein des Mondes den Schnee erkennen. Jedenfalls bis er sich zweimal überschlug und ihm Schneematsch in die Augen spritzte. Er landete im Straßengraben, und danach blieb ihm nichts anderes übrig, als herauszukriechen, sich auf die Ellenbogen zu stemmen und Schnee und Dreck auszuspucken. Wo sein Bier geblieben war, das war einer der ungelösten Fälle seiner Detektivkarriere, dabei war die verdammte Dose, die er gerade geöffnet hatte, noch fast voll gewesen. Er blickte auf. Charly bretterte davon, und die großen Rücklichter warfen Speere von Rot über die glänzende nasse Straße. Plötzlich leuchten die Stopplichter auf. Sie warf den Bronco im Powerslide herum, daß die Reifen quietschten. Henessey rappelte sich schwankend auf, als sie den Wagen neben ihm schlitternd stoppte und die Tür aufstieß.

»Steig ein«, sagte sie.

Das tat er. Zog die Tür zu. Fand eine trockene Schachtel Zigaretten in seinem Mantel. Drückte den Zigarettenanzünder des Bronco, wartete, schaute ihr beim Fahren zu. Der Zigarettenanzünder klackte zurück. Er zündete die Zigarette an. »Hast du doch noch Verwendung für mich gefunden?«

»Ich brauche einen falschen Paß und Geld. Jede Menge davon.«

»Warum hast du das nicht gesagt? Gib mir eine Sekunde, und ich ziehe mir das aus dem Arsch.«

Sie blickte mit glänzenden Augen zu ihm. »Der Schlüssel,

Mitch. Erinnerst du dich? Ich trug ihn an einem Armreif. Er gehört zum Schließfach zweihundertsiebenundzwanzig in einer Bank in Buffalo.«

»Ich dachte, jemand hat die Nummer abgefeilt.«

»Nicht jemand. Ich. Ich habe sie abgefeilt. In dem Schließfach ist eine Aktentasche.«

Er pulte Schnee aus dem Ohr. »Was ist in der Tasche?«

»Das habe ich doch schon gesagt. Geld und falsche Pässe. Du mußt die Sachen für mich holen.«

»Warum ich?« Sie verdrehte die Augen. »Weil Perkins die Bank beobachten läßt. Meinst du, ich möchte mich in Stücke schießen lassen?«

»Gott behüte!« sagte er. »Ich andererseits werde jede Kugel genießen.«

Sie lachten beide, als sie durch die feuchte Winternacht brausten. Ein Teil von Henessey hatte Todesangst bei diesem Abenteuer, ein anderer Teil war verrückt vor Freude. Gott, wenn Todd dabei sein könnte, wenn Todd wissen würde, in welcher Gefahr sein Daddy schwebte, wenn er wissen würde, was für ein heißer Fall das war, den sein Daddy gerade bearbeitete.

Aber Todd konnte es natürlich nicht wissen. Und bei dem Tempo, das Charly vorlegte, konnten sie beide jeden Augenblick tot sein, vom Himmel abgeschossen aus einem Flugzeug oder mit Granaten bepfeffert, und überall konnten Geheimagenten auftauchen, um sie auf einer Straße außerhalb von Atlantic City zu beharken und um die Ecke zu bringen.

Er ballte die Hände zu Fäusten. Wenn er bei diesem verrückten Unternehmen draufging, würde die Geschichte unerzählt bleiben, seine Ex-Gattin würde Todd sagen, daß sein Dad im Suff einen Autounfall gehabt oder im Knast AIDS bekommen hatte oder ganz einfach tot umgefallen war, weil er zu nichts taugte. Und Todd würde alles glauben, was sie sagte, denn kein Lebender kannte die Wahrheit.

Außer Charly.

»Wo ist der Armreif?« fragte er mit neuem Interesse.

»Eines weißt du vielleicht nicht über den Job eines Geheimagenten.«

Er neigte sich näher zu ihr. »Das heißt?«

»Das heißt: Nichts ist jemals einfach.«

»Das heißt?«

Sie rieb sich mit einem Finger über die Nase. »Das heißt, daß ich den Armreif dort zurückgelassen habe, wo ich gewohnt habe.«

Er runzelte die Stirn. »Wo du als Charly gewohnt hast oder als Samantha?«

»Als sie.«

»Samantha.«

»Ja.«

Seine Miene verfinsterte sich. »Also Honesdale, Pennsylvania. Den ganzen Weg zurück.«

»Ich habe gehört, da soll es einmal im Jahr 'nen tollen Weihnachtsumzug geben.«

»Allmächtiger!« Er bückte sich zu der Bierpackung unter dem Sitz, zog eine Dose heraus und öffnete sie. Nach einer Weile wurde ihm bewußt, daß Charly immer wieder verstohlen zu ihm hinblickte. »Spuck es aus«, grollte er.

»Ich frage mich nur, ob du trotz allem noch an meiner Seite stehst.«

Er starrte eine Weile auf seinen Schoß, schnaubte dann und blickte auf.

»Würdest du mich dann noch mal aus dieser Karre treten?«

Sie lächelte ihn zärtlich an. »Bestimmt nicht.«

7

Honesdale sah unter diesem Vormittagshimmel so schmutzig und matschig aus, daß Santa Claus den Ort wohl von seiner Liste streichen und sich vornehmen würde, ihn erst im nächsten Jahr zu besuchen. Oder im übernächsten. Henessey hatte mit Charly den Platz getauscht und war fünf Stunden lang gefahren, jetzt war er benebelt vom Bier und der Fahrerei. Charly erwachte nach einem Nickerchen, das laut Digitaluhr im Bronco gerade mal zwanzig Minuten gedauert hatte, und war wieder frisch wie ein Radieschen, das soeben samt Wurzel aus dem Boden gezogen worden war.

Er fuhr an ihrem früheren Haus vorbei, hinter dessen Panoramafenster die elektrischen Lichter eines Weihnachtsbaums leuchteten. »Fahr nur vorbei, nicht langsamer werden«, sagte sie, während sie an seiner Nase vorbeispähte. Dann wies sie zu einer Baumgruppe. »Park dort bei den Bäumen und warte. Hup, wenn es Probleme gibt.«

Er stoppte bei den Bäumen, und sie griff an ihm vorbei, schaltete den Motor ab und zog den Zündschlüssel aus dem Schloß.

Er schaute verblüfft zu.

Sie schob die Tür auf und sagte: »Wir haben Süßigkeiten auf Lukes Farm geholt. Wohlgemerkt – ich sagte *wir*. Gib mir eine Minute.« Sie sprang hinaus und eilte um den Wagen herum. Die Schlüssel klirrten. Etwas klappte auf, klappte wieder zu, und dann kehrte sie mit einem Gewehr mit Zielfernrohr in einer Hand und einer .45er Automatik in der anderen zurück. Sie schob die Automatik in den Hosenbund, das Gewehr verbarg sie unter dem Mantel. »Warte eine halbe Stunde«, sagte sie jetzt und gab ihm die Schlüssel zurück.

»Was kann als Schlimmstes passieren?« fragte er. »Daß du verhaftet wirst, weil du in dein eigenes Haus eingebrochen bist? Geh doch einfach durch die Haustür.«

»Es ist nicht mehr mein Haus«, sagte sie und sprintete davon.

»Ebensowenig ist es deine Tochter«, murmelte er vor sich hin und schaute ihr nach, als sie behende über einen Zaun sprang und zwischen den Hecken verschwand.

Sie war jetzt in Samanthas Revier, ob ihr das gefiel oder nicht. Geduckt schlich sie von Versteck zu Versteck, erinnerte sich, daß sie hier auf Partys gewesen war, Grillfeste von Nachbarn besucht und auf der hinteren Veranda des Hauses der Robinsons geholfen hatte, Luftballons für Caitlins vierten Geburtstag aufzublasen. Was für ein spießiges Leben.

Sie sprang über einen Holzstapel, der mit schmelzendem Schnee überzogen war, und stand plötzlich Raymond Robinson gegenüber, dem Bengel, den Samantha ertappt hatte, als er bei der Party einem Betrunkenen Zigaretten hatte klauen wollen. Er starrte sie mit großen Augen an, und die Zigarette, an der er paffte, fiel ihm fast aus dem Mund. Charly setzte eine strenge Miene auf. »Guten Morgen, Raymond.«

Er beäugte sie, als wäre sie ein Marsmensch. »Äh ... Morgen, Mrs. Caine.«

»Und was haben wir über die Gefahren des Rauchens gelernt? Gib die Zigarette her.«

Er hielt sie ihr mit zitternder Hand hin. Ein kleiner nasser Fleck erschien im Schritt seiner Bluejeans. Charly nahm die Zigarette, rauchte einen tiefen Zug und reichte sie zurück. »Danke. Wenn du jemand sagst, daß du mich gesehen hast, jage ich dir eine Kugel in deinen verdammten Schädel.«

Das nahm er sich wahrscheinlich zu Herzen. Sie unterdrückte ein Grinsen, schlich durch die Büsche und gelangte schließlich auf ihre frühere Terrasse. Samanthas Terrasse. Ein Paar von Samanthas Schlittschuhen lag dort. Charly versetzte ihnen einen Tritt und drückte ihr Gesicht an die gläserne Schiebetür. Sie wußte, daß Hal auf der Arbeit und Caitlin in der Kindertagesstätte war. Sie schob die Schiebetür auf. Erinnerungen stiegen in ihr auf, hervorgerufen durch Gerüche, und ihr Mut sank. Der Weihnachtsbaum war schön; sie hatte ihn selbst geschmückt, und Hal hatte Caitlin auf die Schultern gehoben, damit sie den Stern an der Baumspitze befestigen konnte, und hätte dabei fast das Gleichgewicht verloren. Einen schrecklichen Moment lang war das Schicksal des Weihnachtsbaumes fraglich gewesen, und dann war Samantha hinzugeeilt und hatte Hal gestützt.

Charly trat ein und verbannte all diese Erinnerungen. Sie lenkten nur ab, und das konnte ihr Tod sein. Sie eilte an der Küche und am Weihnachtsbaum vorbei und ging in Caitlins Zimmer, wo die ausgestopfte Version von Mr. Perkins für gewöhnlich auf einem Regal ruhte. Wenn Caitlin ihn nicht zur Kindertagesstätte mitgenommen hatte, was häßliche Folgen haben würde. Aber nein, Charlys Glück hielt an. Der Teddybär war, wo er sein sollte, auf dem Regal neben dem Fenster. Und auf dem Fensterbrett brannte tapfer eine einsame Kerze. Brandgefahr, dachte sie sofort, und Hitze wallte in ihr auf, ihre Augen brannten.

Caitlin hatte getan, was ihre Mutter gesagt hatte. Sie glaubte, daß sie wiederkommen würde. Ablenkungen. Charly durfte sich nicht ablenken lassen. Sie neigte sich vor, um die verdammte Kerze auszublasen.

Aber sie konnte es nicht.

8

Zu diesem Zeitpunkt klapperten drei Regierungsassistenten, von denen keiner sehr glücklich dabei war, die Gegend ab und suchten das Problem. Das Problem namens Charly Baltimore. Ihre Gesichter waren nach ungezählten Stunden im Wagen abgespannt, ihre Hemden hatten Schweißflecken unter den Achseln und stanken, und Verpackungen von McDonald's und Burger King lagen auf dem Wagenboden herum. Der Mann auf dem Beifahrersitz betrachtete wie schon Dutzende Male die Fotos von Charly und dem zweifelhaften Privatdetektiv namens Henessey. Er seufzte. »Mann, was für ein Baby. Ich würde 'ne Meile von ihrer Scheiße fressen, nur um den Arsch zu finden, aus dem sie quirlt.«

»Verdammt, ich esse gerade«, grollte der andere. Das Funkgerät unter dem Armaturenbrett meldete sich, und alle lauschten.

»Einheit zwo an Red Dog, fahrt noch mal am Haus vorbei und überzeugt euch, daß es gesichert ist.«

Der Agent am Steuer stöhnte. »Willst du uns verarschen? Das Weib ist längst über alle Berge, jede Wette.«

9

Sie zwang sich, die Kerze nicht auszublasen. Das durfte sie nicht, die Situation war noch immer wie vor ein paar Tagen, als Samantha das Haus verlassen hatte. Es bestand noch immer Gefahr, für sie, für Hal und für Caitlin. Es war noch nicht an der Zeit, die Kerze auszublasen, weil die Mission noch nicht erfüllt war.

Sie richtete sich auf und riß den Teddybär vom Regal, streifte ihm den Armreif ab und steckte ihn in die Tasche. In diesem Augenblick ertönten – gespenstisch in der Stille – draußen Stimmen und Gesang. Charly duckte sich neben das Fenster und spähte hinaus. Jenseits des Teichs ragte die Episkopalkirche aus dem schmelzenden Schnee. Eine Gruppe von Leuten stand davor, Erwachsene und Kinder in verschiedenen Kostümen und ein Chor mit blauen Gewändern. Sie führten eine Art Krippenspiel auf.

Charly zog das Gewehr unter ihrem Mantel hervor und ließ sich neben dem Fenster auf ein Knie nieder. Sie zog die Gardine etwas beiseite, ging in Position, hob das Gewehr und spähte durch das Zielfernrohr. Sie stellte das Visier schärfer und betrachtete die Szenerie.

Da stand Hal auf eine Krücke gestützt im Schnee. Seine gefürchteten Teenie-Girls, die als Heilige Drei Könige verkleidet waren, verneigten sich vor der Krippe. Es war die letzte Aufführung bis zum nächsten Jahr. Im Kinderchor stand Caitlin, bekleidet wie ein kleiner Engel. Charly ließ das Gewehr sinken und glaubte plötzlich, einen Kloß im Hals zu haben. Was war die richtige Welt? Samanthas oder Charlys Welt? Eine ihrer Identitäten war eine weiche Frau, die liebte und geliebt wurde; die andere war eine herzlose Killerin, die von keinem etwas brauchte außer einem Gefallen dann und wann.

Plötzlich drang ein lautes Geräusch in ihr Bewußtsein, und sie brauchte einen Moment, um zu begreifen, was es war: Henessey hupte wie verrückt. Sie verfluchte ihre Gefühlsduselei, die sie doch noch abgelenkt hatte, und richtete sich auf. Drei Schüsse hallten durch die Gasse. Nichts wie weg, Charlene, dachte sie wütend. Wenn du sentimental wirst, kommst du in Schwierigkeiten. Bedauern kannst du später.

Sie sprintete aus dem Haus und hetzte über den vorderen Rasen. Zur Hölle mit dem Versteckspiel. Diese ganze Geheimniskrämerei nutzte nichts mehr. Als sie den Bürgersteig erreichte, sah sie Henessey mit dem Bronco an ihr vorbeibrausen. Eine grüne Limousine verfolgte ihn, und in seiner Panik sah er sie nicht. Charly stieß eine Serie saftiger Flüche aus; einige Nachbarn kamen aus den Häusern in die Kälte, um zu sehen, was der Krach zu bedeuten hatte.

Sie warf sich herum und rannte zurück und um das Haus bis zur Terrasse, auf der sie so oft gegrillt hatte und die Gastgeberin bei so vielen Straßenfesten gewesen war.

10

Er genoß die Show vor der Episkopalkirche, die nicht zu den Ältesten der Gemeinde zählte. Timothy hatte seit zwei Monaten keine Kirche mehr von innen gesehen. Sein letzter Kirchenbesuch hatte einem Priester in Kolumbien gegolten, den er auf der Kanzel weggeknallt hatte. Verrückt, wie der gute Padre zurückgeflogen und gegen die lebensgroße Statue des Christus' am Kreuz gekracht war. Einen Augenblick lang waren seine Arme in der gleichen Haltung ausgebreitet gewesen, doch das Blut war nicht von seinen Händen geflossen, sondern aus dem Gesicht. Timothy zielte bevorzugt auf die Nase.

Nach dem niedlichen kleinen Krippenspiel schlenderte er lächelnd in die Kirche, ein würdevoller Mann in tadelloser Kleidung, und wartete auf Charly Baltimores Tochter. Sie kam bald darauf in die Kirche, doch Timothy blieb nur lächelnd stehen und beobachtete sie. Er beobachtete auch ihren Stiefvater Hal Stanton, der mit dem Priester über dies und das plauderte, und achtete auf jede Kleinigkeit, die sich abspielte. Nachdem Caitlin ein paarmal hinausgegangen, zurückgekehrt und wieder hinausgegangen war, entschied sich Timothy, der Kälte zu trotzen und draußen auf die Kleine zu warten. Er wartete einen günstigen Zeitpunkt ab, an dem sie nicht mit zwei oder drei anderen Kindern zusammenstand, und er öffnete schnell das Fläschchen mit Chloroform. Hinter ihm waren hohe Büsche, zu seiner Linken ein Wäldchen und rechts von ihm die Backsteinwände der Kirche. Er tränkte ein Taschentuch mit dem Chloroform und schob das Fläschchen in die Tasche zurück, und da wanderte das Mädchen auch schon zu ihm.

»Hallo«, sagte Caitlin freundlich.

Er packte sie und preßte ihr das chloroformgetränkte Taschentuch auf Mund und Nase. Nach drei Sekunden erschlaffte sie wie eine Stoffpuppe. Er warf sie über die Schulter, doch in diesem Moment kam eine Mutter mit ein paar Kindern um die Ecke der Kirche und sah ihn. Sie öffnete den Mund zu einem Schrei. Blitzschnell zog Timothy ein Messer und hielt es gegen eines der Kinder, bereit sofort zuzustoßen. »Wollen Sie zur Statistik werden, Lady? Sie sind im Begriff, zwei komma vier Kinder zu haben.«

Sie schloß den Mund so fest, daß er ihre Backenzähne aufeinanderklicken hörte.

»Fröhliche Weihnachten.«

Er schlenderte mit der bewußtlosen Caitlin über der Schulter davon.

11

Mitch Henessey war nie ein Fan von Allradantrieb gewesen. Er zog es vor, das Klettern den Bergziegen zu überlassen. Doch jetzt saß er nun mal in Charlys gestohlenem Ford, und er fuhr ihn wie ein Fernseh-Cop bei einer rasenden Verfolgungsjagd. Nur daß er kein Cop war, und die Typen, die ihn durch dieses Kaff jagten, eigentlich auch nicht; sie waren Regierungsassistenten.

Als er um eine Ecke bretterte und dabei gegen eine Reihe von Verkehrsvorschriften verstieß, kam ihm in den Sinn, daß er vielleicht mit ein paar Wochenenden im County Jail davonkommen würde, wenn er jetzt anhielt. Aber dann fiel ihm ein, daß er in ungefähr. ein Dutzend Morde durch Charly verwickelt worden war. Und daß das Lebenslänglich Alcatraz bedeutete, daß man nur ihm zuliebe wieder öffnen würde.

Also raste er weiter, versuchte sich einzureden, daß Charly ihn vielleicht retten würde, wenn er ihr diese Clowns nur lange genug vom Leib hielt, aber in Wirklichkeit bezweifelte er das. Es gab einiges, was eine Frau einfach nicht schaffen konnte. Charly auch nicht. Vielleicht nicht.

Und als sich auch noch die örtlichen Cops einmischten, wünschte er, er wäre doch in die Berge gefahren und hätte den Vierradantrieb ausgenutzt. Die örtlichen Cops, das war ein Chevrolet Caprice-Streifenwagen mit zwei Beamten darin, ein Oldtimer, der groß genug war, um die Queen Mary über Land zu schleppen. Um ihm den Weg abzuschneiden, stellten sie sich an einer dreifachen Weggabelung quer und krachten unglücklich gegen den Laternenpfahl, und die Regierungsbeamten blockierten mit kreischenden Bremsen die andere Straße.

»Idioten!« zischte Henessey und wählte Straße Nummer drei. Drei Blocks weiter wies ein Schild auf eine Landstraße hin, eine dieser braunen Linien auf der Straßenkarte, denen nie jemand folgte. Henessey gab Gas.

Es gab jedoch ein Problem. Ein blöder Farmertyp, der auf einem Traktor vor ihm fuhr, wollte dieselbe Route einschlagen, und ein orangefarbenes Schild am Heck gab ihm das Recht, praktisch mit Tempo null zu fahren. Henessey wollte ihn überholen und krachte dabei fast in einen Kombi, in dem eine Mama und an die achtzig Kinder saßen. Gerade noch rechtzeitig setzte Henessey den Ford wieder hinter den Traktor, aber als der Kombi vorüber war, tauchten auf einmal die Regierungsassistenten mit ihrem grünen Wagen neben ihm auf, kurbelten ihre Fensterscheiben hinab und zielten mit einigen Dingern auf ihn.

Er starrte offenen Mundes. Eines der Dinger war ein großes, russisch aussehendes Sturmgewehr, und während er noch starrte, eröffnete der Schütze mit dem Sturmgewehr das Feuer und löcherte den unteren Teil des Ford. Henessey riß wie verrückt das Steuer herum, und der Wagen drehte sich fast. In Panik gab er Vollgas und entschloß sich, den Traktor jetzt um jeden Preis zu überholen.

Der grüne Wagen fiel zurück. Zu Henesseys Linken war jetzt die weiße Fläche eines zugefrorenen Teichs. Ein paar Leute versuchten sich im Schlittschuhlaufen, aber eine Person – eine Frau mit kurzem, blondem Haar – raste übers Eis wie eine Profiläuferin, jagte im Winkel auf die Landstraße zu. Nicht schlecht.

Er konzentrierte sich wieder aufs Fahren, allerdings nur ungefähr zwei Sekunden lang, denn dann ruckte sein Kopf herum, und er schaute noch einmal hin.

Samantha-Charly raste über das Eis auf ihn zu, und ihre Schlittschuhe blitzten. Sie war von der Hüfte an vornübergeneigt und berührte fast das Eis mit dem Kinn, und sie hielt den großen gestohlenen .45er in einer Hand.

»Allmächtiger!« stieß Henessey hervor und nahm den Fuß vom Gas.

Zwölf Personen wurden Zeuge dessen, was auch Henessey als nächstes sah, und in den nächsten drei Tagen würden sie die Ereignisse vor laufenden Fernsehkameras immer wieder schildern dürfen. Das heißt, nicht alle zwölf Zeugen würden davon erzählen, sondern nur neun, um genau zu sein. Die anderen drei saßen in dem grünen Wagen. Charly Baltimore gelangte an den Rand des Teichs und drehte sich, um sich dem Tempo der grünen Limousine anzupassen. Sie hob die Pistole, zielte lässig und schoß auf den linken Hinterreifen des Wagens.

Der Reifen zerfetzte. Der Wagen brach aus, verlor den Halt auf der Straße, donnerte gegen den schmalen Damm zwischen Straße und Teich, überschlug sich und rutschte übers Eis.

Genau auf Charly zu!

Henesseys Ford kam schlitternd zum Stehen, während Charly in einem unglaublichen Doppelaxel in die Luft sprang, und als sie derart über den grünen Agentenwagen flog, feuerte sie dreimal in dessen Windschutzscheibe, dann vollführte sie einen Salto über das Wagenheck und setzte am Rand des Teichs wieder auf. Sekunden später war sie bei Henessey.

»Wir sollten abhauen«, keuchte sie, und ihr Atem bildete lange Wölkchen, während sie die Pistole zwischen die Zähne schob und ihre Schlittschuhe abschnallte. Aus dem Lauf der

Pistole kräuselte immer noch dünner Rauch. »Laß den Wagen im Straßengraben, wir brauchen was frisches. Kapiert?«

Er war noch immer verwirrt, trotzdem fragte er: »Reden wir hier von *uns* oder von *dir*?«

Sie warf die Schlittschuhe hinter sich und stieg ein. »Von *uns*. Es sei denn, du willst aussteigen.«

Henessey grinste. »Nicht beim Leben deiner Mama.«

»Meine Mama habe ich nie gekannt.«

Er gab Gas. »Muß eine höllisch tolle Frau gewesen sein, Charly.«

Sie nickte. »Muß sie wohl!«

12

»Du hast den Schlüssel?«

»Ja, ich habe ihn.«

»Und er paßt zu einem Schließfach in Buffalo? In dem Pässe und Bargeld liegen?«

»Das habe ich doch gesagt.«

Sie fuhren schon seit geraumer Zeit mit einem anderen Wagen. Diesmal hatte Henessey einigen Grund zum Meckern. Zum Beispiel, weil es keinen Temporegler gab. Und das Radio mußte mit der Hand eingestellt werden. Unter diesen Voraussetzungen ließ er Charly fahren. Entweder das, oder sie besorgten sich irgendwo Busfahrkarten.

»Warum bist du dir so sicher, daß der Schlüssel zu einem Schließfach in Buffalo gehört?« fragte er. »Was ist, wenn deine Erinnerung falsch ist?«

»Du bist witzig, Junge«, erwiderte sie. »Hat meine Erinnerung mich jemals im Stich gelassen?«

Er ließ das Kinn auf die Brust sinken. »Wir stecken in der ... du weißt schon. Und das ziemlich tief.«

»Entspann dich, Mitch. Und mach dir keine Sorgen.«

»Wie weit noch bis zum Geld?«

»Eine Stunde, höchstens.«

Sie fuhren weiter. Henessey döste bisweilen fast ein, doch er schreckte immer wieder auf. Er brauchte Schlaf, aber was hier vor sich ging, war zu heikel, als daß er hätte Schlaf finden können. Charlys Welt war so verdammt gefährlich, daß man schon seine Haut riskierte, wenn man nur ein Nickerchen machte. Schließlich straffte er sich und zündete sich eine Zigarette an. Rauchen hielt ihn immer wach. Es war schwierig einzudösen, wenn man sich dann die Finger oder Lippen verbrannte.

»Ich habe schon seit einer Weile keine Cops mehr hinter uns gesehen«, bemerkte er aus einer Wolke von Qualm heraus.

»Hmmm.«

»Ist das ein gutes oder ein schlechtes Anzeichen?«

»Kommt darauf an, ob es dir Spaß macht, gestoppt zu werden oder nicht.«

»Das meinte ich nicht. Wenn eine Streife die Lichtorgel anmacht, wirst du dann eine Nummer wie bei dem Teich abziehen? Mit den Schlittschuhen über sie hinwegfliegen und sie abknallen?«

Sie blickte ihn von der Seite an. »Du bezweifelst wohl, daß ich Steuern gezahlt habe, was?«

Er runzelte die Stirn. »Hast du?«

»Worauf du einen lassen kannst.« Sie hob zwei Finger zu einem V und führte sie zum Mund, das internationale Hilfssymbol für Leute, die an Nikotinmangel leiden. Er fand die Zigarettenschachtel, schnippte ein Stäbchen ein Stück heraus, und als sie es genommen hatte, gab er ihr Feuer. Er schaute zu, wie sie die Fensterscheibe einen Spalt herunterkurbelte.

»Also, Mitch, hältst du mich immer noch für eine warmherzige und liebe Mama?«

Er nickte ein paarmal. »Und ob. Es war nicht deine Schuld bei Honesdale, daß dein Ballermann zufällig mitten in der

Luft losgegangen ist, nur weil du gestolpert und über den Wagen geflogen bist.«

»Genau.« Auch sie nickte und blickte dann zum Handschuhfach. »Irgendwas von Interesse drin?«

Er öffnete das Handschuhfach und stöberte darin herum. »Telefonrechnung, Weihnachtskarte, Fünf-Dollar-Schein. Prima.« Er steckte den Fünfer ein. »Diese drei Typen – konntest du nicht nur auf ihre Schulter schießen, anstatt sie vom Planeten zu blasen?«

Sie musterte ihn. »Spinnst du, Mann? Schreibe ich dir vor, wie du Fotos von Ehemännern machst, die sich außer Haus einen blasen lassen? Ich bin eine Killerin!«

»Ja, ja, du frißt Nägel zum Frühstük und erschießt selbst den Satan. Aber weißt du was? Ich nehme an, Samantha Caine war vielleicht gar kein Theater. Amnesie? Hölle, vielleicht hast du einfach für eine Weile vergessen, dich zu hassen. Hast du mal daran gedacht?«

»Leck mich. Was weißt *du* denn schon davon?«

Er lachte höhnisch. »Weißt du, wenn ich mit meinem Sohn zusammen bin, dann denke ich immer daran, was mir im Knast widerfahren ist, wie ich wie ein Stück Rindfleisch behandelt wurde. Irgendein Wichser hielt mich fest und ritzte mir einen Frauennamen in den Hintern, kannst du dir das vorstellen? Ich plädierte für Cindy, doch seine Freundin hieß Mary, und so …«

Sie wollte etwas erwidern, doch in diesem Augenblick piepste etwas leise. Henessey hob die Augenbraue. »Muß die Batterie von deinem Herzschrittmacher erneuert werden?«

»Sehr komisch.« Sie zog das Handy aus ihrem Mantel. »Muß die Kleine sein.«

»Caitlin«, murmelte Henessey.

»Richtig.« Sie schaltete das Handy an. »Hallo?«

Es war nicht Caitlin. »Ich bin's«, sagte eine Männerstimme. »Ich habe dein Kind. Gib deine Position an, aber mach schnell, Schätzchen.«

Sie schluckte. Timothy. Der Dreckskerl war anscheinend

überall. »Interstate fünf, sechzehn Minuten östlich von Union Springs, New York.«

»Ich mag keine Handys«, sagte er. »Machen wir es so. Da ist ein Holiday Inn in Cayuga. Sei dort, wenn ich in einer Viertelstunde anrufe.«

Klick.

»Timothy hat die Kleine«, berichtete sie Henessey. »Er mag nicht übers Handy reden, also ruft er uns im Holidy Inn in Cayuga an.«

»Timothy? Ich nehme an, das ist nicht der Babysitter.«

»Da nimmst du richtig an.«

Er schwieg eine Weile, und sein Gesicht spiegelte entweder völlige Konzentration oder völlige Blödheit wider, Charly konnte wählen. Dann hob er einen Finger. »Moment mal. Es gibt eine Chance, wie wir ihn aufspüren können.«

Also völlige Blödheit, sagte sie sich. »Er hat von einem zufällig gewählten Motel aus angerufen. Kapierst du das nicht?«

Er öffnete wieder das Handschuhfach und nahm die Telefonrechnung heraus. »Nun kapier du *das* mal, Lady. Siehst du das?« Er wies auf die Rückseite der Rechnung. »Service Center, davon gibt's hier in der Gegend sechs. Welches ist das nächste?«

Sie tippte darauf. »Dieses. Praktisch um die Ecke.«

»Kannst du das in einer Viertelstunde schaffen?«

»Si.«

»Und wo sind all die Waffen?«

»Hinten in der Karre.«

Er krabbelte über den Sitz.

Zeit für etwas Action.

13

Es war ein normaler Morgen für die fünfzehn Angestellten des Service Centers der Telefongesellschaft in Downing, Pennsylvania. Normal, bis Mitch Henessey hereinplatzte und eine Heckler & Koch-MP 5 schwenkte. »Keine Bewegung!« rief er. Ihm folgte Charly, die sich forsch und taktisch geschickt zwischen den Angestellten hindurchzwängte. Die hatten inzwischen tatsächlich alle die Hände gehoben und fragten sich wohl, wie diese beiden Genies auf die Idee gekommen waren, einen Laden zu überfallen, in dem es kein Geld gab.

Charly gelangte zu einer der großen Konsolen, die Teile des Gehirns des Service Centers beherbergten, und sprach mit dem Mann, der sich dort von seinem Stuhl erhoben hatte. »Sie haben vierzig Sekunden, um für mich eine Schaltung herauszufinden«, informierte sie ihn. »Setzen.«

Er setzte sich, schaute auf einen Computer und tippte mit zitternden Fingern etwas in die Tastatur. Henessey behielt die Wanduhr im Auge, nachdem er die weiblichen Angestellten betrachtet und im Geiste alle ausgezogen hatte. Als der Angestellte die Eingabe eingegeben hatte, klingelte eines der Telefone. Henessey schlenderte hin und hob den Hörer ab.

»Holiday Inn, Chet am Apparat.«

»Hallo. Ich möchte Charlene Baltimore ausrufen lassen.«

»Kein Problem, Sir.« Henessey gab den Hörer an Charly weiter und nickte ernst. Sie nahm den Hörer, atmete tief durch und hielt ihn ans Ohr. »Ja?«

»Ich bin's« sagte Timothy.

»Keine Tricks. Gib mir 'nen Beweis, daß du das Kind hast.«

»Wer sonst könnte deine Handynummer haben. Ich habe sie von dem Gipsverband an ihrem rechten Handgelenk abgelesen. Und sie ist gekleidet wie ein Engel.«

Henessey beobachtete, wie Charly erstarrte.

»Du und ich, Charly, wir sind stolz auf unseren guten Ruf«,

sagte Timothy. »Du hast meinen Boß umgelegt. Meinst du, ich gehe so leicht darüber hinweg? Ich biete dir einen einfachen Handel an – du für das Mädchen. Ich lasse dich wissen, wo und wann. Und wenn du nichts spurst, dann wird die Kleine erblinden, und zusätzlich setze ich ihr ein paar Kugeln in die Knie.«

Er legte auf.

Charly wirbelte herum. »Geben Sie mir die Nummer!« schrie sie die nächste Angestellte an, eine junge Frau, die quietschte wie eine Maus, bevor sie sich vor ihrem Computer auf den Stuhl fallen ließ.

Henessey schob sich näher heran und gab Charly eine Zigarette, die er bereits angezündet hatte. »Dem Kind wird nichts passieren.«

»Ich hoffe, er schießt sie nicht zusammen. Das Kind wäre verletzt eine Bürde für uns.«

Er seufzte. »Ruhig, Charly, nicht so emotional. All diese Gefühlsausbrüche von dir sind mir peinlich.«

»Soll ich wie aufs Stichwort heulen? Kann ich. Und so läuft das Spiel auch nicht, so schlagen wir Timothy nicht.«

»Oh! Wie kommt es, daß du soviel über den Typ weißt?«

Sie paffte an der Zigarette. »Du wirst nicht mit dorthin fahren, Mitch«, sagte sie. »Ich will das nicht.«

»Tut mir leid, aber ich bin dabei. Ich schlage vor, du sagst mir jetzt, woher du den Typ so gut kennst.«

»Was denkst du denn, Mitch? Ich habe mit ihm gebumst. Er war eine Zielperson, erinnerst du dich? Ich habe ihn verführt. Ich hatte eine Stahlnadel unter dem Kissen, aber er war zu raffiniert. Er schlug mich nieder, bumste mich zu Ende und warf mich dann in einen Kofferraum.« Sie sog noch mal an der Zigarette und gab sie ihm zurück. »Hältst du mich immer noch für eine Pfadfinderin, Mitch?«

Die Angestellte blickte von ihrer Konsole auf. »Ma'am. Der Anruf kam aus Niagara Falls.«

Charley nickte. »Operation Honeymoon. Volltreffer.«

Sie entschuldigten sich für die Störung und gingen.

14

Eines wußte Charly mit Sicherheit, denn sie hatte Timothy bei der Vorbereitung für seine Ermordung genau studiert: Er neigte dazu, sich an bewährten Orten aufzuhalten, Orte, die er für sicher hielt. Da war ein bestimmtes Gebiet in Niagara Falls, an dem er sich schon mal verschanzt hatte; wenn sie recht hatte, würde Caitlin dort sein. Wenn nicht, war die ganze Fahrt für die Katz. Abgesehen davon, daß sie die schöne Gegend sahen.

Die Niagarafälle bieten im Winter allein schon einen phantastischen Anblick, wenn riesige Eisschollen über die Klippe stürzen und am Fuß mit gewaltigem Bersten in Stücke zerschmettern. Aber die Fälle liegen auch in einer wildromantischen Wildnis mit wunderschönen Wäldern. Touristen können aus einer Vielzahl von erstklassigen Unterkünften wählen. Nun, es gibt auch einige weniger gute. Zum Beispiel das Deer Lick Motel. Sein einsames Neonschild heißt Trucker willkommen und verspricht ein LKW-Parkhaus, aber in den letzten Wochen zeigte es nur eine Botschaft: Besetzt.

In dieser Szenerie traf in der Abenddämmerung ein nicht markierter Hubschrauber der Regierung ein, der eine bekannte Person an Bord hatte: Mr. Perkins, geradewegs aus Washington D. C. eingeflogen. Der Helikopter landete neben einem anderen, der zuletzt auf einer gewissen Farm eines Mannes namens Luke Daedalus gesehen wurde. Als Perkins landete, überquerte Timothy die Fläche zwischen dem großen LKW-Parkhaus und dem Motel im aufgewirbelten Schnee, aus dem Perkins mit einer Papiertüte in einer Hand eilte. Zusammen gingen sie zu Zimmer siebzehn. Ein bewaffneter Posten musterte sie durch einen Spion und öffnete die Tür.

»Sie ist am Haken«, sagte Timothy. »Sie sitzt in einem Holiday Inn und wartet auf meinen Anruf, und ich brauche ihr nur noch einen Zeitpunkt und den Ort zu nennen.«

Perkins ging durch das schäbige kleine Zimmer zu dem

einzigen Bett. Caitlin lag schlafend darauf, zusammengerollt wie ein Fötus. Er seufzte und rieb sich mit der freien Hand müde über die Augen. »Mein Gott«, sagte er leise, »wir sind Monster, nicht wahr?«

Timothy gab keine Antwort.

»Okay, sprechen wir über Honeymoon.«

Timothy nickte. »Der Tankwagen ist unterwegs, voraussichtliche Ankunft gegen sechs Uhr. Ein Ex-Terrorist auf Eis wartet darauf, den Sündenbock zu spielen.«

»Keine noch zu erledigenden Kleinigkeiten?«

»Keine, die ich sehe. Die Bundesbullen werden ihn zerschmettert in einer Schlucht finden, fünf Kilometer östlich der Explosionsstelle.« Er zögerte. »Was ist in der Tüte? Eine Flasche Thunderbird für deine Nerven?«

Perkins schaute ihn spöttisch an. »Nur ein Beweis, daß ich kein völliges Scheusal bin.« Er zog eine Puppe aus der Tüte und betrachtete sie. »Siehst du, mit allem Drum und Dran und einem roten Schleifchen im Haar. So hat das Kind eine Puppe, mit der es an Weihnachten spielen kann.« Er hob Caitlins Arm an und legte die Puppe neben sie. »Sehr beliebt in diesem Jahr. Macht Pipi. Siehst du, man füllt Wasser ein und drückt auf einen Knopf und ... oh, verdammt!«

»Besser das als noch mehr Einzelheiten«, stöhnte Timothy. »Gehen wir, ich zeige dir, was ich vorbereitet habe.«

Sie gingen und ließen den Wachtposten zurück.

15

Charly beobachtete sie durch einen Feldstecher, der Luke gehört hatte. Als sie den Mann bei Timothy erkannte, den guten alten Leland Perkins, klaffte ihr Mund vor Staunen auf. Sie ließ den Feldstecher sinken, und Henessey nahm ihn ihr aus der Hand, um selbst hindurchzusehen.

»Sieh an, wer da ist«, murmelte sie wie im Selbstgespräch. »Ich hätte es wissen sollen.«

»Wer ist der Kerl?« fragte Henessey.

»Erinnerst du dich an Atlantic City? An die Typen, die uns abknallen wollten?«

»Fröhliche Typen, wie ich mich erinnere. Sogar als du sie umgelegt hast.«

»Nun, das ist der Mann, der sie geschickt hat. Perkins. Wenn Timothy allein hier gearbeitet hätte, dann hätten wir eine Chance. Aber jetzt?«

Henessey war plötzlich zuversichtlich. »Laß mich reingehen. Ich werde es ihnen zeigen.«

»Kommt nicht in Frage. Du wirst nur alles vermasseln.«

»Soll das ein Witz sein? Ich schieße besser aus kurzer Distanz.«

Sie schüttelte den Kopf. »Du könntest keinen See treffen, wenn du auf dessen Grund stehst. Also vergiß es.«

»Blöde Kuh.«

»Blöder Ochse.« Sie zog eine Pistole und einen langen schwarzen Aufsatz unter ihrem Mantel hervor. Dann montierte sie den Aufsatz, einen Schalldämpfer, auf die Beretta. »Okay«, sagte sie. »Wenn alle Stricke reißen und du reden mußt, die Wächter benutzen 27,1 Megahertz, wir schalten also auf 26,9.«

»Toll«, sagte er. »Und wer hat ein Funkgerät?«

»Die Wächter, du Dummkopf.«

»Verleihen sie die?«

Sie zwinkerte ihm zu. »Nur über ihre Leiche.«

»Oh, Junge.« Er atmete tief durch. »Wenn dich jemand entdeckt, schieße ich, einverstanden?«

»Schieß nur nicht auf mich.«

»Du mußt immer alles verderben, nicht wahr?«

Sie neigte sich plötzlich vor – und küßte ihn fest auf den Mund. »Sie werden mir den Kopf abschießen, weißt du«, sagte sie weich. »Du siehst mich zum allerletzten Mal in voller Schönheit.« Sie küßte ihn noch einmal, wandte sich dann um und eilte davon. Er legte das Gewehr neben sich, ließ sich auf den Bauch nieder, hielt den Feldstecher an die Augen und schlängelte sich tiefer in den Schnee, um zu beobachten, was jetzt geschah.

16

Charly stieß auf einen Posten, der unterhalb von Henessey am Hügelhang stand, ein dunkler Umriß vor dem schwarzweißen Hintergrund. Eine M-16 hing am Riemen über seiner Schulter; während sie ihn beobachtete, sprach er in ein Walkie-talkie: »Alles klar.«

Sie schlich sich geschmeidig und lautlos wie eine Katze von hinten an ihn heran, tauschte die Beretta mit einem Messer, preßte dem Mann eine Hand auf den Mund, erstach ihn und ließ ihn fallen. Dann tauschte sie das Messer wieder mit der Beretta und kroch auf das Gebäude zu.

Sie sah etwas in dem Motel, und ihr stockte der Atem. Eine Kerze brannte hinter einem Fenster. Sie überwand ihre Überraschung, schlich hin und spähte ins Zimmer mit der Nummer siebzehn. Ihr Blick schweifte durch den Raum. Ihr entging nichts. Sie verharrte an der Tür, die Beretta in der Hand, klopfte leise an und wartete darauf, daß ein Auge am Spion erschien.

Der Spion verdunkelte sich, und sie drückte den Schalldämpfer gegen das kleine Glasauge und feuerte. Glas und Holz splitterten, und drinnen schlug etwas dumpf zu Boden.

Tut mir leid, dachte sie und versuchte den Türknauf zu drehen.

Natürlich abgeschlossen. Sie hielt den Schalldämpfer auf die Mitte des Türgriffs, hielt ihn an der Seite fest, damit er nicht laut auseinanderflog, und schoß von neuem.

Dennoch war es laut, so verdammt laut. Sie wartete atemlos und schlüpfte dann ins Zimmer.

Da war Caitlin, entweder betäubt oder schlafend, mit einem Gipsverband an einem Handgelenk und einer Puppe im Arm. Eine Puppe? Hatte Timothy etwa auch eine weiche Ader? Bestimmt nicht. Vermutlich Perkins, und deshalb taugte er auch nicht für diese Art Job. Sie hüllte Caitlin in eine Decke, trat über die Leiche des Wächters hinweg und verließ das Zimmer.

Und dann ging alles schief.

17

Aber Henessey wußte das noch nicht. Er beobachtete durch den Feldstecher, wie sich Charly den Weg ins Zimmer frei schoß und wieder herausschlich. »Komm schon, komm schon«, murmelte er.

Und in diesem Moment bohrte sich kalter Stahl in seinen Nacken, und ein metallisches Klicken folgte.

Hinter ihm hob Timothy ein Walkie-talkie an den Mund. »Bogey«, sagte er nur, und ungefähr eine Billion großer weißer Lampen leuchtete gleichzeitig auf und erhellte den gesamten Hügelhang mit gleißendem, blendendem Licht. Unterhalb wurde Charly drei Schritte vor der Tür von Nummer siebzehn vom Licht erfaßt.

Und die Erde und der Schnee wurden von einem Kugelhagel rings um sie gepflügt.

Sie sprang und tanzte, warf sich zur Seite und stürzte schwer gegen die schräge Holztür eines Kellereingangs in Bodenhöhe. Mit einem Krachen, das Henessey trotz des Hämmerns der Waffen hörte, brach Charly mit Caitlin in den Armen durch die Tür und stürzte in die Dunkelheit darunter.

18

Während sie stürzte, nahm Charly den Schalldämpfer von der Beretta. Sie landete schwer auf dem Rücken, ein Kissen für Caitlin, schob sie dann zur Seite und feuerte schnell die verbliebenen sechzehn Patronen der Beretta in die Dunkelheit ab, die sich vor ihr auftat, sprang auf, hielt die leergeschossene Waffe über den Kopf und entdeckte einen Lichtschalter, den sie auch betätigte.

Ihr Blick schweifte durch einen Keller, über feuchtes Mauerwerk, an dem rostige Werkzeuge an Haken hingen, über Stapel von feuchten Zeitungen, und über einen großen Benzintank, dem sie mit ihrer Beretta ein Loch eingestanzt hatte. Benzin sprudelte heraus, und eine immer größere Lache bildete sich am Boden. Und Charly sah auch eine große Stahltür, sprang hin, riß sie auf und sah …

Eine Kühlkammer für Fleisch, jedoch leer. Keine anderen Ausgänge. Nur eisige Kälte.

Sie hörte jemand über dem Keller sagen: »Hey, ich rieche Benzin, hattet ihr einen kleinen Unfall da unten? Ich habe eine Menge Streichhölzer hier oben. Schlimmer Abgang für ein Kind. In dreißig Sekunden oder so ist's vorbei, wenn man verbrennt, hab' ich mal gehört.«

Charly drehte sich suchend im Kreis. Es gab keinen Ausweg, nur den nach oben, und da waren die bösen Jungs. Sie sah Caitlins neue Puppe in der Benzinlache liegen und hörte Caitlin in dem starken Benzingeruch husten. Charly nahm sie in die Arme und drückte sie an sich.

Nach einer Weile kletterten die Männer herunter und umzingelten Charly. Aber erst, als sie Henessey herunterbrachten, wußte sie, daß endgültig alles aus war.

VIERTER TEIL

1

Wieder einmal war Charly froh, daß sie nicht nackt ausgezogen wurde, bevor man sie umbringen wollte; erstens war Caitlin dabei, und zweitens – noch wichtiger – Henessey. Nicht, daß sie prüde war. Aber einige Dinge hielt man besser geheim zwischen Freunden, und eines davon war ihr Körper. Der schäbige kleine Scheißer bekam vielleicht einen Steifen, wie er ja auch einst gedroht hatte.

Henessey wurde in dem Kühlraum von Perkins und Timothy flankiert. Einer der Posten hatte Charly auf die Knie gezwungen, als müsse sie die beiden Kerle anbeten. Perkins, mit einem dicken Parka, Handschuhen und Stiefeln, trat auf sie zu. »Ich komme, um Lebewohl zu sagen, altes Mädchen«, sagte er, und es klang tatsächlich ein wenig bedauernd.

Ihre Zähne klapperten, doch bis jetzt hatten sie ihr nur den Mantel abgenommen. Bald würde sich die Frage der Nacktheit stellen. »Wohin hast du mein Kind gebracht?«

Perkins ignorierte sie, gab statt dessen Timothy einen Wink, der ihn an den Posten weitergab. Sofort zog der das Messer hervor und schlitzte ihren Pullover am Rücken auf. Er streifte ihn ab und ließ ihr nur ein dünnes Unterhemd.

Henessey meldete sich zu Wort: »Laßt sie in Ruhe, was ist mit euch los?«

Timothy wandte sich ihm zu. Und schlug ihm die Faust in die Magengrube. Henessey fiel würgend und japsend auf die Knie.

Perkins musterte Charly und schüttelte den Kopf. »Du wirst mir fehlen, Colonel«, sagte er. »Du hättest wirklich tot bleiben sollen. Du kennst offenbar die Spielregeln nicht mehr.«

Sie verzog das Gesicht. »Erzähl mir davon, Leland. Vor acht Jahren war dein Kumpel auf der Abschußliste, und jetzt lutschst du ihm den Schwanz?«

Er kniff die Augen zu Schlitzen zusammen. »Du willst wissen, warum er jetzt bei uns ist, nicht wahr?«

Sie musterte ihn schweigend.

»Etatkürzungen, meine Liebe. Der Kongreß streicht uns die Gelder. Ich war gezwungen, alles zu nehmen, was ich kriegen konnte, auch wenn das die Rekrutierung von – Zitat – ›bösen Jungs‹ bedeutet. Aber das gleiche läuft auch im Geheimdienst.«

Sie dachte darüber nach. »Etatkürzungen?« Sie blinzelte überrascht. »O mein Gott, geht es darum? Operation Honeymoon. Du treibst Gelder ein?«

Henessey bekam wieder Luft. »Er treibt Gelder ein?«

Perkins ging zur schmutzigen Stahltür der Kühlkammer, dort verharrte er. »Erinnerst du dich an das Bombenattentat auf das World Trade Center? Bei dem Prozeß behauptete einer der Bombenleger, die CIA hätte im voraus davon gewußt. Hölle, der Diplomat, der den Terroristen die Visa ausgestellt hat, war vom CIA – es ist nicht undenkbar, daß sie den Weg für das Bombenattentat geebnet haben, nur um mehr Gelder zu bekommen.«

Wenn Henesseys Kinn noch weiter hätte herabsinken können, dann wäre es auf dem Boden gelandet. »Ihr täuscht einen Terroranschlag vor, um dem Kongreß mehr Geld herauszuleiern?«

»Leider, Mr. Henessey, hab' ich keine Ahnung, wie ich den Tod von viertausend Leuten vortäuschen soll, also müssen sie wirklich daran glauben. Natürlich schieben wir das den Muslims in die Schuhe. Sie können mich ruhig verurteilen. Wenn ich schlaflose Nächte haben sollte, was selten der Fall ist, stelle ich mir die Wirkung einer irakischen Bombe auf Manhattan vor, die dort einschlägt, weil unser Geheimdienst kein Geld bekommt, und schon kann ich wirklich ganz prima schlafen.«

Timothy grinste. »Ich nehme einfach eine Schlaftablette.«

Perkins konnte darüber nicht lachen. »Du erreichst mich in Helikopter eins.« Er wandte sich zu Charly. »Lebwohl, altes Mädchen.«

Dann stieß er die Tür auf und ging hinaus. Draußen stank es nach Benzin. Timothy übernahm sofort das Kommando und gab dem Posten einen Befehl. »Bring den Schnüffler raus, den frieren wir nicht ein.«

Als er grob hinausgeführt wurde, blickte Henessey zurück zu Charly. »Ich warte darauf, daß du mich rettest!« rief er – und dann war er fort.

»Dauert nur 'ne Minute«, erwiderte Charly ohne jede Begeisterung. Und widmete ihre Aufmerksamkeit dann der Realität.

Timothy verließ den Kühlraum, stellte den Thermostat ein und lächelte zufrieden, als die sechs großen Ventilatoren summend ansprangen. Einige ächzten, weil sie seit dreißig Jahren nicht mehr geölt worden waren, aber alle drehten sich. Er ging wieder in den Kühlraum, schaute sich um und fand alles in Ordnung. Dann winkte er dem letzten Posten. »Los, gehen wir.«

»Was habt ihr vor?« sagte Charly mit klappernden Zähnen. »Was passiert mit dem Tankwagen?«

Timothy und der Posten wirkten belustigt, als sie Blicke tauschten wie zwei alte warme Freunde. Timothy schüttelte den Kopf. »Du wirst in ungefähr zwanzig Minuten tot sein, da brauchst du nichts zu wissen.«

»Nenn mich exzentrisch, aber wenn ich schon sterbe, dann will ich wenigstens wissen, worum es ging.«

Er grinste sie an, immer noch amüsiert. »Es ist eine chemische Bombe. Eine Kettenreaktion, die nicht mehr gestoppt werden kann, wenn sie angefangen hat.« Er zündete sich eine Zigarette an und erwärmte sich für seine Geschichte. »Ich habe sie selbst entwickelt, weißt du. Wir deponieren das Ding in der Stadt, hauen ab und löschen unsere Spuren aus. Die Mischung erhitzt sich – sie ist nicht zu stoppen, habe ich das schon gesagt? Jedenfalls wird sie gegen Mitternacht scharf, und dann goodbye und adios. Rummms!«

»Könnte klappen. Kann ich noch was fragen?«

»Die Neugier macht dich krank, was?«

»Laß mein Kind laufen. Bitte.«

»Warum? Um der alten Zeiten willen? Weißt du, ich war schon gefällig genug, ich gebe dir noch Zeit mit der Göre, bis du erfrierst. Ja, schau nicht so schockiert, ich habe ein Herz, sie wird hier bei dir sein. Und ebenfalls zu einem Eiswürfel werden.« Er neigte sich näher, wie um ein Geheimnis preiszugeben. »Man wird eure Leichen in Pennsylvania finden. Keine Verbindung zu uns, denn du wirst als verrückte Mutter dargestellt, die ihr eigenes Kind entführt hat und damit in einem Blizzard umgekommen ist.«

»Hol dich der Teufel!« flüsterte sie.

»Was ist daran auszusetzen? Ihr werdet zusammensein.«

»Das meine ich nicht. Hol Caitlin. Sieh dir ihre *Augen* an!«

»Und warum sollte ich das tun?«

Sie spuckte Blut von einem lockeren Zahn aus. »Weil es *deine* sind, du Hurensohn!«

Sein Lächeln gefror.

»Erinnerst du dich an die Nacht, als ich dich umlegen sollte? Ich wurde schwanger. Sie ist *deine* Tochter!«

Schweigen. Dann die Reaktion, mit der sie am wenigsten gerechnet hatte: Gelächter.

Timothy begann zu glucksen, das Glucksen ging in ein Kichern über und bald wurde es zu einem schallenden Wiehern, das den Posten veranlaßte, darin einzustimmen. Ohne zu wissen, was eigentlich so lustig war.

Als Timothy sich ausgelacht hatte, nickte er zur Tür. »Köstlich, köstlich. Nicht zu glauben. Bring meinen kleinen Ableger her.«

Der Posten schob die Tür auf und ging hinaus. Er kehrte mit Caitlin zurück, die immer noch in eine Decke gehüllt war und ihre Puppe hielt. Die Kleine war benommen, vermutlich schon allein von den Benzindämpfen, sie lutschte an ihrem

Daumen, eine Angewohnheit, die Charly ihr vor Jahren abgewöhnt hatte, nachdem sie sich die Zähne ruiniert und eine Zahnspange hatte tragen müssen – zweihundert Dollar adios. Aber das war in einem anderen Leben gewesen. Und von diesem hier blieben nur noch ein paar Minuten.

Timothy ging vor Caitlin in die Hocke. »Laß mich deine verdammten Augen sehen.«

Sie wanderte an ihm vorbei, ohne ihn wahrzunehmen und blieb vor Charly stehen. Die Decke rutschte von ihren Schultern, und ihr Engelkostüm war zu sehen, dessen Papierflügel naß und verknittert waren.

Charly legte ihr die Hände auf die Schultern. »Wir machen zusammen ein Nickerchen«, sagte sie weich. »Du kannst deine neue Puppe halten, und Mama wird bei dir sein, wie findest du das? Wir werden Bären im Winter spielen. Wenn die frieren, dann fallen sie in tiefen, tiefen Schlaf.«

»Bären? Das ist gut«, sagte Timothy. Er richtete sich auf und ging zur offenen Tür, vor der Henessey stand und auf das wartete, was auch immer sie mit ihm vorhatten. »Hast du gut mitgehört?« blaffte Timothy ihn an, und dann schrie er: »Das war's. Verzieh dich!«

Die Crew verzog sich. Der Posten im Kühlraum wandte sich zum Gehen und wollte Caitlins Puppe mitnehmen. Charly sprang hin und entriß sie ihm. »Du ermordest uns beide, du Scheißer!« zischte sie ihn an. »Laß der Kleinen wenigstens ihre Puppe.«

Er wich zurück und konnte ihr nicht in die Augen sehen. Als er hinausging, neigte sich Timothy ein letztes Mal hinein, zweifellos, um alles zu überprüfen. Charly starrte ihm in die Augen. »Es ist noch nicht vorüber, du Scheißkerl. Du wirst schreiend sterben, und ich werde dabei zusehen.«

Sie schenkte ihm ihr bezauberndstes Lächeln. Für den Bruchteil einer Sekunde – einen sehr kleinen – spiegelte sein Gesicht eine Spur von Unentschlossenheit wider.

Dann schloß er mit einem Schnauben die schwere Tür und schob den Riegel vor.

Die Kühlanlage, zum ersten Mal seit Jahren wieder in Betrieb, produzierte jetzt wirklich kalte Luft.

Charly staunte über die Robustheit amerikanischer Kühlanlagen, die viele Jahre ohne Wartung einwandfrei arbeiteten, von den ersten Eisschränken bis zur modernen Kühlanlage mit sechs Ventilatoren. Dann machte sie sich an die Arbeit.

In einer Ecke war ein Eisenregal mit Rostflecken, von dem sie leicht ein Stück wegbrechen konnte.

Caitlin drängte sich an sie. »Mommy, es ist kalt hier drin.«

Charly verharrte, ließ sich auf die Knie nieder und umarmte die Kleine. »Pst. Wir spielen nur für eine Weile Eisbären, erinnerst du dich?«

Caitlin wurde ruhig. Charly drückte sie fest an sich, erhob sich und riß das Eisenstück ab, das sie bereits gebogen hatte. Sie ging damit zu der dicken Tür, die aus einer Menge Isoliermaterial und Stahl bestand. Sie ließ sich wieder auf die Knie nieder und begann am Fuß der Tür zu hacken, an den alten feuchten Steinen unter der Tür, und es sah aus, als wolle sie einen Tunnel graben. Dann hätte sie wenigstens etwas zu tun. Etwas, für das sie allerdings vier oder fünf Tage brauchen würde.

Die sie natürlich nicht hatte.

2

Henessey versuchte sich zu entspannen, während er auf einem Stuhl am Fenster im zweiten Stock des Motels saß. Er beobachtete müßig, wie ein großer glänzender Tankwagen die Straße zum Motel herauffuhr. Männer in blauen Overalls winkten ihn in die gewünschte Position. Luftdruckbremsen zwischten. In all dem Scheinwerferlicht wirkte die ganze Gegend wie ein verschneiter Teil von Aspen oder Sun Valley, eines dieser Ski-Mekkas, in das die Leute immer strömten. Henessey war kein Ski-Fan.

Während er zuschaute, kletterte ein Mann in blauem Overall und dicken Arbeitshandschuhen auf den silbernen Tankwagen und öffnete vorsichtig einen Kanister. Ein zweiter Mann kam von der anderen Seite und schraubte eine der Luken des Tankwagens auf. Der Kanister wurde langsam angehoben und darin entleert. Selbst aus dieser Entfernung konnte Henessey sehen, daß die Männer nervös waren.

Die Zimmertür wurde geöffnet, Licht fiel herein, und Henessey wandte den Kopf. Timothy schaute ihn entschuldigend an. »Hallo. Tut mir leid, daß du warten mußtest.«

»Ist mir ein Vergnügen«, erwiderte Henessey. Unter dem Stuhl, an den er gefesselt war, hatte man eine Plane ausgebreitet. Damit er nicht den Boden verunreinigte, wenn sie ihn killten, nahm er an. »Das habe ich auch dem Henker gesagt. Das ist ein echtes Arschloch. Aber weißt du, es ist Weihnachten, und da hat er sich anders besonnen, weißt du, und … *Scheiße!*«

Timothy hatte fast ansatzlos ein Messer geworfen. Es klatschte zwischen Henesseys Knien in den Stuhl und blieb zitternd stecken. »Sieh mal«, sagte Timothy und schloß die Tür. »Ich bin kein schlechter Mensch. Es ist Heiligabend, und so lasse ich dir die Wahl. Messer oder Kanone.«

Henessey schluckte. Denk an Todd, sagte er sich. Wie würde er sich seinen Alten wünschen? »Leck mich am Arsch, du Bastard. Charly hat Washington angerufen, und bis zum Morgen wimmelt es hier von FBI-Agenten.«

Timothy setzte ein Chirurgen-Lächeln auf und betrachtete ein weiteres, größeres Messer, das er aus seinem Anzug gezaubert hatte.

»Bis dahin sind wir längst fertig, Mitch.«

»Ja, nun, da waren ein paar Bundesbullen, die nicht schlafen konnten und sagten, daß sie vielleicht früher hier auftauchen. Jemand könnte dir in die Suppe spucken, also paß nur auf.«

»Das hat Perkins auch gemeint«, entgegnete Timothy. »Deshalb hat er mich auch einen anderen Katalysator einbauen lassen, einen, der schneller wirkt. Kannst du Katalysator aussprechen, Mitch? Weißt du, was das ist?«

»Ein Stoff, der eine Reaktion auslöst, glaube ich.«

»Das hast du prima gesagt, Mitch. Und weißt du, was der lustigste Teil der Festivitäten dieser Nacht ist? Selbst der Fahrer weiß nichts von dem vorzeitigen Bumms, der bei dreihundertzwölf Grad Celsius stattfindet. Nur für dein kleines Hirn, das ist nicht Fahrenheit, sondern viel heißer. Es bläst den Tankwagen in einer Dreiviertelstunde in den Himmel. Mitten in der Stadt.«

Henessey nickte anerkennend. »Timmy-Boy, wenn ich soviel auf dem Kasten hätte wie du, dann würde ich nicht hier sitzen, oder?«

»Richtig.«

»Dann würde ich stehen, wo du bist, das blödeste und häßlichste Stück Scheiße, das die Welt je gesehen hat, richtig?«

Er nickte. Dann verfinsterte sich seine Miene schlagartig. »Jetzt hast du keine Wahl mehr, Mitch.«

Henessey zuckte die Achseln. »Dann tu es verdammt noch mal. Du langweilst mich, und ich hasse Langweiler.«

Timothy wählte die Kanone.

3

Es war eisigkalt und wurde immer kälter, doch es war noch nicht kalt genug, daß Charly Baltimore bei ihrer Arbeit nicht ins Schwitzen geriet. Die Steine unter der Tür waren von außen feucht und bröckelig, aber innen sehr solide. Das abgebrochene Eisenstück war fast einen Meter lang, doch das schärfste Ende konnte keine kalte Butter durchschneiden, nur Bröckchen von Steinen in Körnchen und Staub schlagen. Ihr neues blondes Haar klebte naß an ihrer Stirn, während sie das Eisen gegen den Fuß der Kühlanlage schlug, damit es schärfer wurde. Dann arbeitete sie weiter und drehte das spitzere Ende wie einen Bohrer, um eine Öffnung zur anderen Seite zu schaffen.

Und sie schaffte es schließlich. Sie legte sich auf den Bauch und sah nur eine Andeutung von dem, was jenseits der Tür war, aber die Öffnung war da. Sie blies dampfenden Atem hindurch und bekam eine Ladung Staub ins Gesicht. Sie mühte sich vom Boden hoch, an dem gefrorener Schweiß sie festzuhalten schien, und ging zu Caitlin, die mit weniger Begeisterung Eisbär spielte als jemals zuvor. Charly wollte sie in die Arme nehmen, ihr die Wärme ihres Körpers geben und das arme Kind in den Schlaf wiegen. Statt dessen blieb sie vor Caitlin stehen und sagte: »Mund auf!«

Caitlin öffnete den Mund, und Charly fischte ihre Zahnspange heraus, eine Kurve von pinkfarbenem Plastik mit nicht rostendem Stahldraht. Als nächstes nahm sie Caitlin die neue Puppe ab, die sich von innen her aufzulösen begann. Das Mädchen war zu mitgenommen, um sich etwas daraus zu machen. Sie zitterte bereits, und Muskelpartien zuckten. Die letzten Phasen des Erfrierens waren Entspannung und Schlaf. Ein Schlaf, aus dem es kein Erwachen gab.

Charly ließ sich wieder an der Tür nieder, formte aus der Zahnspange eine Art Trichter, drückte ihn in das Loch und ließ die Puppe darin ›Pippi‹ machen. Es war nicht viel Benzin in der Pipi-Puppe, das sie aufgesogen hatte, als sie in der Benzinlache gelegen hatte, aber es reichte, um das Loch unter der Tür zu tränken und eine Tropfspur zu Caitlin zu bilden.

Charly warf die Puppe in eine Ecke, und ihre Augen tränten von den Benzindämpfen und dem sich zersetzenden Plastik. Jetzt brauchte sie nur noch einen Funken. Sie nahm das Eisenstück, das ihr so gute Dienste geleistet hatte, holte aus und schmetterte es auf den Boden.

Ping! Einfach nur *ping*. Sie versuchte es von neuem, hämmerte wild, während das Benzin und ihre letzte Hoffnung langsam schwanden. »Komm schon!« ächzte sie und schlug auf den Boden ein. »Nur einen verdammten Funken! Einen einzigen!«

Aber nichts. In ohnmächtigem Zorn warf sie das Eisenstück weg, und es knallte gegen die Tür, fiel auf den Boden und blieb dort nutzlos liegen. »Mein Gott!« schrie Charly zur Decke. »Ein Streichholz, nur ein verdammtes Streichholz!«

Sie schlug die Hände vors Gesicht, grübelte nach einem neuen Einfall und ließ sich durch den Kopf gehen, was sie von Nathan Windeman gelernt hatte: »Wenn alle Möglichkeiten erschöpft sind, komme auf die nächstbeste in der Reihe zurück. Das bedeutete ...«

Jemand tippte ihr auf die Schulter. Sie zuckte zusammen.

»Mommy?«

Charly blickte Caitlin an und konnte ihr keine Hoffnung mehr anbieten, nur Eisbärengeschichten – die mit dem Tod endeten.

»Weine nicht«, sagte Caitlin. »Ich hab' die hier aufbewahrt.« Sie steckte zwei Finger in ihren Gipsverband und zog ein kleines, weißes Zündholzbriefchen hervor. »Um immer deine Kerze für dich anmachen zu können.«

Sie hielt ihrer Mutter das Streichholzbriefchen hin.

Charly schaute darauf, sah ihre Tochter an. Eine Sekunde verging, zwei Sekunden. Keine Kugel eines Heckenschützen konnte ihren harten seelischen Panzer durchdringen, doch diese Sekunden gingen ihr unter die Haut; keine Folter konnte sie tief genug verletzen, um ihr Verhalten zu ändern und die unsichtbare Mauer zu durchdringen, die ihr Herz umgab, doch diese Sekunden bewirkten es.

Ihre Augen füllten sich mit Tränen, und diesmal kämpfte sie nicht dagegen an. Die Vergangenheit in Irland war gestorben, ihr Vater war seither längst ein Skelett in seinem Sarg, und obwohl sie ihm nicht die Hand reichen konnte, sie konnte es bei einem kleinen Mädchen tun, dessen ganzes Vertrauen und dessen Liebe seiner Mutter galt. Und dessen Mutter nicht gestorben war.

Charly hob sie an und drückte sie fest an sich. »Ich liebe dich«, schluchzte sie. »Weißt du, wie sehr ich dich liebe?«

Caitlin zog sich zurück. »Mom, werden wir sterben?«

Charly lächelte. »Nein, mein Schatz, wir werden nicht sterben.« Sie setzte Caitlin ab. »Wir nicht, mein Schatz. Aber diese Kerle.«

Dann nahm sie das Streichholzbriefchen, riß ein Zündholz raus, zog sich mit Caitlin in die entfernteste Ecke des Kühlraums zurück, zündete das Zündholz an und sagte: »Schrei, wenn das Feuer unter der Tür ist, sonst tun deine Ohren weh.«

Caitlin nickte ernst. »Schreist du auch?«

»Ja.« Charly warf das Zündholz auf die Benzinspur. Die Flamme zögerte, als müsse sie nachdenken, was zu tun wäre, dann flackerte sie auf, kroch auf die Tür zu und darunter.

Sie schrien beide.

4

Mitchel Henessey, derzeit erfolgloser Privatdetektiv, war noch eine Sekunde davon entfernt, ein Mini-Grundstück unter dem Erdboden zu erwerben, als das Motel unter ihm – und Timothy, der ihm mit der Kanone in der Hand gegenüberstand – explodierte! Und zwar auf eine Weise, wie nur Benzindämpfe explodieren können: äußerst schnell, äußerst heiß und äußerst gewaltig. Auch laut. Ebenfalls äußerst.

Henessey war nicht besorgt wegen seiner Ohren, als der Vulkan mit ihm im zweiten Stock ausbrach, aber er schrie trotzdem auf, während er mit dem Stuhl wie auf einem F-14-Tomcat-Schleudersitz rücklings durch das Fenster katapultiert wurde. Als letztes sah er noch Timothy, der von einem gelben Feuerblitz, der aus dem Boden schoß, emporgeworfen wurde. Dann segelte Henessey durch die jetzt hell erleuchtete

Nacht und überschlug sich immer wieder mitsamt dem Stuhl. Er sah flackerndes gelbes und grünes Neonlicht, bevor er durch das Schild BESETZT donnerte. Das Motel selbst, auf das er während seines Flugs dann und wann einen Blick erhaschte, ähnelte Tokio aus der Luft während eines Bombenangriffs, dann krachte er auf das rostige Wellblechdach des Parkhauses.

Der Stuhl brach zusammen, und Henessey saß auf einmal nur noch auf der intakten Sitzfläche und hatte Fetzen von Klebeband um die Knöchel.

Ein Typ in einem blauen Overall war irgendwie ebenfalls auf dem Dach gelandet, war jedoch nicht desorientiert und hatte eine Waffe in der Faust. Henessey duckte sich fluchend, als der erste Schuß peitschte. Dann zog er das Messer, das noch immer im Sitz zwischen seinen Knien steckte. »Nimm das!« grunzte er und warf es in Richtung des Mannes. Der Mann schrie auf. Henessey blickte hin und sah, daß der Messergriff aus seinem rechten Auge ragte wie ein stählernes Eis am Stiel. Der Mann stürzte und rollte vom Dach.

Henessey zuckte mit den Schultern. Das gehörte wohl alles mit dazu. Er blickte nach links, als der Feuerball seinen Scheitelpunkt erreichte, ein gewaltiger gelber Kürbis mit Tentakeln von Rauch. Trümmer regneten herab. Als er fast alles Klebeband und die Stuhltrümmer los war, sah er zum Fenster, aus dem er hinausgeschleudert worden war.

Und er warf sich nieder und in Deckung, denn im glaslosen Rahmen des Fensters stand eine Gestalt.

Es war Timothy. Der Bastard war so unsterblich wie Charly. Seine Kleidung war zerfetzt und blutig, aber er lebte.

Männer in blauen Overalls hasteten durcheinander wie Ameisen, doch in dem Durcheinander war Methode. Der Tanklastwagen, der die Chemikalien transportierte, röhrte auf, und die Scheinwerfer flammten auf. Timothy brüllte: »Fahrt ihn hier weg. SOFORT!«

Der Tankwagen setzte sich in Bewegung. Schwarze Wolken schossen aus den beiden dicken Auspuffrohren, und

Henessey überlegte, was er tun konnte, um den Tankwagen zu stoppen, aber die Möglichkeiten liefen letzten Endes darauf hinaus, daß er ungesattelt darauf mitritt, um die Städter zu warnen, oder sich davor warf, damit der Fahrer auf seinen Überresten ins Schlingern geriet und im Straßengraben landete. Zu seiner Erleichterung fuhr der Tankwagen mit dem Heck nur so weit aus der Garage unter ihm, daß einige andere Leute sich an den Innereien zu schaffen machen konnten. Weitere Katalysatoren, vermutlich.

Henessey suchte die Gegend ab, weil er nicht mehr weiterwußte. Er fühlte sich ganz wie ein Mann auf einem hohen Dach, der keine Leiter hatte, um hinabzusteigen.

Dann sah er Charly und Caitlin, die sich durch den Schnee kämpften.

5

Weißes Licht, treibender Rauch, viel Lärm, Rufe – und Charly, die Caitlin an der Hand mitzog. Reines Chaos, oftmals der beste Zeitpunkt, um sich ungesehen mitten durch den Trubel davonzumachen, doch diesmal war es anders. Ein Soldat mit Winter-Tarnanzug sprang ihr mit vorgerecktem Bajonett in den Weg, und sein junges Gesicht zeigte im Scheinwerferlicht die Arroganz der Jugend. Charly ließ aber Caitlins Hand erst los, als auch ein zweiter Mann auftauchte. »Lauf weg, Catey«, rief sie. So hatte sie Caitlin nicht mehr seit frühester Kindheit genannt, als sie zu Nachbarn ausgerissen und erst nach langer Suche und verzweifelten Rufen gefunden worden war.

Der Typ mit dem Bajonett wollte ihr die Kehle aufschlitzen, doch das war ein blödes Vorhaben. Charly duckte sich gedankenschnell, packte den Arm und tötete den Mann mit einem Genickschlag. So hartes Vorgehen war eigentlich nicht nötig gewesen, aber wenn sie ihre Instinkte ignorierte und weich wurde, verlor Caitlin ihre Mutter. Außerdem wußten diese Jungs, worauf sie sich einließen. Es waren Regierungsagenten, keine Rekruten der Army.

Der andere Mann näherte sich halb geduckt und wechselte die Klinge von einer Hand in die andere, während er sie angrinste. Was, zum Teufel, brachte Perkins den Jungs heutzutage bei?

Sie kickte ihm eine Ladung Schnee ins Gesicht, als er das Messer wieder von einer Hand in die andere wechseln wollte, und prompt verlor er es. Er schaute hinab, blickte auf und wollte sein Gewehr von der Schulter reißen, das leider etwas sperrig war, denn ein Infrarot-Zielfernrohr war aufgeschraubt, und während er damit beschäftigt war, nutzte Charly die Gelegenheit, um die Gegend nach Caitlin abzusuchen. Zuviel wallender Rauch, zu viele Gestalten, die im gleißenden Licht herumrannten.

Der Junge war fast fertig. Charly trat vor und riß ihm das Gewehr aus der Hand, bevor er zu Ende gefummelt hatte, drückte den kurzen Plastikkolben unter ihre Achsel und schoß ihm drei Kugeln in die Brust. Er fiel zurück.

Sie erleichterte die beiden Toten um ihre Munition, suchte nach ihrer Tochter und empfand eine Spur der alten Samantha-Panik, Erinnerungen an Zeiten, als sie Caitlin verzweifelt gesucht und jedesmal sicher und gesund im Haus irgendeiner Nachbarin gefunden hatte. Alle Eltern machten das durch. Aber nicht hier, nicht auf diese Art und Weise.

Es war unmöglich und viel zu gefährlich, die Gegend abzusuchen. Stöhnend kletterte Charly auf einen der Hügel, von denen das Motel flankiert war. Sie trug immer noch nur ein Unterhemd und Jeans, und ihr Atem bildete lange Dampfschwaden, als sie über Schnee und zwischen Bäumen kletterte.

Nahe der Hügelkuppe ließ sie sich fallen, nahm das Gewehr in Anschlag und schaltete das Infrarot-Zielfernrohr an. Nach einer kurzen Verzögerung durch die Batterie zeigte ihr das Fernrohr eine aquariumgrüne Landschaft jenseits des erhellten Gebiets. Wald, die Straße, eine Handvoll Sterne am Himmel. Und Caitlin? War sie so weit gelaufen? Flüchtete sie immer noch?

»Wo bist du, Baby?« flüsterte sie. »Wo?«

6

Henessey wußte die Antwort darauf, aber er konnte es Charly schlecht sagen. Das lag daran, daß er immer noch auf dem Dach war, anscheinend der sicherste Ort außer Newark, bei dem, was da unter ihm vor sich ging. Er hatte Caitlin gesehen, als sie von ihrer Mutter fortgelaufen war, hatte ihre Flucht von Baum zu Baum beobachtet. Sie war in dem Engelkostüm gut zu erkennen. Sollte er sie rufen? Warum? Das würde nur eine weitere Stimme in dem Chaos sein. Das Motel brannte fröhlich vor sich hin, unten herrschte organisiertes Chaos, und Caitlin war zweifellos in Panik. So entschloß er sich, etwas zu unternehmen. Wieder mal. Vom Dach zu springen, vor ihren Füßen zu landen, sie an sich zu reißen und in Sicherheit zu tragen. Tarzan in Topform.

Er sank in sich zusammen und fühlte sich klein und häßlich, während er sie beobachtete. Das Mädchen war ein Kind ihrer Mutter und würde weitaus besser zurechtkommen, wenn ihr kein fragwürdiger Detektiv in den Weg sprang. Und er mußte realistisch bleiben. Vom Dach springen, sich einen Fuß brechen, jedermann auf sich aufmerksam machen und dann mit Caitlin türmen ... Und das ohne Waffe. Das würde für ihn und das Mädchen das Aus bedeuten. Vielleicht war das der Unterschied zwischen Heldentum und Blödheit. Ganz bestimmt war das der Unterschied. Für einen Mann wie ihn war es jetzt das beste, sich bedeckt zu halten und zu beobachten. Nichts zu tun, während eine Frau, die zehnmal mehr

Mann war als er jemals sein würde, wieder seinen jämmerlichen Hintern rettete.

Während er Caitlin beobachtete und sich mies dabei vorkam, setzte sich der Tankwagen unterhalb von ihm abermals in Bewegung. Diesmal fuhr er den ganzen Weg bis zur Straße. Als er stoppte, trat Caitlin aus dem Schatten der Bäume, beobachtete ihn, huschte wieder in ihr Versteck und tauchte von neuem auf. An ihrem Verhalten erkannte Henessey, daß etwas geschehen würde. Es war, als betrachtete eine Taucherin das Wasser, bevor sie sich endgültig entschied, einzutauchen.

Sie rannte zu dem Tankwagen.

»Nein!« krächzte er unwillkürlich. Er verfluchte sich, ließ sich zurücksinken und beobachtete, wie Caitlin zu dem großen gelben Werkzeugkasten an der Seite des Wagens flitzte. Die verknitterten Reste ihrer Engelflügel fielen ab. Er sah, wie sie sich abmühte, den Kasten zu öffnen. Natürlich schaffte sie es schließlich, die gelbe Tür zu öffnen. Ganz Charlys Kind.

Aus einem Impuls heraus, ging er geduckt zu dem Mann mit dem Messer im Auge. Der Agent hatte ein kleines Walkietalkie an seinem Gürtel. Henessey fand den Regler für die Frequenz und stellte sie auf 26,9 ein.

Er drückte die Sprechtaste. »Charly? Hörst du mich? Hallo?«

Sie meldete sich sofort. »Mitch! Du hast dir also endlich ein Walkie-talkie geborgt. Hör jetzt zu: Wenn du sagst ›es macht noch Spaß‹, reiße ich dir die Eier ab.«

»Hier oben gibt es keinen Spaß«, erwiderte er. »Ich bin auf dem Dach der großen LKW-Garage. Wie weit bist du vom Tankwagen entfernt?«

»Hundert Meter, mehr oder weniger, auf einer Hügelkuppe. Warum fragst du?«

»Weil ich gesehen habe, daß Caitlin an Bord des Tankwagens geklettert ist. Sie hat sich in der Werkzeugbox hinten links versteckt.«

Stille. Statisches Knacken. »O Gott! Dieser Tankwagen ist eine Bombe!«

Er wich zurück, um dem Rauch und einem plötzlichen Regen von brennenden Tapetenfetzen zu entgehen. »Das weiß ich, gottverdammt, und Timothy hat sie soeben scharf gemacht. Katalysator. Dreihundertzwölf Grad Celsius, und es knallt. In vielleicht zwanzig Minuten? Hast du gehört? Zwanzig Minuten. Mehr Zeit haben wir nicht!«

Sie atmete ein paar Sekunden lang keuchend ins Walkie-talkie.

»Warte.« Henessey richtete sich ein wenig auf. »Es entwickelt sich was Neues.« Neben dem Tankwagen stand jetzt ein Tiefladeanhänger. Männer mit blauen Overalls befestigten hastig eine Fahrzeugrampe am Heck. Als sie angebracht war, fuhr ein normaler Wagen – nicht das neueste Modell, aber auch nicht das älteste – rückwärts an die Rampe, um auf die Ladefläche hinaufzufahren.

Henessey hob das Walkie-talkie an. »Siehst du, was ich sehe?«

»Hm-hm.«

Als nächstes zogen zwei Typen etwas Schweres durch den Schnee. Henessey beobachtete entgeistert, wie die Männer eine dunkelhäutige Leiche auswickelten, die mit einer dünnen Eisschicht bedeckt war.

»Der Terrorist und sein Wagen«, sagte Charly. »Ibn Al Rahmoud, berüchtigter Extremist aus dem Libanon.«

»Du erkennst ihn?«

»Ich habe doch erzählt, daß ich in Beirut war. Hab' mit ihm dort zu Mittag gegessen. Widerlicher Kerl. Er wird während der Explosion und des Feuers auftauchen, und man macht ihn zum Sündenbock. Und Perkins bekommt die Gelder des Kongresses. Nichts in D. C. bringt mehr als Panikmache.«

»Und was ist mit Caitlin?«

»Das nehme ich in Angriff.«

Binnen Sekunden hörte Henessey zwei Schüsse in der Dunkelheit, und dann meldete sie sich wieder. »Scheiße, ich habe keine Neun-Millimeter, um die Reifen zu zerschießen, die Kugeln prallen einfach ab. Was hast du erbeutet?«

Er schaute wieder auf den Agenten, den er getötet hatte. »MPi«, sagte er und nahm sie.

»Marke?«

Er betrachtete die Maschinenpistole genauer. »H und K. Was ist das?«

»Neun-Millimeter.«

Unterhalb von ihnen röhrte der Tankwagen, und ein Gang wurde eingelegt. »Scheiße«, murmelte Henessey, weil der Fahrer offenbar losfahren wollte, dann sprach er ins Walkie-talkie. »Also gut, ich hole sie.«

»Was?«

»Ich bin näher dran. Du hast ein Gewehr, halte mir den Rücken frei, dann können wir es schaffen.«

»Unmöglich«, sagte sie sofort. »Ich zähle zwölf Typen mit automatischen Waffen. Wir haben keine Chance.«

»Dann leg die Scheißer für mich um, Baby. Mein Gott, taugst du zu gar nichts?« Er bückte sich wieder, nahm drei Magazine vom Gürtel des Toten und steckte sie in seine Taschen. Zu seiner Überraschung keuchte er dabei. Es war an der Zeit, mit dem Rauchen aufzuhören, Sport zu treiben, sich vernünftig zu ernähren und nicht mehr zu wichsen. »Los, los, Junge«, murmelte er. »Tu einmal in deinem Leben was Richtiges, nur dieses eine Mal.«

Er robbte übers Dach und schob mit den Füßen und dem Hintern Trümmer beiseite. In der Linken hielt er die MPi, in der Rechten das Walkie-talkie. Am Dachrand verharrte er, suchte sich die größte Schneewehe, die in Sicht war, schloß beide Augen. Und sprang.

Ein Kinderspiel. Er rappelte sich auf, wobei sich beide Knöchel beschwerten, schaute sich um und stellte fest, daß ihn ein paar Kerle wohl gehört hatten. Orangefarbenes und gelbes Mündungsfeuer zuckte aus Waffenmündungen. Er rannte im Zickzack los, hielt das Walkie-talkie ans Ohr und hörte Charly bereits meckern.

»Ich kann den Kerl in Neun-Uhr Position zu dir nicht ausschalten, Mitch!«

Er drehte sich im Laufen nach rechts und knallte den Kerl mit zwei Schüssen nieder.

»Dreißig Grad links von dir! Links! Die andere Seite, gottverdammt!«

Da hatte er sich wohl in der Uhr vertan, aber was machte das? Er gab einen Feuerstoß ab, und die Kugeln bohrten sich in Bäume und wirbelten Schnee auf. Besser noch, irgend jemand schrie auf. Henessey stolperte über irgendwelche Trümmer im Schnee, fing sich mit dem Handrücken am Boden ab, um das Walkie-talkie und die MPi zu retten, rappelte sich auf und hetzte weiter.

»Nicht in diese Richtung. Da kann ich dir keinen Feuerschutz geben! Nach rechts!«

Er rannte nach rechts. Kugeln wirbelten Schnee auf und pfiffen ihm um die Ohren.

Er taumelte durch Rauchschwaden. Das Atmen fiel ihm schwer, und seine Sachen klebten wie eine warme, feuchte Decke an seinem Körper.

Plötzlich sah er voraus zwei Blauuniformierte, die ihre Gewehre an die Schulter rissen und ihn anvisierten. Henessey schwang die MPi hoch und feuerte, traf jedoch nicht. Er drückte von neuem ab, und nichts tat sich.

Neues Magazin, Blödmann. Als er in die Hocke ging, krachte Charlys Gewehr zweimal. Beide Männer stürzten in den Schnee, blieben reglos liegen, und Henessey rief ins Walkie-talkie: »Gracias.«

»De nada«, antwortete Charly.

Er schob ein neues Magazin ein. Ermuntert, weil Charly ihn wieder mal gerettet hatte, rannte er auf direktem Kurs auf den Tankwagen zu, doch sie bellte ihn an: *»Paß auf deine Flanke auf, Mitch! Deine Flanke!«*

Er sah, daß es nicht mehr weit bis zur gelben Werkzeugbox war, und ignorierte Charlys Rat, doch sie schrie wieder, diesmal so laut, daß er ihre Stimme oben auf der Hügelkuppe hören konnte. »Sie nehmen dich in die Zange, Mann, verdammter Idiot, sie nehmen dich in die Zange!«

Waffen krachten. Ein Vorschlaghammer flog aus der Dunkelheit und prallte gegen seinen Oberkörper, wirbelte ihn in einem kompletten Kreis um die Achse, brachte ihn jedoch nicht zu Fall. Da er noch nie von einer Kugel getroffen worden war, begann er all die Horrorgeschichten zu bezweifeln; dieses kleine Loch tat überhaupt nicht weh.

Er stampfte weiter und grinste wie ein atemloser Wahnsinniger. Eine Kugel traf seinen Arm am Bizeps. Er warf das Sprechfunkgerät zur Seite und wechselte die H & K in die andere Hand, gab einen Feuerstoß ab und sah überrascht Leuchtspurmunition aus der Mündung stoßen, die von allerlei Dingen abprallte und spiralförmig in den dunklen Himmel raste wie ein Feuerwerk. Eines der Geschosse aber traf den freundlichen jungen Gent, der seinen Arm ruiniert hatte, und beendete sein Leben, als sein Kopf auseinanderflog.

Aber jetzt geschah etwas Sonderbares mit Henessey. Erstens wurde er müde. Todmüde. Zweitens stolperte er seitwärts, anstatt geradeauszustürmen. Drittens sprangen Bäume auf ihn zu, wo gar keine Bäume sein sollten, und schließlich schlug ihn einer davon zu Boden.

Er ruhte sich ein wenig aus, dachte nach und versuchte dann, wieder auf die Füße zu gelangen. Er schaffte es, weiter vorwärts zu kriechen, bis an eines der Räder eines Lastwagens. Er tastete hinauf, fand einen Haltegriff und versuchte, sich hochzuziehen. Caitlin war dort oben, Caitlin war ein Kind, dem er helfen konnte.

Aber dann erkannte er, daß dies nicht der Tankwagen war. Es war der Tiefladeanhänger. Er hatte versucht, das Kind zu retten, und er hatte versagt.

Er schloß die Augen und sank in den Schnee.

7

Charly sah durch das Infrarotzielfernrohr, wie er fiel, und laut fluchend sprang sie auf, stürmte mit Riesenschritten durch den Schnee. Sie hatte eine Menge von Perkins' Handlangern ausgeschaltet, aber es waren noch mehr da, in der Garage und weitere, die durch die Gegend streiften. Sie gelangte auf eine ebene Fläche, und bewegte sich schnell, aber vorsichtig vorwärts. Der Tankwagen röhrte auf und setzte sich in Bewegung, und Charly sprintete los. Der Tankwagen schlingerte zur Straße und bog rechts ab, wobei er zischte und dampfte wie ein Drache. Sie kürzte nach rechts ab, wich Bäumen aus und wurde von Zweigen gepeitscht, während sie versuchte, den Wagen am Paß abzufangen.

Aber da war kein Paß. Sie kam an der offenen Straße heraus, und der Fahrer schaltete bereits in den fünften oder sechsten Gang. Begünstigt durch die steil abfallende Straße gewann er schnell an Tempo.

Sie stoppte schlitternd und kochte vor Zorn. In diesem Moment kam ein Wagen den Hang herab und genau auf sie zu. Sie blieb mitten auf der Straße stehen und hielt das Gewehr hinter ihren Rücken. Sie erwartete alles mögliche, nicht aber einen ganz normalen Chevrolet Citation. Der Fahrer geriet beim Bremsen ins Schleudern, mehr durch Panik und wegen der abgefahrenen Reifen als durch zu hohes Tempo, und er rutschte an ihr vorbei, kam erst ein Stück weiter straßenabwärts zum Stehen. Der Fahrer stieß die Tür auf und sprang heraus. »Du blöde Kuh!« brüllte er.

Charly hob das Gewehr und schoß eine Kugel dicht neben ihm ins Fenster. Er schaute auf das Kugelloch, dann wieder zu ihr, ließ die Tür los und rannte in die Nacht. Charly schritt zum Wagen, und ihr Gesicht wirkte wie eine eiserne Maske. Sie warf sich hinters Steuer und gab Gas.

8

Niagara hieß die Stadt, die laut Plan viertausend der derzeitigen Einwohner verlieren sollte. Sie lag mitten in den letzten Feierlichkeiten vor Heiligabend. Morgen würde sie wie eine Geisterstadt wirken, weil dann jeder zu Hause bei seinen Lieben oder Verwandten blieb. Aber jetzt, an diesem Abend, zogen viele Leute die helle Weihnachtsbeleuchtung stillem Beisammensein vor, und in der Stadtmitte fand ein Weihnachtsumzug statt, Händler und Touristenfallen machten ihren Reibach, und es floß literweise Festbier, um die Herzen zu wärmen. Kaum jemandem fiel auf, daß ein großer Tankwagen auf eine Straßensperre zurollte, die von der Polizei zur Vorbereitung für den Umzug errichtet worden war. Niemand machte sich auch etwas daraus, daß der Tankwagen nun scharf nach rechts auf die Umleitungsroute abbog und weiterfuhr. Was auffiel, geschah zwei Minuten später, als Charly Baltimore am Steuer eines ansonsten unauffälligen Familienwagens durch die gelben Absperrböcke donnerte und auf der Route des Weihnachtsumzuges weiterbretterte, während zwei Cops und eine Handvoll Zuschauer zur Seite weghechteten.

Sie sah den Weihnachtsumzug dicht vor sich und legte eine Vollbremsung hin. Als der Wagen nach einigem Schleudern und Schlittern zum Stehen kam, stieg sie aus, die H & K-MP 5 in den Händen und schußbereit. Sie suchte nach Anzeichen auf den Tankwagen, und dann wurde ihr klar, daß die gelben Sägeböcke nicht von Perkins und seinen Jungs, sondern von der hiesigen Polizei aufgestellt worden waren. Der Tankwagen war auf der Umleitungsstrecke weitergefahren. Ein großer Fehler ihrerseits; sie hatte in letzter Zeit eine Menge davon gemacht. Sie wollte wieder einsteigen. Hinter ihr marschierte eine Damenkapelle heran, vor ihr der Umzug, Santa Claus auf einem Schlitten mit Rädern.

Mit Rädern. Zwei Pferde. Glöckchen, die bimmelten. Und Räder.

Was gab es besseres, um auf einer Paßstraße schnell voranzukommen? Und wer konnte besser bei einem Weihnachtsumzug auftreten als jemand mit ihrer Erfahrung auf diesem Gebiet?

Sie rannte los.

9

Die Ruinen des Deer-Lick-Motels standen in lodernden Flammen, und Timothy hechtete in ein Befehlsfahrzeug. Er trug zwei Armbanduhren an diesem Abend, seine normale Rolex und eine Sonderanfertigung, die mit einem Hitzeanzeiger gekoppelt war, der im Bauch des Tankwagens die Temperatur maß. Gerade sprang die rote Display-Anzeige auf einhundertachtundsiebzig Grad Celsius.

Er riß das Mikro aus der Halterung am Armaturenbrett und schaltete es ein. »Achtung, Achtung! Sie versucht an die Ladung heranzukommen. Einheiten zwei und vier, auf den Rücken achten. Air One schickt einen Helikopter los. Ich bin auf dem Weg nach Niagara.«

Er schaltete das Mikro aus, behielt es aber auf dem Schoß. »Los jetzt!« brüllte er den Fahrer an, und als der Wagen losfuhr, warf Timothy einen letzten Blick zu den Ruinen des Motels. Charly Baltimore war ein Teufelsweib. Wenn er sie das nächste Mal in die Hände bekam, gab es keine Spielchen mehr, er würde ihr dann sofort eine Kugel in den Kopf jagen, dann war endlich Schluß. Aber erst mußte er sie finden, doch das würde nicht schwierig sein.

10

Der Mann, der beim Umzug in Niagara den Santa Claus mimte, hieß Morton Brown, und er war klein und alt. Der weiße Bart war tatsächlich sein eigener, aber er hatte die Tabakflecken daraus entfernt, damit er weißer aussah. Morton Browns einzige Chance zum Ruhm, sein Lebensziel, war es, der Weihnachtsmann bei den beiden Weihnachtsumzügen von Niagara sein zu können. Den Rest des Jahres lebte er von Sozialhilfe und verteilte Traktate einer Sekte namens John Birch Society, und in jüngster Zeit gab es Gerüchte, daß er einen Schritt weiter gegangen und in die amerikanische Nazipartei eingetreten war.

»Was, zum Teufel, ist los?« fragte er, als Charly neben ihn kletterte.

»Ich bin die Weihnachtsmännin«, erwiderte sie und hob die MP 5. Der Santa Claus zuckte zusammen, als sie feuerte, die Kugel raste in den Himmel. Gerade wollte er einen Finger in sein soeben betäubtes Ohr schieben, da gingen die Pferde durch, preschten auf den Festwagen zu, der vor ihnen war und auf dem eine riesige pinkfarbene Weihnachtsglocke aus Toilettenpapier prangte. Aber die Pferde wichen aus und schwenkten nach rechts, so daß der Schlitten mit seinen beiden Passagieren die vorgesehene Route verließ und durch die Walnut Street raste.

Der Schlitten rüttelte und hüpfte auf den Reifen des Anhängers, und Morton Brown sah nun äußerst überrascht, ja regelrecht entgeistert aus. Als er an den Zügeln riß, kam ihm zum ersten Mal seit vierzehn Umzügen in den Sinn, daß er nicht das geringste über Pferde wußte – abgesehen davon, daß sie den Festwagen folgten und alle zehn Minuten Äpfel fallen ließen. Er war zu alt, um in Panik zu geraten, und so übergab er die Zügel einfach Frau Weihnachtsmann und klammerte sich am Sitz fest, um nicht vom Schlitten zu fallen.

Nach einer Weile begann er zu grinsen. Hier saß er nun,

älter als die Dinosaurier, sein Altmännerbart wurde vom Winterwind gepeitscht, seine Santa-Claus-Mütze wehte wie eine rote Flagge, und der Schlitten bog nach links ab auf die Umleitungsstrecke und würde vermutlich jeden Augenblick umkippen. Er würde zwar dabei umkommen, aber was für ein Abgang! Das Leben war in letzter Zeit so langweilig gewesen, daß er mit dem Gedanken gespielt hatte, zu den Zeugen Jehovas oder einem ähnlichen Verein zu gehen und die langweiligen alten Fans von John Birch zu vergessen.

Jetzt tauchte zu seiner Rechten ein großer silberner Tankwagen auf, der von einem Fahrer mit Baseballmütze gelenkt wurde. Der Tankwagen fuhr ziemlich langsam, aber für die Pferde war es schwer, sein Tempo mitzuhalten, was die hübsche Lady an seiner Seite aber offenbar wollte. Sie mußte eine halbe Eskimofrau sein, denn der Abend war kälter als die Titten einer Hexe in einem Eisen-BH auf der Schattenseite eines Eisbergs, doch sie saß putzmunter in ihrem Unterhemd da, vom Wind gepeitscht, und holte das Letzte aus den Pferden heraus. Sie wollte anscheinend irgendwie auf den Lastwagen springen, aber jedesmal, wenn sie nahe genug heran war, schwenkte er zur Seite.

Und jetzt kam noch mehr Stoff für seine Todesanzeige. Zwei Wagen waren wie aus dem Nichts hinter ihnen aufgetaucht, und die Luft wurde bleihaltig. Morty schaute zurück und sah, daß vier Waffenläufe in seine Richtung zielten. Mit einem Schrei duckte er sich und hoffte, die Kugeln würden über ihn hinwegzischen und eines der abtrünnigen Pferde treffen. Statt dessen fuhr die Frau in dem Unterhemd herum und gab einen kurzen Feuerstoß auf die Wagen ab. Dann konzentrierte sie sich wieder aufs Fahren und lenkte den Schlitten wieder näher an den Tankwagen, damit sich keiner der Wagen zwischen sie schieben konnte.

»Tut mir leid, Santa«, rief sie im Fahrtwind. »Regierungsagenten hinter uns. Verschwörung auf hoher Ebene.«

Er nickte bis fast zu seinen Zehenspitzen. »Scheißregierung. All diese Jahre hatte ich recht.«

Sie übergab ihm die Zügel. »Weich ein wenig nach links aus und laß einen der Wagen aufholen.«

Er nahm die Zügel, und es war ihm gleichgültig, ob er jetzt die Pferde oder einen Stealth Bomber lenkte. »Hast du eine Ersatzwaffe?«

Sie schenkte ihm ein Lächeln. »Vielleicht beim nächsten Mal.«

Was sie dann tat, war schon ziemlich erstklassig, und Morton Brown, der in Zukunft eine Berühmtheit in Niagara war, würde auch nicht zögern, es jedermann zu erzählen, der es hören wollte. Die Lady wartete, bis der Regierungswagen neben dem Schlitten war, sprang vom Schlitten auf das Wagendach, feuert zweimal durch das Dachblech, während sie sich darauf überschlug, und sprang hinüber auf das verchromte Trittbrett des Tankwagens. »Das Irreste, was ich jemals gesehen habe«, würde Morty jedem erzählen. »Diese beiden Bastarde von der Regierung bekamen, was sie verdienten: ein Loch in den Kopf. Und als der von Leichen gefahrene Wagen zurückfiel, rammte er den anderen von der Straße. Mit anderen Worten, die kleine Lady erledigte zwei Wagen und vier Leute von der Regierung, während sie einfach vom Schlitten sprang.«

Aber er wußte nicht – und Charly ebenfalls nicht –, daß einer der Querschläger bei der ganzen irren Sache den Tanker in eine Leitung traf. Und die führte zu den Bremsen, und binnen vierzig Sekunden schoß das meiste der Bremsflüssigkeit in einer Fontäne in die kalte Nacht, aber niemand bemerkte es bei dieser wilden Verfolgungsjagd. Viele Leute kehrten nach diesem aufregendsten Weihnachtsumzug zu ihren Wagen zurück und dachten, daß irgendein idiotischer Spaßvogel ihn mit irgendeinem rötlichen Öl bespritzt hätte.

11

Mr. Perkins, auf dem Rückflug nach D. C. in seinem Hubschrauber, döste vor sich hin, bis ihn der Pilot anstieß und auf seinen Kopfhörer tippte, um Perkins zu informieren, daß eine Nachricht über Funk für ihn reinkam. Perkins gähnte und schüttelte sich. Er war hundemüde, so müde, daß er in einem fliegenden Hubschrauber schlafen konnte, der genug Lärm machte, um die gesamten Vereinigten Staaten unter sich aufzuwecken.

»Perkins«, meldete er sich schläfrig, nachdem der Pilot ihm das Mikro gereicht hatte.

»Timothy hier. Leland, Baltimore ist in Niagara und verfolgt den Tankwagen.«

Perkins wurde blaß. Charly hatte – überlebt?

Er war dumm gewesen, geglaubt zu haben, daß sie erledigt gewesen war. Er hatte Timothy vertraut, und der hatte versagt. Jetzt stand seine Zukunft auf dem Spiel. Charly kannte die Spielregeln, auch nach all diesen Jahren noch. Nur waren es jetzt geänderte Regeln: Charly Baltimore bestimmte sie. So war sie eben. Und sie war wieder da.

Er stieß den Piloten an und wies müde mit dem Daumen über die Schulter. Der Pilot zog den Hubschrauber in eine steile Kurve zurück, daß Perkins der Magen gegen die Leber rutschte. In seinem Kopfhörer knackte es, und dann ertönte eine neue Stimme. »Mr. Perkins? Darf ich auf dieser Frequenz sprechen?«

»Nur zu«, sagte er müde.

»Okay. Anweisungen, Sir?«

Er dachte nach. »Erfüllt Eure Mission?«

»Jawohl, Sir, Mission erfüllen.«

Das war alles.

Perkins preßte die Fingerspitzen an die Schläfen und stöhnte. Dann richtete er sich auf und tippte dem Piloten wieder an die Schulter. »D. C.«, sagte er.

Der Pilot nickte und flog wieder in eine Kurve auf den alten Kurs. Perkins' Magen rutschte zur anderen Seite. Er senkte den Kopf, damit er nichts außer Dunkelheit sehen mußte. So hatte er es auch immer in seiner Schulzeit gemacht, wenn sich nach drei Glas Bier alles vor seinen Augen gedreht hatte und er sich hätte übergeben müssen, wenn er nicht den Kopf gesenkt und die Augen geschlossen hätte. Sogar zu den denkwürdigsten Zeiten, manchmal auch auf dem Schoß seiner Freundinnen.

Sonderbar, daß er immer noch nicht verheiratet war.

12

Charly war auf dem Trittbrett des Tankwagens gelandet und fand festen Halt am Rückspiegel und Türgriff.

Sie überließ Santa Claus mit dem Schlitten seinem Schicksal, riß die Tür auf, so weit es der Wind erlaubte, und der Kopf des Fahrers ruckte in panischer Angst herum, während sie auf den Beifahrersitz rutschte. Sie griff nach dem riesigen Lenkrad, riß ihm die Baseballkappe vom Kopf, wies mit dem Daumen nach rechts, und der Mann stieß in seiner namenlosen Furcht die Tür auf und sprang Hals über Kopf in den Straßengraben.

Ihr Verhalten war diesmal ganz anders, als sie es von sich selbst gewohnt war. Sie hätte den Kerl in zwei Hälften schießen können, aber sie hatte es nicht getan. Henessey hätte diese Barmherzigkeit gemocht. Schieß auf die Schulter, hatte er beim Farmer's Pond noch gesagt. Diesmal hatte sie gar nicht geschossen. Ein Geschenk für den besten Privatschnüffler, den es je gegeben hatte. Den verdammt besten.

Jetzt war es an der Zeit, Caitlin herauszuholen – aber nicht hier. Charly bog scharf nach links in eine Seitenstraße, wollte sich von der Straße absetzen. Alle achtzehn Reifen quietschten protestierend. Caitlin würde jetzt in der Box bestimmt ganz schön durchgerüttelt, aber sie war ein hartes Mädchen, schon immer gewesen, und sie war gewiß nicht so verrückt, die gelbe Tür bei voller Fahrt aufzustoßen und herauszuspringen.

Charly gab Gas, bis etwas vor ihr auftauchte und sie veranlaßte, den Fuß vom Pedal zu nehmen. Wieder der verdammte Weihnachtsumzug. Sie war im Kreis gefahren. Beirut, Moskau, Los Angeles, no problemo, Señor. Aber hier in der Innenstadt von Niagara verlor sie die Orientierung. Das also können acht Jahre Ferien bei einem Mädchen bewirken.

Verdammt, keine zwanzig Meter vor ihr war eine weitere Straßensperre aus gelben Sägeböcken, und andere Festwagen zogen über diesen Kurs, diesmal mit der Königin des Umzugs und ihrem Gefolge aus hiesigen Schönheiten. Charly raste hupend darauf zu, gab wieder Gas. Die Queen wandte den Kopf, und ihr Gesicht verzog sich vor Entsetzen. Sie stieß einen Schrei aus, den Charly allerdings bei dem Röhren der Motoren nicht hören konnte. Weitere Köpfe ruckten herum, und jetzt endlich sprangen alle Passagiere vom Festwagen und verschwanden von der Straße.

Der Festwagen war eine Konstruktion mit drei Rädern, dekoriert mit weißen und gelben flatternden Bändern, die wie ein gigantischer Kuchen auf einem Anhänger mit offener Ladefläche thronte. Normalerweise wurden auf dem Anhänger Heuballen transportiert.

Die Schnauze des Tankwagens stieß wie eine etwas zu langsame Rakete in den Festwagen, riß dabei alles auseinander und teilte den Anhänger in zwei Hälften. Eine Explosion von weißen Bändern flatterte über die Windschutzscheibe und verschwand dann. Charly erlaubte sich ein schnelles Aufatmen der Erleichterung, schaltete höher und donnerte aus der Stadt.

Die Straßen vor ihr waren anscheinend alle verlassen. Gottlob, denn sie hatte keine Ahnung, wie heiß die explosive

Mischung im Tank hinter ihr bereits geworden war, sie mußte sich da ganz auf Henesseys Wort verlassen: zwanzig Minuten. Fünf, vielleicht zehn davon waren bereits vergangen, und Caitlin war immer noch an Bord in der großen gelben Werkzeugbox, von der Charly einen Teil im linken Außenspiegel sehen konnte. Aber es waren keine Regierungswagen mehr hinter ihr her, und voraus wies ihr ein grünes Schild den Weg aus der Stadt und zur Ausfahrt nach Kanada im Norden. Vielleicht eine Atempause? Ein Augenblick in ihrem neuen Leben, in dem nicht alles knüppeldick auf einmal auf sie einstürmte?

Was soll's, sagte sie sich. Sie hatte ohnehin nicht mehr viele Möglichkeiten. Sie drehte das große Steuerrad nach links und röhrte an dem Schild vorbei zur Zollstation, die die USA von Kanada trennte.

»Halt durch, Caitlin«, flüsterte sie. »Mom holt dich raus.«

13

Timothy und sein Fahrer versuchten alle Geschwindigkeitsrekorde zu Lande zu brechen. Daß Charly Baltimore alles tun würde, damit der Tankwagen nicht in Niagara explodierte, das war nicht das Wichtigste für Timothy; daß sie nicht in dem Kühlraum erfroren war, spielte auch keine Rolle mehr. Er wurde nur von dem Gedanken getrieben, ein paar Kugeln in sie hineinzupumpen, um zu sehen, ob das Weib auch *das* überlebte.

Das Funkgerät meldete sich, und er nahm das Mikrofon und meldete sich.

»Teamleiter der Spitzengruppe, Sir. Sie hat den Wagen und fährt aus der Stadt.«

»Wie soll ich das verstehen, sie hat den Wagen?« fragte er entgeistert. »Wie, zum Teufel, kann sie den Wagen haben?«

»Sprang vom Schlitten und schoß mich und Herb schlimm zusammen. Ich glaube, ich sterbe.«

Timothy knirschte mit den Zähnen. »Stirb weiter«, schnarrte er. »Over.«

Er klatschte das Mikrofon in die Halterung. »Streich Niagara, such eine Straße, über die sie die Stadt wieder hat verlassen können!«

»Jawohl, Sir«, erwiderte der Fahrer.

Timothy blickte auf die Temperaturanzeige an seiner Uhr: zweihundertvierundsechzig Grad Celsius. Aus einem Impuls heraus zog er sein Schnappmesser aus der Tasche; er trug es seit seinem sechzehnten Lebensjahr bei sich. Er ließ die Klinge herausschnellen, die jetzt matt im dahinjagenden Licht der Straßenlaternen aufblitzte. »Ich schneide ihr die Augen raus«, murmelte er vor sich hin. »Ich schneide dem Weibsstück und dem verdammten Gör die Augen raus. Und dann erst benutze ich die Kanone.«

Das klang wie ein Plan. Aber zum ersten Mal seit seiner Begegnung mit Charly Baltimore in der Bahnhofskneipe wurde ihm klar, mit wem er es zu tun hatte. Mit einer Frau, die mehr Tricks als jeder Zauberkünstler auf Lager hatte, einer Frau, die mehr Leben als eine Katze hatte und Leute wie ihn jederzeit umlegen konnte, wenn sie das wollte.

14

Voraus war eine Mautstation, und Charly hatte kein Münzgeld. Ein Schild warnte davor.

BRÜCKEN-MAUTSTATION
Linke Spur
KANADA

Mehrere kanadische Polizeifahrzeuge parkten planlos bei der Station. Charly entschuldigte sich im Geiste und bog rechts auf eine Nebenstraße. Abermals quietschten die Reifen, aber was sollte es, dieser Wagen hatte achtzehn Stück, die bestimmt nicht alle gleichzeitig einen Platten bekamen. Auf der Straße waren lange Eisstreifen, der Wagen geriet ins Schlingern, vor allem das Heck, und Charly sah im Spiegel die roten und gelben Begrenzungsleuchten hin und her schwanken. Sie sah ebenfalls die gelbe Werkzeugbox, in der Caitlin war. Die Kleine hatte inzwischen vermutlich jede Menge blaue Flecken und Beulen.

Charly tippte auf die Bremse, runzelte die Stirn und trat dann fester aufs Bremspedal. Sie nahm eine Bewegung im rechten Außenspiegel wahr. Irgendeine Flüssigkeit spritzte irgendwo heraus. Schlieren davon überzogen bereits den glänzenden Tank.

Bremsflüssigkeit. Der Wagen ließ sich nicht mehr abstoppen, obwohl sie das Bremspedal bis zum Boden durchtrat. »Das ist nicht fair«, stöhnte sie, und dann wurde ein Aufschrei daraus. »Das ist verdammt *unfair*!«

Sie nahm voraus einige neue interessante Dinge mit ihren müden Augen wahr. Die Straße führte in einer Linkskurve auf eine Brücke über den Niagara River, wie es aussah. Alles in allem eine gewundene Straße, die hügelabwärts führte, allerdings kein Problem für einen guten Fahrer darstellte, abgesehen von den Eisflächen. Doch die meisten Leute fuhren auch keinen achtzehnrädrigen Tankwagen mit defekten Bremsen.

Sie testete die Bremsen ein letztes Mal. Nichts zu machen, und der Tankwagen wurde durch das Gefälle auch noch schneller. Sie wischte sich das verschwitzte Haar aus der Stirn und zuckte zusammen, weil ihr rechtes Handgelenk noch schmerzte, dessen Haut bei dem Abenteuer mit dem Wasserrad aufgerissen und abgeschürft worden war. Ironie des Schicksals, daß sie das überlebt hatte und dies hier nicht.

Das war der Augenblick, in dem Zorn in ihr aufstieg. Vielleicht war das der Grund, weshalb sie in ihrem Job überlebt hatte – weil sie stets so gottverdammt zornig war.

Sie glaubte, ihren Vater zu hören.

›*Wieviel haben sie dir gezahlt?*‹

Irische Terroristen. Ein vierzehnjähriges Mädchen, das hoffnungslos verliebt war. Eine zusammengeknüllte Zeitung, die das Sicherheitsfenster offengehalten hatte. Eine Beerdigung, ihr Vater, das Gesicht im Sterben zu einer steinernen Grimasse gefroren. Und seine letzten Worte hatten gelautet: ›*Wieviel haben sie dir gezahlt?*‹

Nichts hatte man ihr gezahlt. *Sie* hatte bezahlt. Und sie bezahlte jeden Tag.

Es war an der Zeit, das zu beenden. Sie fand die Schachtel Zigaretten und Streichhölzer. Die Kurve der Straße war anscheinend noch ein Stück entfernt, Zeit genug, um einen Sargnagel anzuzünden. Dort, wo die eisbedeckte Kurve begann, stand ein kleines Gebäude aus Schlackenstein, vermutlich eines der Nebengebäude des Wasserkraftwerks, zu dem der Staudamm gehörte. Wenn dieses Gebäude dort nicht gestanden hätte, dann hätte sie den Tankwagen vielleicht bis zur nächsten Biegung lenken können, aber das sollte nicht sein.

Das Gebäude schien ihr in den letzten Sekunden schnell entgegenzuwachsen, bis sie die einzelnen Steinblöcke zählen konnte. Sie klammerte sich am Lenkrad fest, zog den Kopf ein – und der Tankwagen donnerte durch das Gebäude, ohne dabei außer Kontrolle zu geraten.

Sie hob den Kopf wieder, als die Rückwand und Rohre und Apparaturen in die Luft gerissen wurden wie von einem Tornado, und viele der Trümmer knallten gegen die Windschutzscheibe und schlugen dort sternförmige Krater. Guter Wagen, dachte sie. Zuverlässiger Wagen. Der beste Tankwagen der Welt.

Als die Trümmer davonflogen, und sie wieder etwas sehen konnte, empfand sie ein Kribbeln im Bauch, als führe sie Achterbahn. Der Grund wurde klar: Das demolierte Gebäude war an einem Hügelhang errichtet worden. Der Tankwagen war bereits in der Luft, flog fast graziös, und der Tankteil wedelte hin und her in Zeitlupe wie der Schwanz eines silbernen Fisches. Dann setzte er wieder auf. Hart.

Beide Vorderräder platzten knallend, und die Windschutzscheibe ging zu Bruch. Glaskrümel flogen in die Fahrerkabine wie geschliffener Hagel, aber der Tankwagen krachte nach dieser kurzen Umleitung auf die gleiche vereiste Straße hinab, die er gerade erst verlassen hatte. Sie konnte sich nicht mehr am Lenkrad festhalten und wurde gegen die Tür auf der Beifahrerseite geschleudert, von der sie zurückfederte wie die Kugel eines Flippers.

Der Anhänger krachte auf den Boden und legte sich nach rechts, als weitere Reifen explodierten, und er riß dabei das Führerhaus mit. Charly schrie auf, als die ganze Chose ins Kippen geriet und sich wie zögernd zur Seite legte. Ihr einziger Trost war, daß Caitlin auf der linken Seite war, die sich jetzt oben befand. Das Geräusch beim Aufprall war eine heulende, kreischende Melodie aus den finstersten Regionen der Hölle.

Der Tankwagen rutschte immer noch mit ungefähr Tempo sechzig über die Straße, und der überhitzte Inhalt verwandelte das Eis sofort in Dampf. Charly mühte sich ab, um herauszukommen, versuchte die Tür aufzuschieben wie die Luke eines U-Boots. Obwohl die Welt zu einer verrückten Karnevalsveranstaltung geworden war, sah sie voraus das Scheinwerferlicht eines Wagens, das den Dampf zu durchdringen versuchte, und sie hoffte, daß es kein Wagen voller Kinder war. Konnte der Fahrer den rutschenden Tankwagen durch all den Dampf überhaupt sehen? Sie versuchte zu hupen, doch es gab anscheinend keine Hupe mehr. Zur Hölle damit.

Das Scheinwerferlicht näherte sich. Als der Fahrer bremste, war es bereits zu spät; der Wagen schleuderte und tauchte aus den Dampfwolken als dunkelgrüne Limousine auf. Kurz bevor er mit der Seite in den Tankwagen krachte, sah Charly ein Gesicht in dem Chaos: Timothy.

Der Fahrer starb sofort bei dem Aufprall, daran gab es keinen Zweifel. Charly, immer noch in dem rutschenden Tankwagen, mühte sich vergebens ab, um Timothy im Wrack der grünen Limousine zu sehen, das davongeschleudert wurde und durch ein Baugerüst donnerte. Dann kümmerte sie sich wieder um ihre eigenen Angelegenheiten.

Die Niagara-Brücke und das Kraftwerk kamen in Sicht. Da war eine kleine Baracke, in der vielleicht ein Nachtwächter das Gebiet beobachtete, um Vandalen fernzuhalten; sie sah für einen Sekundenbruchteil eine blaue Uniform, bevor der Tankwagen die Baracke in Kleinholz verwandelte.

Dann war die Rutschpartie vorüber. Mitten auf der Brücke, mit einem Schwanz von Trümmern hinter sich, blieb der Tankwagen liegen, zischend und stöhnend wie ein verendetes Tier.

Charly stieß die Tür auf und kletterte hinaus. Sie fühlte sich so demoliert wie der Tankwagen und rang um Luft. Sie sah auf dem Bauch des Tankwagens eine Temperaturanzeige. Zweihundertachtzig Grad. Was hatte Henessey gesagt? Dreihundertzwölf Grad, und dann flog der Wagen in die Luft?

Dann blieb noch Zeit. Charly verharrte auf der Straße und spähte noch einmal zu dem dunkelgrünen Autowrack. Sogar aus dieser Entfernung konnte sie erkennen, daß die Tür an der Beifahrerseite offenstand. War Timothy herausgeschleudert worden. War er verletzt? Tot?

Als sie sich abwandte und nur daran dachte, Caitlin zu befreien, schoß ein Gucci-Schuh aus dem Nichts und traf sie hart im Gesicht.

Es war Timothy, und er war offensichtlich in noch schlimmerer Stimmung als zu dem Zeitpunkt, als er sie in den Kühlraum eingesperrt hatte. Charly erkannte, während sie sich schwankend aufrappelte, daß dies der Showdown mit dem Vater ihres Kindes war. Nur ein Elternteil würde überleben.

Und sie war überhaupt nicht in der Verfassung, dieser Elternteil zu werden.

15

Sogar auf halbem Weg nach Washington konnte Perkins verfolgen, was in Niagara im Gange war. Er wußte, daß Charly jetzt den Tankwagen hatte. Er wußte, daß zwei weitere seiner Männer tot waren. Und er wußte, daß Timothy sie verfolgte. Und er ahnte, daß er das vermutlich mit dem Leben bezahlen würde. Timothy hatte Charly Baltimore unterschätzt. Und er, Perkins, hatte sie ebenfalls unterschätzt.

Im Augenblick sprach er über Funk mit seinen Bodentruppen und versuchte, Ordnung in das Chaos zu bringen. »Achtung, an alle Einheiten: Der örtlichen Polizei ausweichen, das hier ist Regierungssache. Keine Einmischung dulden.«

Er überlegte, wie er sich von dieser Katastrophe distanzieren und in Washington als Saubermann zeigen konnte. Aber war der Schaden überhaupt noch zu beheben? Er stand bereits auf der schwarzen Liste des Präsidenten. Seine einzige Hoffnung war, all das irgendwelchen Terroristen in die Schuhe zu schieben. Oder Charly zu einer Abtrünnigen zu stempeln. Er sprach wieder in das Mikrofon. »Alle sich einmischenden Parteien werden informiert, daß Charlene Baltimore eine Landesverräterin ist. Eine Terroristin, die eine Bedrohung für die Bevölkerung der USA darstellt. Sie muß gestoppt werden. Ende der Durchsage.«

Das Ende. Er nahm geistesabwesend den Kopfhörer ab und ließ ihn zu Boden fallen. Mit dieser Situation konnte er fertig werden. Der Schaden könnte auf ein Minimum beschränkt werden, und die Wogen würden sich schließlich legen. Perkins konnte es schaffen. Es würde eine Zeitlang ein rauher Wind wehen, aber er konnte es schaffen.

Aber nicht, wenn Charly Baltimore die Sache überlebte.

16

Showdown.

Charly war noch ganz schwindelig von dem Tritt ins Gesicht, und in ihren Ohren klang ein hohes, stetiges Summen. Sie versuchte sich zu erinnern, wo ihre verdammte Waffe war. Was war es überhaupt gewesen? M 16? M-1911A1? Vielleicht eine Uzi, eine ihrer Lieblings-9mm-Waffen? Egal. Timothy war genauso unbewaffnet wie sie.

Er lachte kurz auf. »Du bist in die Jahre gekommen«, sagte er. Über ihm funkelten die Lichter des Kraftwerks. Dampf wehte an ihnen vorüber, und Schnee setzte zögernd ein, während unter ihnen das Wasser des Staudamms toste. »Deine Muskeln haben sich nicht vom Kaiserschnitt erholt, wette ich. Die Ärzte mußten meine Tochter aus dir rausschneiden, habe ich recht?«

Sie erhaschte einen Blick auf ihre Waffe, eine Heckler & Koch-MP 5, die wie weggeworfen in ihrer Nähe lag. Sie spannte sich an, schnellte darauf zu. Aber Timothy war schneller und griff danach. Sie prallten zusammen, und die MPi schlitterte über die Straße, rutschte in einen Schacht hinter ein offenstehendes Gitter und verschwand darin. Charly hörte sie auf etwas aufklatschen. Das war kein Wasser, vielleicht Holz.

Charly sprang auf, und sie beide wichen voneinander zurück und belauerten sich. Sie nickte zum Tankwagen hin. »Wieviel Zeit?«

Er schaute auf seine Uhr. »Sechs Minuten, ein paar Sekunden mehr oder weniger. Aber auf mich wartet ein Hubschrauber, und ich habe keine Zeit zu vergeuden.«

»Dann laß dich nicht aufhalten.«

Er zog ein Schnappmesser aus der Hosentasche. Mit einem Klicken sprang die blitzende Klinge heraus.

»Ach du meine Güte«, sagte Charly. »Du hast nur einen Zahnstocher?«

Er grinste hämisch. »Du wirst ihn zu spüren kriegen, du Nutte.« Er duckte sich, nahm die Haltung eines asiatischen Kampfsportlers an und wechselte das Messer von einer Hand in die andere. Wie der jetzt tote Knabe beim Motel, dachte sie.

Sie nahm die Abwehrhaltung ein, die sie gelernt hatte, aber sie schwankte, und sie hatte Mühe, schnell genug zu blinzeln. Müdigkeit, Mangel an Training, ein Körper, dem sie mehr zugemutet hatte, als er verkraften konnte. Und ihr Alter – sie war nicht mehr das Energiebündel von früher, sie war eine Mutter in mittleren Jahren, eine Lehrerin mit völlig falschen Zeugnissen und Empfehlungsschreiben, eine Frau mit breit werdendem Hintern und der allmählich nachlassenden Puste eines Nichtrauchers, der in ein Raucherzimmer kommt.

Mit einer schnellen Bewegung schnallte sie ihren Gürtel auf, zog ihn aus den Schlaufen ihrer Jeans und schlang ihn um ihre Hand. Ein Instinkt, nicht mehr, eine Entscheidung, die noch nicht nötig war. »Sieh mal«, sagte sie zu Timothy und zuckte zusammen, weil ihre Rippen schmerzten wie angeknackst oder gar gebrochen. »Sie ist erst acht Jahre alt. Sie ist ein süßes kleines Mädchen und verdient es, zu leben.«

Seine Augen verloren den Glanz, als hätte jemand einen der Lichtmasten über ihm ausgeschaltet. »Sie stammt von mir«, sagte er. »Sie ist verdammt wertlos.«

Er sprang auf sie zu, stieß mit dem Messer nach ihr. Sie versuchte sich wegzudrehen, doch er war schneller, packte ihren Arm mit beiden Händen und riß sie hoch. Sie flog durch die Luft und landete rücklings auf der zerknautschten Kühlerhaube des Tankwagens. Ohne auch nur eine Sekunde zu verlieren, stürzte er sich auf sie und stieß wieder mit dem Messer zu. Sie drehte das Gesicht blitzschnell zur Seite, und die Klinge schrammte über den unteren Rahmen der Windschutzscheibe, daß Funken flogen. Sie krümmte sich, holte mit den Füßen aus und trat ihn mit aller Kraft von sich. Er flog zurück und schlug mit dem Rücken auf die Betonstraße, rutschte über die vereiste Fläche, aber er rappelte sich sofort wieder auf.

Charly wollte die Gelegenheit nutzen, lief zur Werkzeugbox, um Caitlin zu befreien, doch Timothy war einfach zu schnell für sie.

Charly fuhr herum, als er auf sie zusprang, schlug ihm den Ellenbogen ins Gesicht und ließ ihre Handkante auf seinen Messerarm krachen. Das Messer flog davon. Er jaulte vor Schmerz und Überraschung auf und wich zurück.

»Keiner schlägt Timothy«, keuchte er, und die Wölkchen seines Atems wurden vom Wind fortgetrieben. »Ich habe dich beim letzten Mal fertiggemacht, und ich mache dich auch jetzt fertig.«

In ihrem Kopf hämmerte es immer noch, und ihr Körper schien an hundert Stellen zu schmerzen, doch sie setzte ein Grinsen auf. »Ich habe es dir schon gesagt, Timmy. Ich werde zuschauen und dich schreien hören, während du stirbst. Verlaß dich drauf.«

Er kicherte, dann schrie er: »Okay, jetzt reicht's. Jetzt ist Sense!«

Er war schneller bei ihr, als sie reagieren konte. Das war ihr in ihrer ganzen Laufbahn noch nie passiert. Er drosch die Faust in ihre Magengrube, grinste ihr ins Gesicht – sein Atem verriet ihr, daß er Kirschbonbons gelutscht hatte – und schleuderte sie zur Seite, als wäre sie eine Kinderpuppe. Sie rutschte über die Brücke und in den Schacht mit dem offenstehenden Gitter, der im Tosen des Wassers unter ihr wie ein Tor zu einem Fluß ohne Wiederkehr wirkte.

Im Reflex klammerte sie sich am Rand des Gitters fest, fing ihr Gewicht ab und hing dann mit pendelnden Füßen da.

Timothy trat auf sie zu, neigte sich zu ihr hinab und

lächelte. »Wie ich schon sagte, ich habe dich schon mal fertiggemacht. Und dich gefickt. Dich gefickt, wie ich es wollte.« Er ging in die Hocke und schlug ihr auf die Fingerspitzen. »Ich sage nur ungern Lebewohl.«

Sie schaute ihm in die Augen. »Dann halt die Schnauze!«

Er hätte fast gegrinst. Doch dazu kam er nicht mehr. Charlys Gürtel war immer noch um ihre linke Hand geschlungen, sie löste sie vom Gitterrand, hielt sich nur noch mit der rechten fest, wirbelte den Gürtel von der linken und schlug damit wie mit einer Peitsche.

Und diese Peitsche schlang sich um Timothys Unterarm, spannte sich, bevor er reagieren konnte; der Gürtel würde sich im nächsten Moment von selbst wieder von seinem Arm wickeln, doch Charly reagierte verdammt schnell, riß mit aller Kraft, die sie noch aufbringen konnte, und es reichte, um ihn hinabzuziehen.

Sie stürzten beide in die Tiefe, Timothy zu sehr Profi, um zu schreien, und Charly zu sehr Profi, um einen Schrei zu erwarten. Noch war keiner von ihnen tot; zu schreien, das war verständlich, wenn der Tod mit seinen kalten Klauen nach einem griff, vorher jedoch nicht.

Stumm stürzten sie dem eisbedeckten Fluß unterhalb des Staudamms entgegen, drehten sich miteinander in einem makabren Tanz und versuchten dabei, einander zu töten. Charly erhaschte einen Blick in die Tiefe. Ein Fluß? Ein reißender Wasserabfluß aus dem Damm? Dort unten war nichts als etwas Graubraunes, vielleicht Beton.

Timothy landete als erster. Holz splitterte, und dann prallte Charly in einer Fontäne aus Splittern neben ihm auf. Ein Gerüst hatte sich um den Damm erstreckt und ging jetzt in Stücke. Mehrere Ebenen, zwei, drei. Charly rollte sich nach links und klammerte sich mit beiden Händen an einem der Stützkabel fest, und als das Holz unter ihr nachgab, und ihr Gewicht mit einem Ruck nur noch an dem verletzten Handgelenk hing, schrie sie fast vor Schmerz auf, doch sofort preßte sie die Lippen aufeinander, um den Schrei zu ersticken.

Kein Laut mehr, nichts mehr für diesen Bastard, wenn sie es verhindern konnte.

Der Atem dampfte vor ihrem Gesicht, und die Wangen waren kalt wie gefrorene Rosen. Sie sah, daß Timothy durch die Plattform gebrochen, jedoch mit dem rechten Fuß hängengeblieben war: Der Fuß mit seinem Hundert-Dollar-Schuh klemmte in einem Riß, der sich durch den Rest der Plattform zog.

Sie wollte ihm ihren Haß entgegenbrüllen, als über ihr etwas polterte. Verzweifelte Hoffnung erfüllte sie: Caitlin war aus der Werkzeugbox gebrochen und lief davon. Statt dessen war es ihre Heckler & Koch-MP 5, die zuvor auf einer höheren Ebene des Gerüsts hängengeblieben war und jetzt auf der Reise zum Fluß herunterpolterte, fast in ihrer Reichweite.

Fast.

Doch es war Timothy, der sie sich schnappte. Er hängt mit dem Kopf nach unten und schnappt die MPI, nicht ich, sondern er, durchfuhr es Charly. Er mußte jetzt verdammt großes Vertrauen in Gucci-Schuhe haben, denn nur noch damit hing er in dem zersplitterten Holz fest, unter ihm der tosende Abgrund. Nichts sonst trennte ihn von dem sicheren Tod, es sei denn, ein zufälliger Windstoß blies ihn auf eine der anderen Ebenen des Gerüsts unter ihm. Er vertraute auf diese unwahrscheinliche Möglichkeit und einen italienischen Schuh. Unmöglich.

Timothy schwang nun die MP 5 hoch, richtete sie auf ihr Gesicht, und für einen Sekundenbruchteil starrte sie angsterfüllt und zugleich fasziniert auf die Mündung; es kam selten vor, auf der Empfängerseite zu sein – meistens war sie am Abzug solch einer Waffe. Ihr Blick zuckte in die Tiefe. Unterhalb und zur Linken hing ein anderes Gerüst, eigentlich nur ein Laufsteg, aber mit Sicherheitsgeländer. Zu weit zur Linken, um es erreichen zu können, und das einzige andere unter ihr waren die steil abfallende Wand des Damms und die Fluten eiskalten Wassers, die aus Abzugsöffnungen schoßen. Der Atlantische Ozean war nur ein paar Kilometer entfernt, und sie nahm an, daß sie schließlich an den Strand gespült werden würde.

Die Chancen waren gering. Es sei denn …

Sie ließ das Stahlseil los, als er feuerte, raste auf ihn zu, packte die MP 5 und den Arm, mit dem er sie hielt. Es mußte aussehen, als sei sie Tarzan, nahm sie an, als sie seinen Arm wie eine Liane benutzte, um sich zu dem Laufsteg zu schwingen. Während sie die Beine um das Geländer schlang, riß sie Timothy mit aller verbliebenen Kraft herunter.

Mit einem Kreischen und dann mit einem Schrei begann er die lange Reise abwärts. Sie drehte die MP 5 und schickte ihm drei Kugeln nach, als er sich überschlagend in die Tiefe stürzte.

Stirb, Bastard!

Dann richtete sie sich mühsam auf und entwirrte ihre Beine vom Geländer, sank mit der MP 5 über den Knien auf den Laufsteg. Sie bekam kaum Luft. Jetzt bemerkte sie, daß sie ein blutiges Loch im Oberkörper hatte. Das erklärte natürlich die Müdigkeit. Aber sie durfte nicht herumsitzen und sterben, sie mußte Caitlin befreien.

Sie richtete sich schwankend auf und torkelte wie eine Betrunkene über den Laufsteg. Immer wieder rutschte sie gegen das Geländer. Hinter ihr war eine Blutspur, und vor ihr gab es ein Gewirr von Gerüsten und Strickleitern. Halb bewußtlos schleppte sie sich hinauf, und oftmals rutschte sie ab oder verfehlte eine Sprosse. Aber sie schaffte es, wie sie es immer geschafft hatte, und dann war sie wieder auf der Brücke und konnte sich immer noch kaum auf den Füßen halten.

Doch sie schleppte sich weiter. Die Temperaturanzeige arbeitete noch, wie ihr das verschwommene rote Licht am Bauch des Tankwagens zeigte. Charly spähte hin, konnte jedoch nicht klar sehen. Andere Lichter, blaue und weiße, spiegelten sich auf dem glänzenden Aluminium des Tankwagens, und sie wandte den Kopf, um nach der Ursache zu sehen.

Streifenwagen, Polizisten. Und jetzt ein sonderbares orangefarbenes Aufblitzen am dunklen Himmel. Eine Leuchtkugel. Ein Hubschrauber kündigte sich mit Rotorengeräusch an und tauchte auf, als die Leuchtkugel erlosch. Die Kavallerie war da. Alle zehn Millionen.

Sie wandte sich ab und wankte zum Tankwagen. Der Helikopter schwebte vorüber. Ein Suchscheinwerfer flammte an der Unterseite auf, gleißend wie ein Sonnenstrahl in eine Höhle fiel. Sie hob einen Arm, um die Augen zu beschatten, und dann sah sie die offene Luke des Hubschraubers, und zwei geduckte Männer darin.

Und einer hob ein Automatikgewehr, feuerte eine Salve auf das demolierte Führerhaus des Tankwagens ab. Charly riß ihre Waffe im nächsten Augenblick nach oben. »Laß mein Kind in Ruhe!« schrie sie und schoß viermal schnell hintereinander. Ein Schrei folgte, und eine der Gestalten verschwand im Hubschrauber. Der andere Schütze taumelte zurück – sie hatte ihn nicht richtig erwischt – und feuerte im Zusammenbrechen eine Leuchtkugel ab.

Charly beobachtete zufrieden, wie die Leuchtkugel wie ein Feuerball durch den Hubschrauber flog, bevor sie die Tür herauspustete. Jetzt gellte wieder ein Schrei. Der andere Typ war in Flammen gehüllt. Er schlug kreischend mit den Armen um sich.

Der Helikopter ging plötzlich tiefer und neigte sich dann zur Seite, um ihn herauszukippen. Sie konnte es dem Piloten nicht verdenken; der brennende Typ an Bord war jetzt nur Ballast.

Aber er war noch nicht tot. Er brüllte auf dem Weg hinab, drosch mit den Armen um sich, schlug wild mit den Beinen, und Funken stoben aus seiner Kleidung wie bei einem Feuerwerkskörper. Einen unglaublichen Moment lang schwebte er tatsächlich über dem Tankwagen, und dann schoß er wieder aufwärts. Charly blinzelte und rieb sich über die Augen. Bungeespringen? Das konnte doch nicht wahr sein!

Er stürzte wieder herab. Im Schein seiner brennenden Kleidung sah sie, daß zwei Flaggen, eine amerikanische und eine kanadische, hoch über den Spitzen der Brücke flatterten. Na prima. Aber was, zum Teufel, hatte das mit dem sterbenden Mann zu tun?

Sein Fall endete ungefähr einen Meter unter den Spitzen der Brücke, und jetzt verstand Charly. Die Brücke war mit Weihnachtsbeleuchtung überspannt, die aber nicht eingeschaltet war. Die lebende Fackel war von den Stromleitungen wie von einem Trampolin abgeprallt, und jetzt hing sie mit Kabeln um die Knöchel da und wippte hin und her, ein menschliches Pendel, dessen Schreie nur allmählich verstummten.

Sie wankte weiter zum Tanker. Mit Mühe entdeckte sie die gelbe Werkzeugbox und stolperte mit weichen Knien darauf zu. »Caitlin!« schrie sie. »Caitlin!«

Der Helikopter verursachte zuviel Lärm. »Halte die Ohren zu!« schrie Charly trotzdem. Sie hob die Waffe und schoß das Schnappschloß der Box auf. Sofort stieß Caitlin den Werkzeugkasten auf. Ihr Gesicht war ein bleiches Oval des Entsetzens. Sie schaute hinab und sah Charly.

»Mommy!«

»Berühr nicht die silbernen Teile!« rief Charly. Sie war kein Genie im Umrechnen von Fahrenheit auf Celsius, aber sie wußte, daß dreihundertzwölf Grad Celsius wesentlich heißer als dreihundertzwölf Grad Fahrenheit sind. Und die Wände des Tankers waren bestimmt nicht mehr als acht Zoll dick.

Caitlin stieß sich vom Rand des Werkzeugkastens ab und sprang. Charly fing sie auf und ging fast auf die Knie. »Lauf jetzt!« keuchte sie in Caitlins Gesicht. »Lauf weg!«

Caitlin begann zu weinen. »Laß mich nicht wieder allein!«

Charly umfaßte liebevoll ihren Kopf mit beiden Händen und drehte ihn zum Tankwagen hin. »Siehst du diese Zahlen? Drei-null-eins? Der Wagen ist eine Bombe, die gleich hochgeht, also lauf. Ich bin gleich hinter dir.«

Charly ließ sie los, doch Caitlin zögerte noch. Charly holte tief Luft und rief: *»Lauf und blick nicht zurück!«*

Da rannte Caitlin los, zum anderen Ende der Brücke, und verschwand in Nebel und Schnee.

Charly schaute ihr nach. Schließlich nickte sie zufrieden: Caitlin würde in Sicherheit sein. Als sie zu Boden sank, wurde ihr erst bewußt, daß sie die MP 5 leergeschossen hatte. Aber sie hatte keine Patronen mehr, hatte nichts mehr. Sie ließ die MPi fallen.

Im Sitzen kippte sie vornüber, und ihr Kopf sank auf den Asphalt. Kein schlechter Tag zum Sterben, dachte sie. Scheiße, Nathan Windeman tot, Mitch tot, Samantha Caine tot, und jetzt war es an der Zeit für Charly Baltimore, sich zu ihnen zu gesellen. Sie war fertig mit allen Überraschungen des Lebens, mit seinen Höhen und Tiefen. Es war besser, einfach zu schlafen.

Und das tat sie jetzt auch, während das Leben aus ihr heraussickerte und sich eine Blutlache unter ihr bildete.

17

Einer der Cops aus Niagara-City war ein Amerikaner mexikanischer Abstammung. Lorenzo Ramirez hatte den amerikanischen Traum für sich und seine Familie wahrgemacht. Keiner seiner Verwandten im Farmland des östlichen Oregon wußte genau, warum er in den Staat New York umgezogen war, und noch weniger Leute konnten verstehen, warum er dort Polizist war. Lorenzo selbst konnte es auch nicht ganz erklären, aber er war in seinen Flitterwochen vor sechzehn Jahren zu den Niagarafällen gekommen, und sie hatten ihm gefallen. Und da er einen Job gebraucht hatte und ihm nichts Besseres eingefallen war, hatte er die Polizeiakademie besucht, das war alles.

Officer Ramirez fuhr mit dem Streifenwagen Nummer N 16 los, als der Nachtwächter des Wasserwerkes anrief. Der

Mann behauptete, ein Tankwagen sei umgekippt und mitten auf der Brücke liegengeblieben. Als Lorenzo dorthin raste, hoffte er, daß das verdammte Ding nicht voller Giftgas oder Atommüll war. Jedesmal wenn etwas Schlimmes in New York passierte, rief seine Verwandschaft ihn an und wollte ihm das Leben dort ausreden. Sie konnte einfach nicht begreifen, daß New York City nicht der Staat New York war.

Als er eintraf, wimmelte die Zufahrt zur Brücke von Autos und Leuten und Streifenwagen. Überall waren Cops in Zivil, geduckt hinter neutralen Dienstfahrzeugen, und sie zielten mit Gewehren und Revolvern auf den umgekippten Tankwagen, der wie ein unschuldiges Opfer wirkte, wie er da so demoliert auf der Seite lag. Lorenzo wollte näher hinfahren, wurde jedoch sofort von einem anderen Polizeibeamten gestoppt.

Er zeigte seine Dienstmarke. Aber, dachte Lorenzo, verdammt, von welcher Polizei war die? Lorenzo sah, daß ein halbes Dutzend Männer auf seinen Wagen zustürmte. Vermutlich doch Atommüll, oder ein Anschlag von Terroristen. Doch das passierte hier, am Rande seines Reviers, und diese Bastarde wollten, daß er sich zurückhielt und zuschaute? Solche Situationen hatte er schon im Fernsehen und im Kino gesehen, aber noch nicht in der Wirklichkeit. Und dann in seinem Bezirk!

Er kurbelte die Fensterscheibe runter, und der Cop bellte ihm Befehle entgegen. »Keinen Schritt weiter! Hier ist die Bundespolizei zuständig!«

Bundespolizei? Hier zuständig?

»Sie scherzen«, sagte Lorenzo Ramirez.

Okay, das war nicht die schlagfertigste Antwort, aber immerhin.

»Kein Scherz. Ein arabischer Terrorist ist auf der Brücke und droht, eine chemische Waffe einzusetzen.«

»Irgendeine Gefahr für meine Stadt?« fragte Lorenzo. »Wird evakuiert?«

»Darum kümmern wir uns schon, *pancho*. Aber im Augenblick betritt niemand diese Brücke. *Comprende*?«

Lorenzo Ramirez *comprendete* ziemlich gut. Er zeigte dem Bundesbeamten einen Vogel. »Du kannst mich mal, du *pinche* – Arschloch!« Und dann wendete er den Wagen und fuhr fluchend davon.

»Schafft mir den Wagen mit dem arabischen Typen her«, rief der Bundesbeamte zu einem der anderen Agenten. »Sofort her damit!«

»Bereits erledigt«, erwiderte der Agent und wies hinter sich.

Der Tieflader traf gerade ein. Er war für Ibn Al Mahroud reserviert, den Terroristen, der all diesen Schlamassel angerichtet haben sollte. Obwohl er friedlich und gefroren im Tieflader ruhte wie ein Eskimokuchen.

18

Timothy lebte noch. Er wußte nicht genau, warum, aber er lebte. Der Niagara-River hatte sein Tempo unterhalb des Staudamms gebremst. Er war wie ein Fisch bis auf den Grund getaucht, hatte ungefähr eine halbe Minute gebraucht, um sich zu orientieren und gerade noch rechtzeitig die Wasseroberfläche durchbrochen, um Luft zu schnappen, bevor er das Bewußtsein verloren hätte. Er war nicht besonders guter Laune, als er Boden unter den Füßen spürte und an Land taumelte, aber er lebte wenigstens. Er blickte durch abgestorbene Zweige nach oben und suchte den Himmel ab, schaute zurück und sah auf dem Damm Lichter und hektisches Treiben.

Er schlug den Kragen seines Hemdes zurück und blies das Wasser von dem winzigen Mikrofon, das dort angebracht war. Es war das gleiche, das er im Bahnhof getragen hatte.

Charly hatte recht in dieser Hinsicht: Wenn was funktionierte, dann war er gleich vernarrt darin.

»Hubschrauber eins«, keuchte er ins Mikrofon. »Ungefähr fünfhundert Meter östlich des Damms an Land. Schaltet den Scheinwerfer an, wenn ihr einfliegt.«

Der Helikopter, der über dem Tankwagenwrack schwebte, neigte sich zur Seite und drehte ostwärts ab, und das grelle Scheinwerferlicht huschte über den Damm und die reißenden Fluten, strich über glitzernde, schaumgekrönte Wellen und dann über die phantastischen Eismuster am Ufer, wo Timothy triefendnaß und mit klappernden Zähnen stand.

Binnen einer Minute hatte der Pilot Timothy und auch einen Platz gefunden, an dem er tief genug zum Boden gehen konnte, um den klitschnassen Agenten an Bord nehmen zu können. Timothy kletterte durch die Türöffnung, kroch über den glatten Aluminiumboden und blieb in einer Wasserlache liegen. Neben ihm lag eine Leiche mit zwei Kugellöchern in der Stirn. Timothy verzog das Gesicht und schob sie aus der Tür.

Der Pilot blickte zu ihm. »Deine Schulter«, rief er.

Timothy setzte sich auf und schaute sie an. Irgendwo hatte er sich die linke Schulter abgerissen, vermutlich an irgendwelchem Schrott auf dem Grund des Flusses. »Scheiß auf die Schulter«, entgegnete er. »Bring mich zurück und halt diese Kiste ruhig. Ich fliege erst weg, wenn ich weiß, daß das Weib tot ist.«

Hinter ihm war ein Waffenschrank. Er nahm eine MP 5 heraus.

19

Caitlin gehorchte nicht, trotz der Worte ihrer Mutter blieb sie stehen und drehte sich um. Sie sah nur Dunkelheit und Dampf, und so rannte sie auf dem Weg zurück, auf dem sie gekommen war.

Und dann sah sie die reglose Gestalt neben dem Tankwagen. Ihre Mutter – tot! »Nein!« schrie sie und lief noch schneller. Sie sank neben der Mutter auf die Knie und rüttelte sie an den Schultern. »Wach auf! Wir müssen weg hier, der Wagen ist eine Bombe!«

Sie schüttelte sie, und ihre beiden kleinen Hände wurden von Blut beschmiert. Aber Charly öffnete jetzt die Augen einen Spalt weit. Sie waren trübe wie die des Häschens, das Caitlin zu Ostern als Geschenk bekommen hatte und das sechs Tage später gestorben war. Da hatte es in seinem Käfig gelegen und blicklos ins Nichts gestarrt, und alle Tränen hatten es nicht mehr lebendig gemacht.

»Wach auf, Mommy! Bitte!«

Nichts. Nur diese trüben Augen mit dem leeren Blick.

Weinend neigte sich Caitlin zu ihr hinab und sprach in ihr Ohr: »Mommy, steh jetzt auf. Hör auf, dich wie ein Baby aufzuführen. Hör damit auf, du bist nicht tot, ich weiß, daß du nicht tot bist, also – steh auf!«

Zeit verstrich. Caitlins Gesicht verzerrte sich vor Wut. Sie schlug mit ihren kleinen Fäusten auf ihre Mutter ein. »Wage es nicht, zu sterben, gottverdammt! Das Leben ist Schmerz, du mußt dich daran gewöhnen, also *steh sofort auf, Mommy*! Das Leben ist Schmerz, also steh auf, du Miststück!«

Charlie blinzelte, und Caitlin zuckte zurück und schnappte nach Luft.

»Mommy?«

Sie atmete lang und zitternd ein, drehte sich und versuchte sich auf Hände und Knie aufzustemmen. Ihre Hände rutschten in ihrem eigenen Blut aus, doch sie versuchte es von neuem.

Caitlin half ihr auf und stützte sie. Sie schwankte, blutiger Speichel hing an ihren Lippen, und ihr Haar war naß und strähnig.

»Ich lebe ...«, murmelte sie benommen. Und dann fiel ihr siedendheiß etwas ein: die Temperaturanzeige. Sie stand auf dreihundertfünf und sprang gerade auf dreihundertsechs. Sie nahm die Szenerie in sich auf. Dutzende Bundesagenten, überall Wagen, beide Seiten der Brücke verbarrikadiert. Und jetzt tauchte der Hubschrauber wieder auf.

Aber es gab noch einen Hoffnungsschimmer – der Nachtwächter, der sich in Sicherheit gebracht hatte, bevor der Tankwagen seine kleine Baracke zu Kleinholz verarbeitet hatte, war so schnell geflüchtet, daß er in der Eile und Aufregung natürlich seinen Wagen vergessen hatte. Wirklich ein Wunder, daß die Karre alles überstanden hatte. Sie wies zu ihm. »Bei drei rennen wir zu diesem Wagen, okay?«

Caitlin schaute hin. »Okay.«

»Ein, zwei ... drei.«

Sie rannten aus der Deckung. Sofort setzte ein wilder Kugelhagel ein, aber nicht von den Agenten, die sich hinter ihre Wagen duckten. Das Feuer kam vom Hubschrauber und trieb Charly und Caitlin sofort zurück in Deckung. Charly duckte sich hinter das Führerhaus des umgekippten Tankwagens und riß das Mikro des Funkgeräts heraus, es war auf 27,1 eingestellt. »Ihr Bastarde haltet mir jetzt diesen verdammten Hubschrauber vom Hals!« brüllte sie hinein. »Ich habe ein Kind hier, meine achtjährige Tochter!«

Die Temperaturanzeige stieg um ein Grad: dreihundertacht. Noch vier Grad, bevor die Brücke und alles darauf in Flammen aufging. Aber sie erhielt eine Antwort: Es war ein Mann namens Harry, Perkins' persönlicher Adjutant.

»Bedaure, Ma'am«, sagte er nüchtern. »Wir haben Ihre Bitte verstanden, aber wir haben uns entschieden, diese Sache zu Ende zu bringen.«

Charly riß mit einem zornigen Schrei das Mikrofon aus dem Funkgerät und schleuderte es fort. Statt in den Fluß zu fallen, klatschte es gegen den verbrannten Mann aus dem Helikopter, an dem immer noch Flämmchen züngelten, der jetzt jedoch in stetigem Ticktack einer Standuhr pendelte. Ein schrecklicher Anblick für Caitlin, aber sie hatte in letzter Zeit viel Furchtbares gesehen.

Und es folgte noch mehr.

20

Harry, dessen wenig origineller Name zu seinem ebenfalls wenig originellen Nachnamen Jones paßte, klinkte das Mikro in die Halterung des Wagens zurück und winkte einen der rangniedrigeren Agenten herbei. Der Mann trottete heran und schob seinen .45er Colt ins Holster. »Sir?«

»Ist alles bereit für den Wagen? Ich denke, wir sollten ihn jetzt vom Tieflader rollen. Der Tankwagen explodiert gleich.«

»Kein Problem, Sir.«

»Ist der Araber noch drin?«

»Nein, Sir.«

Harry Jones runzelte die Stirn. »Warum nicht? Ohne toten Araber haben wir einen stinknormalen Unfall, keinen Anschlag von Terrorismus.«

»Ich werde die Leiche sofort hinter das Steuer setzen lassen.«

»Tun Sie das«, sagte Harry Jones.

Er hätte vielleicht sonst noch etwas in seinem ruhigen und bedächtigen Tonfall gesagt, doch etwas passierte, das seine Worte zu einem überraschten Aufschrei machte. »Was ist denn das?«

Der Wagen, der auf dem Tieflader versteckt war, röhrte auf und donnerte durch die Heckklappe wie eine Apollo-Rakete auf dem Weg zum Mond. Er flog gut zehn Meter durch die Luft, bevor er auf zwei der Regierungslimousinen landete, wobei ihre Windschutzscheiben und seine eigene zerschmetterten. Der Motor drehte so hoch, wie es Detroit bei der Entwicklung niemals geplant hatte, so als hätte jemand einen Bleiklotz auf dem Gaspedal deponiert. Die Reifen qualmten und malten dicke schwarze Streifen auf die Dächer der Fahrzeuge.

Der normale durchschnittliche Wagen, der vom tiefgefrorenen Terroristen namens Ibn Al Rahmoud gesteuert werden sollte, landete jetzt auf dem Asphalt und brauste auf die Brücke zu, und ein gewisser, normaler durchschnittlicher Mitchel Henessey saß am Steuer.

»Es ist dieser verdammte Detektiv!« brüllte jemand, und ein paar Agenten feuerten mit ihren Waffen und löcherten das Heckfenster, aber sie erreichten damit nichts. Wie kann man auch einen Toten töten?

Henessey sah tatsächlich ziemlich tot aus. Und er fühlte sich auch mausetot. Bei dem brennenden Motel hatte er sich auf den Tieflader geschleppt und war auf dem Sitz des Wagens zusammengebrochen. Wartend. Sterbend. Aber er schuldete einer gewissen Charly Baltimore etwas. Sie hatte ihm ein paarmal das Leben gerettet, und Mitch Henessey, der in seinem ganzen Leben nie etwas richtig gemacht hatte, tat es jetzt.

Er drehte den Wagen mit lässigem Schleudern auf die Brücke, verschrammte dabei den meisten Lack auf der Beifahrerseite an dem Geländer, aber es war ohnehin eine miese Farbe. Der Pilot des Hubschraubers, der über dem Tankwagen schwebte, entdeckte ihn und stieß hinunter auf ihn zu. Eine Maschinenpistole hämmerte los, und in ihrem Aufblitzen sah er den Schützen: Timothy.

Mann, er konnte Timothys häßliche Visage nicht mehr sehen.

Der Helikopter flappte laut über ihm und legte sich wieder in die Kurve. Henessey gab Gas, während ihn der Hubschrauber verfolgte. Er blinzelte, und dann sah er sie: das zusammengeschossenste, erschöpfteste menschliche Wesen, das er je gesehen hatte. Caitlin war bei ihr, anscheinend unversehrt.

Er stieg voll auf die Bremse, trotzdem brach die Karre aus, doch das machte nichts. Als der Wagen endlich stand und jede Menge Dampf ausstieß, hob Charly Caitlin wie einen Sack Kartoffeln in den Wagen. Der Suchscheinwerfer des Hubschraubers tastete mit seinem Lichtfinger den Boden ab. Timothy beharkte den Wagen mit MPi-Feuer und löcherte die Motorhaube.

»Fahr!« schrie Charly. »Bring sie in Sicherheit! Er will mich!«

Bevor Henessey etwas erwidern konnte – etwas Nobles wie etwa ›Ich lasse dich nicht im Stich!‹ – rannte Charly los. Henessey wußte, daß sie recht hatte, daß dies Caitlins einzige Chance war. Er nagelte das Gaspedal aufs Bodenblech, der Wagen röhrte schlingernd davon.

Charly blieb stehen, umhüllt von blauen Auspuffgasen des davonpreschenden Wagens und Schneeflocken, die in der Luft tanzten. Oben grinste Timothy auf sie herab, zielte auf sie mit dem Gewehr. Sie bückte sich und hob etwas auf. Timothy ruckte zurück, weil er mit einem Pistolenschuß rechnete – und diese Lady konnte auch noch halbtot zielen und treffen –, doch sie hatte etwas viel Kleineres aufgehoben. Er ließ die MP 5 sinken, kniff die Augen zu Schlitzen zusammen und forderte den Piloten mit einer Geste auf, tiefer zu gehen.

Dann erkannte er, was sie aufgehoben hatte. Sein altes Schnappmesser. Das Weibsstück würde am Ende unbewaffnet sterben, denn kein Messerwurf der Welt konnte den Wirbelwind der Rotoren durchdringen. Lachhaft und unmöglich. Er betrachtete sie zum letzten Mal und legte die MP 5 an. Wirklich mitleiderregend, diese Frau. Im Rotorwind wirkte sie dort unten wie eine Pennerin.

Dann tat sie etwas so Merkwürdiges, daß Timothy seinen Augen nicht traute. Zwischen der nicht eingeschalteten Weihnachtsbeleuchtung und dem Zierrat, mit dem die Brücke geschmückt war, gab es einen großen Plastikkranz, der mit roten Plastikbeeren und vermutlich einigen Weihnachtslichtern geschmückt war, damit den Reisenden, die über die Brücke fuhren, auch wirklich klar wurde, daß Weihnachten nahe war. Timothy haßte Weihnachten. Aber nicht so sehr wie Charly Baltimore.

Sie steckte einen Arm durch den Kranz und schob ihn bis zur Schulter hinauf. Als er da festhing, hob sie die Hand mit dem Schnappmesser. Will sie es zu mir raufwerfen? fragte er sich wieder, während er zielte. Dann kam ihm ein Gedanke, und er schaltete auf Einzelfeuer. Charly war zu erledigt; sie brauchte kein halbes Dutzend Kugeln mehr. Bei Einzelfeuer konnte er ihr eine einzelne Kugel in den Kopf jagen.

Er zielte sorgfältig, drückte ab und war überzeugt, daß er sie endlich ein für allemal erledigen würde.

21

Charly kochte vor Wut. Das Scheiß-Loch in ihrem Oberkörper war inzwischen von geronnenem Blut verklebt, aber zehntausend andere Qualen peinigten sie. Nichts als Schmerz und noch mehr Schmerz. Doch ihr Verstand arbeitete, und sie hatte nichts von Nathans Ausbildung vergessen. Wenn man keine Wahl mehr hat, muß man auf das Nächstbeste zurückgreifen und beten, daß es klappt.

Sie hatte den Arm durch den Plastikkranz gesteckt, Timothys Messer, das sie ihm vor kurzem aus der Hand getreten hatte, in ihrer Faust. Ein Ring von Weihnachtslampen war um den Kranz angebracht, und er wurde von mehreren dicken Drähten in seiner Position über der Brücke gehalten, die viel dicker waren als die Kabel der Weihnachtsdekoration über ihr.

Sie hackte mit Timothys Messer auf einen der Drähte. Zwei Schläge reichten und Charly Baltimore wurde von den Füßen gerissen, und während sie emporschnellte, ruckte der verbrannte Mann, der an einem der anderen Drähte hing, hinunter. Sie hatte eine Art Flaschenzug aus dem Gewirr der Drähte aus Weihnachtsdekoration gemacht.

22

Timothys Mund klappte auf und wieder zu, während er zusah, wie Charly in die oberen Regionen der Brücke schnellte. Charly und der Mann, der zu einer lebenden Fackel geworden war, begegneten sich von Angesicht zu Angesicht, während sie hochstieg und sein größeres Gewicht ihn hinunterzog. Seine verkohlten Überreste umklammerten immer noch die H & K-MP 5, und Charly entriß der gegrillten Leiche die Waffe und ruckte damit herum.

Die MP 5 war glühendheiß. Der Hubschrauber tauchte plötzlich auf, die Türöffnung ihr zugewandt, und sie starrte direkt in Timothys Gesicht. Die heißen Metallteile der MP 5 verbrannten ihre Hände, doch sie schob die Waffe unter ihren Arm – und feuerte.

Ihre Erinnerung war seit Tagen zurückgekehrt, aber ihr war kein einziger Vorfall eingefallen, bei dem sie es so genossen hatte, Kugeln in einen Menschen zu pumpen. Timothy, die Verkörperung von allem, was sie haßte, taumelte unter dem Einschlag der Kugeln zurück. Blut strömte aus seiner Brust und dem Bauch, doch seine Augen spiegelten immer noch Entschlossenheit wider, und er schoß noch ein paarmal sinnlos durch das Dach des Hubschraubers, während er fiel, dann kippte er heraus und verschwand aus ihrer Sicht.

Charly packte ein anderes Kabel und ein zweites und versuchte eine Art Hängematte zu bilden, die ihr Gewicht trug.

Sie zog den Arm aus dem Kranz und ließ sich hinab auf die Kabel, während die Weihnachtslampen zwischen ihren Händen platzten. Schmerzen verspürte sie nicht mehr, darüber war sie längst hinweg.

Timothy war immer noch nicht ganz erledigt, er stürzte hinab und ballerte ins Leere. Er stanzte ein fast dreieckiges Loch in die oben liegende Seite des Tankwagens. Dampf und Rauch stiegen auf. Timothy knallte direkt auf den Tank, drehte und wand sich schreiend, während das Blut aus seinen Wunden auf dem glühendheißen Metall verdampfte. Seine Kleidung fing Feuer, während er brüllte und kreischte.

Charly beobachtete ihn auf ihrem Weg nach unten. »Stirb schreiend, Bastard«, murmelte sie.

Als sie wieder festen Boden erreichte, gaben ihre Beine nach, es wurde dunkel um sie, und sie fiel rücklings in eine Schneewehe.

Etwas riß an ihr. Sie stöhnte, wollte es wegschlagen, doch dann hörte sie eine vertraute Stimme.

»Steh auf. Steh auf, du blödes Weib!«

Sie lächelte. Henessey war zurückgekehrt. Welch ein netter Kerl. Sie ließ sich von ihm hochziehen. Arm in Arm wankten sie zu dem demolierten Wagen. Henessey riß die Tür auf und schob Charly hinein. Caitlin saß auf der Rückbank, sie war mitgenommen. Charly nahm sie in die Arme und wollte Henessey anmotzen, weil er sie wieder in die Gefahrenzone gebracht hatte, aber sie schluckte die Worte herunter. Henessey stieg ein, und Caitlin schrie ihn an: »Schnell! Der Wagen ist eine Bombe!«

»Ja, ja. Sag mir mal was Neues!« Er gab Gas und ließ zwei Spuren Gummi auf dem Asphalt zurück. Charly blickte nach hinten. Ungefähr zehn Regierungswagen versuchten sich eine gute Ausgangsposition für die Zufahrt zur Brücke zu verschaffen, bereits heiß auf die Verfolgungsjagd und mit heulenden Sirenen. Möchtergern-Cops, dachte sie angewidert. Henessey war kein begnadeter Fahrer, sollte vielleicht mal eine Fahrschule besuchen, aber sein Handikap war verständlich. Das Blut strömte nur so aus ihm heraus.

»Hey, du blutest«, sagte sie. Er schaute auf den Sitz. »Ich dachte, das wäre *dein* Blut.«

Sie nickte. »Stimmt, Verzeihung.«

Unterdessen rammte der rechte Kotflügel einen der Lichtmasten, daß die Funken flogen. Caitlin blickte Henessey finster an. »Du bist ein wirklich mieser Fahrer! Wie hast du den Führerschein bekommen?«

»Mit einer Kiste Knallbonbons, Schätzchen.«

Charly blickte durch die Heckscheibe. Sie nahm an, daß die Anzeige des Tankwagens jeden Augenblick auf dreihundertzwölf springen würde. Je nach Sprengstoff, würde die Explosion nur die Brücke zerstören oder gleich alles im Umkreis eines halben Kilometers mit. Aber Perkins' Männer wirkten nicht gerade besorgt – oder wußten sie nicht, daß die Explosion kurz bevorstand? Eine Frage, die vielleicht nur Leland Perkins beantworten konnte.

Sie näherten sich jetzt der kanadischen Seite der Brücke. Wagen standen dort aufgereiht, aber sie versperrten die Brücke nicht, doch jetzt sprangen Dutzende von Männern in die Fahrzeuge. Sie hatten offenbar erst jetzt erfahren, daß Timothys Plan in Flammen aufgegangen war. Ein paar Männer hefteten Rotlichter auf die Wagendächer; die Jungs hatten wohl zu oft Kojak gesehen und freuten sich jetzt auf eine heiße Verfolgungsjagd.

Henessey tat ihnen den Gefallen. Er raste mit hundertfünfzig Sachen und förmlich ohne Bodenhaftung dahin.

Und dann geschah es.

Der Tankwagen explodierte. Charly hatte vieles in ihrem Leben und ihrer Laufbahn gesehen, aber so etwas noch nie. Ein riesiger orangefarbener und roter Feuerball wuchs wie ein Stern empor, der zu einer Supernova wurde. Es ging kein Knall davon aus, noch nicht. Die ganze Brücke wurde zerfetzt. Träger, die über eine Tonne wogen, flogen wie Raketen himmelwärts.

Aber das war nicht alles. Der Anblick brennender Wagen, die durch die Luft wirbelten, verschlug Charly den Atem. Es mußten fünfzig sein, vielleicht sechzig, und alle stiegen auf den Fingern orangefarbenen Feuers in den Himmel. Benzintanks explodierten und machten die Szenerie zu einer spektakulären Lightshow, das beste Feuerwerk, das es je gegeben hatte.

Die Druckwelle traf sie zugleich mit dem Explosionsknall. Die Wucht hob das Heck des Wagens an, der sich zu überschlagen drohte, während ein Hagel von Trümmern auf dem Fahrzeug niederging. Der Lärm war unglaublich, das Donnern der Explosion, das Kreischen von Metall auf Metall und das Zischen des Flußwassers, in das glühende Teile fielen.

»Heiliges Kanonenrohr«, grunzte Henessey, als das Wagenheck wieder krachend auf dem Asphalt aufsetzte. Die brennenden Wagen kamen rings um sie herum nieder, explodierten in Feuerbällen und rissen Krater in den gefrorenen Boden. Timothys Helikopter schoß über ihnen vorbei, rückwärts und brennend.

»Ramm nicht die Wagen!« schrie Caitlin ihn an.

Henessey bedachte sie mit einem schnellen Blick; er wirkte sauer. »Wer ist hier der Fahrer?«

Er konzentrierte sich wieder auf die Straße, gerade noch rechtzeitig, um einem Nachzügler auszuweichen, der zu dem Festival der brennenden Wagen vor ihm einschlug. Im Rückspiegel sah er einen einzigen Regierungswagen, der sie verfolgte. Ein anderer Wagen krachte auf ihn herab, und beide kamen von der Straße ab und verschwanden in einer Feuerwolke. Und das war das Ende.

Charly beobachtete die zurückbleibende Szenerie und wandte sich dann benommen ab. Jemand würde das der Öffentlichkeit, den Medien erklären müssen. Der einzige andere Überlebende der Katastrophe, Leland Perkins, würde lange Zeit mit seinem Hintern auf dem Schleudersitz kleben. Und noch länger im Knast. Vermutlich für immer.

Henessey ließ den Wagen am Straßenrand ausrollen und

stoppte. Sein Kopf sank aufs Lenkrad. Er atmete schwer und keuchend. »Tut mir leid, kann nicht mehr fahren«, flüsterte er. Dann blickte er zu Charly. »Bist du okay?«

Sie verzog das Gesicht. »Bist du blöde?«

Er zeigte die Andeutung eines Lächelns. »Komische Sache … du kannst einfach nicht sterben. Aber ich.«

Sie schaute ihn liebevoll an und nickte kaum wahrnehmbar. »Ich weiß, Mitch.«

Er wurde immer schwächer, aber er streichelte über Caitlins Haar. »Hey, Süße, weißt du was? Du hast die Augen deiner Mutter. Laß dir von keinem was anderes sagen.«

Er sank in sich zusammen und rutschte gegen die Tür. Seine Lider flatterten, während er sich bemühte, Charly anzusehen. »Angst … bitte … vergiß mich nicht.« Er hustete, Blut sprühte wie roter Nebel aus seinem Mund. »… liebe dich …«

Seine Augen fielen zu. Charly neigte sich mit dem Kopf aufs Armaturenbrett und weinte leise. Sie wußte, daß es keinen Mann wie diesen jemals wieder auf der Erde geben würde, den besten gottverdammten Privatschnüffler der Welt.

EPILOG

1

Der Schnee fiel sanft gegen die Fensterscheibe, und der Wind pfiff über die Dachbalken, während die Mutter darauf wartete, daß ihre kleine Tochter einschlief. Daß sie die Nachtlampe eingeschaltet hatte, hatte geholfen; dies war ein langer Gutenachtkuß gewesen.

Jetzt wurde die Tür geöffnet, und der Farmer, der sie aufgenommen hatte, steckte den Kopf ins Zimmer.

»Ma'am? Der Krankenwagen ist da, Sie werden gleich abgeholt.«

Charly nickte. Sie brauchte es dringend: keine Schmerzen mehr, einfach schlafen, ohne Furcht um ihr Leben und das ihrer Tochter ... Das brauchte sie jetzt wirklich dringend.

2

Vieles änderte sich nach dieser Winternacht. An einem sonnigen Dienstag im folgenden Juni war Charly in einer Autoreparaturwerkstatt in Scranton und wartete, während letzte Hand an die Lackierung eines bestimmten Wagens gelegt wurde. Im Büro hing ein Fernseher an der Wand, und gerade wurden Nachrichten gesendet. Charly blickte von der Zeitschrift auf, in der sie gelesen hatte, und hörte dem Sprecher im Fernseher zu.

»... *und man spekuliert bei den Behörden im District of Columbia darüber, woher der Angeklagte den Ledergürtel erhielt, mit dem er sich in der Nacht in seiner Hochsicherheitszelle erhängte. Der frühere Präsidentenberater Leland Perkins war wegen mehrfachen Hochverrats in Untersuchungshaft …«*

Charly lächelte vor sich hin. Jedoch ohne echte Freude. Perkins hatte schließlich dem Land einen Gefallen erwiesen, indem er sich erhängt hatte. Sie wünschte nur …

»Fertig«, verkündete ein Mann, als er ins Büro trat, dann gab er ihr die Autoschlüssel. »Tut mir leid, daß es etwas länger gedauert hat, aber man kann den Lack nicht zur Eile antreiben, wenn er richtig trocknen soll.«

Sie nahm die Schlüssel mit einem dankbaren Lächeln entgegen. Ihr Haar war jetzt rot und ein bißchen länger als zuvor. Sie ging hinaus in die Hitze, schritt einmal um den Wagen herum und bewunderte ihn. Henessey hätte ihn geliebt. Es war der seinige gewesen, sein vorher rostiger Plymouth, den sie vor so langer Zeit am Bahnhof zurückgelassen hatten. Es war jetzt ein Klassiker, ein wunderschöner Oldie mit glänzendem Lack und viel Chrom. Die Sitze waren neu gepolstert und bezogen worden; es war an nichts gespart worden. Sie hatte es machen lassen zum Andenken an Mitch Henessey.

Eine halbe Stunde später bog sie auf eine Landstraße, die zu einem Farmhaus führte, von Weizenfeldern umgeben. Honesdale würde nie wieder sein wie vorher, und Hal hatte überhaupt nichts dagegen gehabt, umzuziehen. Unter der Voraussetzung, daß sie ihn heiratete.

Was sie getan hatte.

Das nagelneue Handy zirpte, und sie nahm es aus der Tasche. »Ja? Oh, hallo, Mr. President.«

Er klang müde. »Haben Sie schon gehört?«

»Soeben«, erwiderte sie. »Den Müll wären wir Gott sei Dank los, Sir.«

»Ich schulde Ihnen höchsten Dank, Colonel. Würde es … äh, unverschämt von mir sein, zu fragen, ob Sie wieder für den Staat arbeiten möchten?«

»Ich fürchte, da hab' ich keine Zeit mehr dafür. Ich muß Noten für einen Stapel Schulhefte verteilen.«

Er räusperte sich. »Die Bezahlung wäre beträchtlich.«

Sie lächelte, lachte fast. Sie trug wieder den Armreif, aber daran war kein Schlüssel mehr für Schließfach zweihundertsiebenundzwanzig bei der Bank in Buffalo. So, wie sie es Henessey gesagt hatte, war darin tatsächlich eine Aktentasche voller Geld gewesen. Voll mit großen Scheinchen. »Mr. President«, sagte sie, »Sie wären erstaunt, wieviel eine gute Lehrerin heutzutage verdient.«

»Nun, vielleicht überlegen Sie sich's noch mal.«

»Jawohl, Sir. Aber hören Sie, bevor ich mich entscheide, möchte ich Sie um einen kleinen Gefallen bitten …«

3

Als die beiden uniformierten Polizisten die Verandatreppe des Henessey-Hauses in Pittsburgh heraufkamen, spielte Todd dort gerade mit dem letzten Geschenk seines Vaters, mit den Action-Figuren des Weltraum-Polizeireviers. Die Figuren waren ein bißchen abgenutzt, weil er jeden Tag damit spielte. Nach Daddys Tod sagte Mom die meisten der häßlichen Dinge nicht mehr über ihn. Abgesehen davon, daß er ein wertloser Dreckskerl und Ex-Sträfling gewesen sei.

Und jetzt kamen die Cops. Todd stand auf und betrachtete sie stumm, als einer der Beamten an die Haustür klopfte. Waren sie gekommen, um Dad wieder zu verhaften? Zu spät.

Mom öffnete die Tür. »Ja?«

Der größere der beiden Polizisten räusperte sich. »Mrs. Henessey?«

»Die frühere. Warum?«

»Ma'am, wir sind hier, um uns bei Ihnen und Ihrem Sohn für einen schrecklichen Justizirrtum zu entschuldigen.« Er hielt ihr irgendwelche offiziell aussehenden Papiere hin. »Wir haben jetzt die Bestätigung, daß Mr. Mitchell Henessey unschuldig in Haft war, für ein Verbrechen, das er nicht begangen hat. Dies ist ein Foto des tatsächlichen Täters.«

Todd schlenderte heran. Der Cop hielt ein Foto hoch, das einen elegant gekleideten Mann zeigte. Todd konnte nicht wissen, daß der Mann auf dem Foto Gucci-Schuhe trug.

»Er war ein Schwerverbrecher, der bei seiner Festnahme ums Leben kam. Da Ihr verstorbener Gatte wesentlich zu seiner Ergreifung beigetragen hat, stand ihm auch die ausgesetzte Belohnung zu, auf die jetzt Sie und der Junge ein Anrecht haben.«

Todd konnte das alles nicht fassen. »Was heißt das? Mom, was bedeutet das?«

Der zweite Cop lächelte auf ihn hinab und zog hinter seinem Rücken eine flache Schachtel hervor. Er nahm den Inhalt heraus. Es war eine Gedenktafel aus Holz, auf dem ein Kupferstich befestigt war, der das Gesicht seines Vaters und darunter eine Inschrift zeigte. »Das heißt«, sagte der Cop freundlich, »daß dein Vater ein Held gewesen ist.«

Wenn es jemals einen Moment gegeben hatte, der mit einer Kamera hätte festgehalten werden müssen, dann dieser. Und als im September die Schule wieder anfing, erlaubte der Lehrer, daß Todd die Gedenktafel an der Wand des Klassenzimmers anbrachte.

Wenn Mitch Henessey im Himmel war, lächelte er dabei sicherlich auf seinen Sohn herab.

4

Die Sonne stand tief über dem Horizont, und die Weizenfelder rings um das neue Farmhaus der Stantons wiegten sich leicht in der sanften Abendbrise. Sie hatten sich bei dem milden Wetter entschieden, heute abend auf der Veranda zu essen. Hal hatte ein paar T-bone-Steaks gegrillt; keiner konnte das besser als er. Caitlin war als erste mit dem Essen fertig – das Mädchen war so schnell gewachsen – und tollte jetzt mit der neuen Ziege herum, die von ihr auf den Namen Bananas getauft worden war.

Hal aß zu Ende und pulte dann mit seinem Steakmesser zwischen den Zähnen herum. »Weißt du was?« fragte er im Plauderton.

»Noch nicht.«

»Ich könnte für den Rest meines Lebens einfach hier auf der Veranda sitzen, du auch?«

Eine Grille war auf die Treppe gehüpft und zirpte am Fuß des Geländers. Charlys Gedanken waren weit fort. In der Ferne rollte ein Farmwagen über einen Feldweg und wirbelte eine Staubwolke auf, und die Ziege hielt einen Stock zwischen den Zähnen, den Caitlin herausziehen wollte. Den Rest ihres Lebens hier sitzen? Sie drehte ihr Steakmesser hin und her, in Gedanken vertieft, fast zu satt, um sich zu bewegen. Aber sie bewegte sich. Erst als das Zirpen der Grille verstummte, wurde ihr bewußt, was sie getan hatte.

Zehn Schritte entfernt, am Fuß des Verandageländers, war die Grille tot ans Holz gespießt. Das Steakmesser, mit dem sie dort festgenagelt worden war, zitterte noch.

»Glückstreffer«, sagte sie und wurde so rot, wie sie nur werden konnte.

ENDE

Band 13 806

Jeff Rovin

Operation: Broken Arrow

Deutsche Erstveröffentlichung

Früher waren sie die besten Freunde, jetzt kämpfen sie gegeneinander – und gegen die Zeit, die ihnen davonläuft: Vic Deakins und Reilly Hale, zwei junge Air-Force-Piloten.
Wer von ihnen schafft es als erster, die Nuklearwaffe an sich zu bringen, die eine ganze amerikanische Stadt in Atem hält?
Wer von ihnen beendet die Operation ›Broken Arrow‹ – der im Pentagon übliche Ausdruck für gestohlene oder verlorene Nuklearwaffen?

Der international renommierte Regisseur JOHN WOO hat einen hochkarätigen Film-Thriller geschaffen – mit JOHN TRAVOLTA und CHRISTIAN SLATER in den Hauptrollen.

BASTEI LÜBBE

Sie erhalten diesen Band im Buchhandel, bei Ihrem Zeitschriftenhändler sowie im Bahnhofsbuchhandel.